華文小說
創作百變天后
凌淑芬

遺落之子

輯二　末世餘暉

後文明時期南美洲

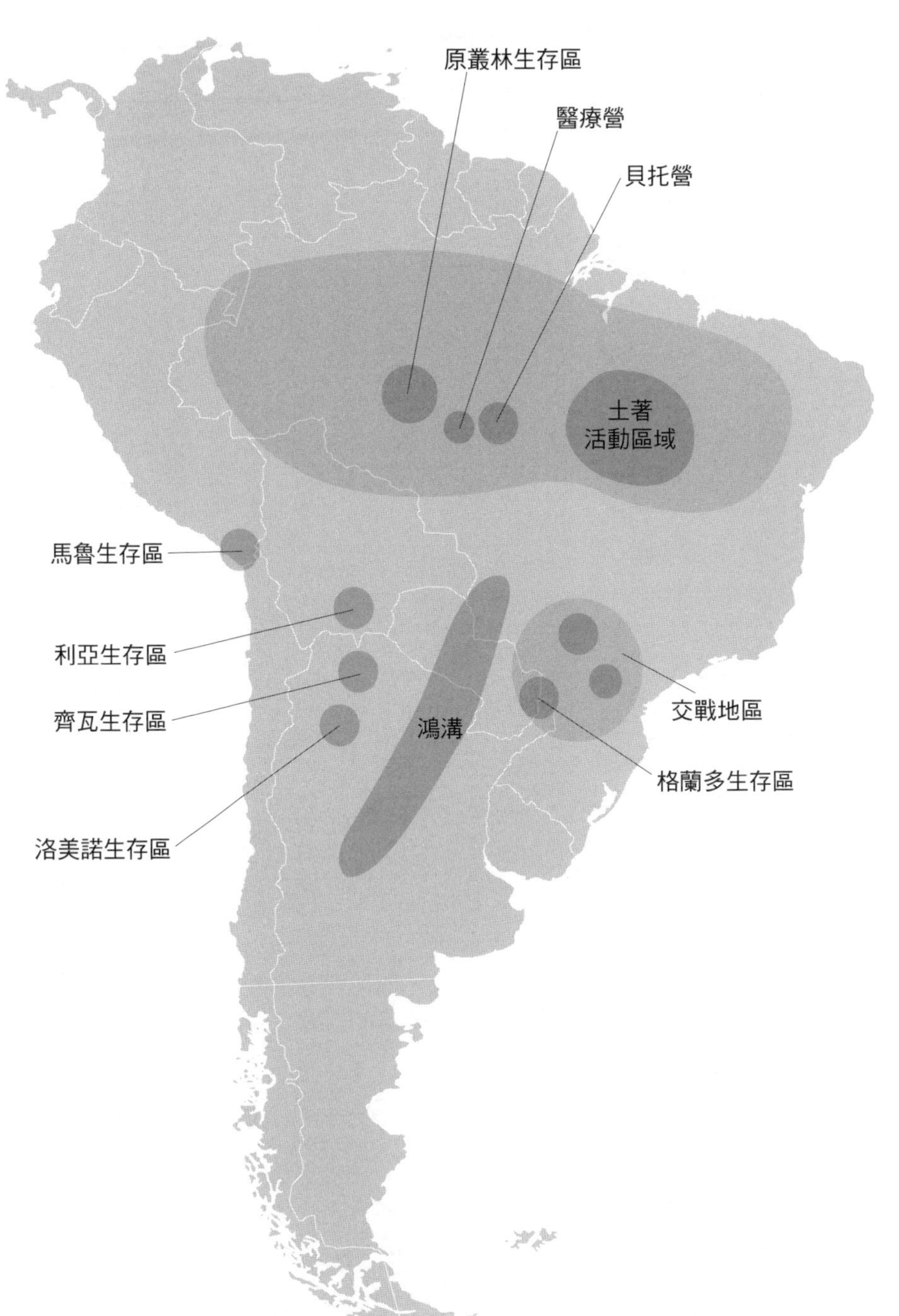
原叢林生存區
醫療營
貝托營
土著
活動區域
馬魯生存區
利亞生存區
齊瓦生存區
洛美諾生存區
鴻溝
交戰地區
格蘭多生存區

楔子

在廣闊無際的荒原上，一個男人踽踽獨行。

龜裂的黃土如蛛紋般，從他腳下放射而去，覆住整片荒原；四面八方望去，一無所有。

攝氏四十八度的氣溫烤掉了所有植被生長的可能性。長年曝露在高溫下，有些地方的黃土甚至析出白色的結晶鹽粒。

這樣的土地，即使再過幾百年也是一片荒蕪。

在這無盡的曠野中，只有一道孤單的身影。

男人拖著跛行的右腳，慢慢前進。

他的衣物濺滿斑斑點點的漿液，已看不出原色。這些漿液在正常的情況下早就發出腐臭味，然而高熱的陽光只是將它們直接烘乾，變成硬邦邦的布甲。

他的寬肩瘦削了幾分，強健的胸肌消了一號。黑色牛仔褲沾滿跟上衣一樣的血漿，右邊褲管整個割開到膝蓋處，露出一段血肉模糊的小腿。

但眞正驚人的，是他背後拖著的東西——一隻噬人獸的屍體。

男人停了下來，烈陽在他頭頂殘酷地照射著，他鬆開噬人獸的屍體，跌坐在地上，粗嗄地喘了口氣。

走在這片荒蕪已經是好幾天前的事，別說人煙，連任何生命體都沒有，除了他以外。

過去三個月，他走過叢林，草原，湖泊，從一波又一波噬人獸的爪牙下逃生。

直到兩個星期前，他開始踏上這一片漠土。初時還有噬人獸或變種怪追過來，到了最後一個星期，甚至連一隻噬人獸都沒有。

往好的方向看，他不用再繼續和各種突變種戰鬥；往壞的方向看，如果這片荒原連噬人獸都不願來，他的麻煩就大了，因爲噬人獸是以能適應各種地域聞名的。

他抿了抿乾裂的嘴唇，從腰間抽出一柄小刀，回身走向他拖著的那隻噬人獸。

他毫不猶豫地割開屍體的血管，俯下身吸食牠的體液。

牠是他過去七天的水源和食物。

濃稠的血液已經成爲膏狀，泛出噁心的腥味。他完全忽視味蕾的抗議，嚥了下去，然後用刀割下幾塊屍肉，機械性地嚼了起來。

美味與否不重要，進食對他來說只是單純攝取身體需要的養分，活下去才是最重要的。

陽光的高熱若是有些許仁慈，就是讓噬人獸的屍體不易腐敗，不過獸屍乾掉的程度比他想像得更快，不消多久他就會連獸血都沒得喝了。

沒水比沒食物更嚴重，一般人在沒水喝的情況下可存活三天。天生練武的底子讓他的體能比平常人更強，沒水沒食物的情況下，他可以撐到兩個星期；如果超過兩個星期還是這片鹹土地，他就不確定他還能走多遠了。

他直接坐在荒地上，把右腳的褲管撩高，露出他血肉模糊的小腿。

有一大塊表皮已經被割掉，少部分猶能看到兇猛而猙獰的齒痕。

噬人獸的唾液有各種頑強的細菌，比科摩多巨蜥更毒上幾百倍，千萬不要被牠們咬到。有人曾如此警告他。

被咬的人，唯有截肢一途。

他被咬了。

他是在遇到最後一隻噬人獸時被咬的，那已經是將近一個星期前的事。

事實證明，噬人獸的毒性確實很強，不過截肢並不是唯一選項，他只是得狠得下心。

他殺了那隻咬他的傢伙，如今那傢伙已經變成他的食物。他在第一時間運氣將毒逼到傷口表皮，然後削掉薄薄的一層。

他這輩子有過不少疼痛的經驗。有一次有個叛軍首領逮到他，他被鞭刑、水刑和一堆花招刑求了三個小時後伺機逃出，但那都比不上他親自把自己的皮削掉的痛楚。

他必須控制得很好，削掉的傷口能逐步去除毒性，但不會大到讓他失去行動力。

在這種地方，失去行動力代表死亡。

他的體能狀態比一般人強，再生能力也一樣。他每隔幾天削一次，然後將殘餘的毒素繼續逼到表面，讓皮膚生長幾日後再削一次。就這樣慢慢地削，一個星期後他被咬到的毒已經清得差不多，今天是最後一次，應該就能把餘毒全部清除。

他抽出腰間的皮帶，綁在膝蓋上方，然後持著刀，面無表情地削下最後一片帶有齒痕的皮膚。強烈的痛楚鑽心入肺，在他體能如此虛弱的時刻更是難忍。

他深吸幾口氣，行功運氣自療，超人般的意志力將肉體的痛楚隔絕在意識之外。

他不能倒。

他答應了一個人他會活下去。

休息了片刻，他起身將噬人獸的粗繩重新繞過肩後，在腰部繞了一圈，繼續跛腳往前行。

他不相信這個世界就是如此，必然在某個地方，還有其他人類存在。他會找到他們！

頭頂的太陽彷彿永遠不會移動，他不知踽踽獨行了多久，遠方的天邊突然出現一抹氤氳。

是海市蜃樓嗎？

他舔一下乾裂的嘴唇，機械性地往前移動，身後的獸屍在地上拖出長長的痕跡。

那片飄動的氤氳越來越明顯。片刻之後，他終於明白，他看到的不是幻影——

一排建築物在地平線遠端向他招手！

1

秋日的九月，一個陽光滿滿的季節，不冷不熱的溫度讓每個人都感覺十分舒暢，空氣中全是行道樹的香氣。

卡特羅剛領到這一周的薪水，心情非常好。

做他這行危險性大，可是薪水也高，畢竟畢維帝先生向來照顧自己的手下，付錢從不手軟，所以他沒得抱怨。

他走的這條路通往蓋多貧民窟——雅德市最大的貧民區，住在這個貧民區的人數超過三萬。在舊世界裡，這裡是玻利維亞的塔里哈一帶，但自「大爆炸」之後，舊世界的地圖早就不再適用。

所謂的「大爆炸」是指三十年前一場太陽風暴造成的爆發，那場災難掃掉全世界十分之九的人口，使整個地球滿目瘡痍，倖存下來的人類幾乎是從零開始。人們將大爆炸後的世界稱爲「後文明時期」。

就在人們克服萬難過了二十多年之後，八年前的回聲爆炸——顧名思義就是大爆炸的續波——再度來襲，將僅存的世界人口又掃掉一半。

連著兩次的爆發，科技受到重創，交通幾乎斷絕。倖存的人類盡量聚集在一起，在適合生存的環境下建立一個個「生存區」。

每個生存區的大小不一，像他所在的「利亞生存區」是一個較大型的生存區，總共有三座城市，一個是他居住的雅德市，一個是中間的比亞市，另一個是更南方的布爾市。

所有生存區之間都被廣闊的「荒蕪大地」隔開。在荒蕪大地上，除了寸草不生的鹹地，就只有各種吃人的突變種，所以在不同生存區的人幾乎斷絕交流。

有些荒蕪大地的情況好一些，於是就有藝高人膽大的人組成了一種交通貿易公司，稱爲「流動掮客」。他們專門在生存區之間運輸貨物，但遇到太危險的荒蕪大地，連流動掮客都不願意涉足的，就沒有人知道那些地方是否還有其他人類存在了。

利亞生存區以北，在舊世界時曾經是生機盎然的亞馬遜叢林，世界之肺就在這裡。可是大爆炸幾乎將整個亞馬遜叢林燒平，只剩下一部分，於是後文明時期將重新長出來的雨林稱之爲「席而瓦雨林」。

然而，八年前的回聲爆炸又重創了北方一帶。如今他們的生存區以北只剩下一片寸草不生的鹹地，甚至無人知道席而瓦雨林是不是還存在。

如果問卡特羅，他會說那裡八成只剩下一堆枯樹和噬人獸吧！他難以想像還有人能在北方生存。

總之，這一切都跟他無關。

大爆炸發生時他才七歲，而回聲爆炸發生時，他們的生存區受到的影響有限，所以他算是地球上少數的幸運者之一，而他向來不挑戰自己的運氣！

卡特羅的塊頭大到有點過分，身高一九〇公分，體重一百一十公斤，沒有一絲是贅肉。他黑眸褐膚，有著南美人典型的深棕色鬈髮，不過為了讓自己看起來更嚇人一點，他故意把頭髮剪得很短。

雖然他現在的體格沒有年輕時那麼好，三十七歲的他依然是個肌肉塊壘的傢伙；兼之他是為畢維帝先生做事的，在這個宵小橫行的貧民區，他儼然就是個小區長，很少有人敢不把他的話當回事。

現在的他，有更大的責任在肩上——他的妻子和寶貝女兒。

一個男人如果不能提供他的妻小一個穩定的家，那還算什麼男人？卡特羅的雙肩不自覺一挺。

過去幾年來，卡特羅用他一雙手為妻女打拚出一個家，雖然稱不上豪華，到底是個避風港。以一個修鞋匠和妓女的小孩而言，他認為他現在的人生稱得上體面了。

目前他只差為薇拉和妮娜——他的老婆和十二歲的女兒——買一間房子。

他十五年前剛認識薇拉時，只是個身無分文的窮小子，那時候賺到的錢都立刻輸在賭桌上，但薇拉愛上了他，不顧家人的反對硬要嫁過來，甚至不惜和她的父親爭執。直到現在卡特羅都不明白，為何上帝如此眷顧他，讓他得到全世界最好的女人？

為此，他戒掉了所有吃喝嫖賭的惡習，一心一意對待薇拉。當薇拉為他生了個寶貝女兒之後，他覺得全世界再也沒有更幸福的事了。總算過了這許多年，老丈人終於願意相信他眞的是浪子回頭，肯給他一點好臉色看了。

可是他努力這麼些年還是沒能爲她們買間房子。

怪只怪他年輕時欠了一屁股賭債，他們結婚的頭幾年，他賺來的錢都幾乎還債去了。眞難爲了薇拉願意繼續跟著他，他這些年努力下來終於還得差不多了，現在只差一點點就存到第一筆頭期款。

他最近開始煩惱，要把房子買在哪裡？

蓋多的房價當然是最便宜的，他存的錢甚至不用貸款就能在這裡買房子。蓋多雖然是貧民窟，到底是他們一家人住慣了的區域，這裡的人也都知道他的名號，薇拉和妮娜在這裡應該可以生活得很安全。

他不像城裡的高尚人對蓋多敬而遠之，可是，他也不想一輩子讓他的孩子住在貧民窟裡。

蓋多旁邊的力瑪區是另一個選擇。力瑪算是一個新興區域，環境和學校都比蓋多好一些，不過房價比蓋多貴了三成，他手中的錢不太夠。

在這種後文明時期，人命太不値錢，銀行大多不願意把錢貸給隨時可能死掉的人。他的職業算是高風險族群，別說貸到款項的可能性不高，就算貸到了，成數可能也很低，除非找他老闆爲他擔保，不過他不確定畢維帝先生會同意這種事。

算了，反正他還短缺了兩萬塊，現在去煩惱房子的問題太早了，一步一步來吧！

再走十分鐘，他正式踏上惡名昭彰的蓋多區，而城市風貌從這裡也開始有了改變。柏油路面開始出現東一塊西一塊的補丁，往兩邊小巷子望去，坑坑洞洞的路比主街更不堪。每個轉角都有幾個鐵汽油桶，在夜裡變冷的時候，遊民會用來生火取暖，天氣熱的時候就是現成的垃圾桶。

通常，垃圾桶滿了也沒人會在乎，直到臭味飄出來，附近的住戶看誰先受不了，誰就負責去清，不然就是等市內的垃圾車心情好的時候過來清一清。

路兩旁的房屋也破爛許多。有些房子甚至是大爆炸之前的遺跡，後來貧民直接搬進去佔屋爲家。有能力的人盡量修，沒能力的人就住在半塌的水泥建築裡，勉勉強強日子也就這樣過了。

蓋多是個三不管地帶，在這裡出了事，連警察都不太來。所有最下流、最窮兇極惡的罪犯都住在這裡，最貧窮、最悲慘的弱勢家庭也住在這裡。

在蓋多生存下來的原則是：少管閒事。

也就是說，你若是在街頭被搶劫，可能獨自流血到死都不會有人理你；運氣好的話有人幫你叫警察，但警察不見得會來；運氣再好一點，警察來了，幫你送醫，但你付不起帳單，所以醫院會把你丟出去。

所謂的「後文明時期」，就是大家各安天命的時期，不用期待有太多善心人士伸出援手。

卡特羅彎進自己住的那條街，很慶幸這附近情況不是如此。

說他雞婆也好，他很在乎他親愛的薇拉和妮娜住在什麼樣的環境裡。他可不想他出去工作時，還要擔心老婆和女兒會有危險，所以他把附近的治安當成他的責任。

再遠一點不敢說，但起碼這附近三、四條街，他就是一個小警長。他高頭大馬，滿身橫肉，任何有腦袋的人都不會敢惹他。他又是畢維帝先生的手下，附近的宵小誰敢不賣他面子？

要是有人敢在這附近犯事，他一定會把那些傢伙揪出來，痛毆到對方跪地求饒爲止，久而久之，這幾條街儼然是蓋多治安最好的地方。

他一走近家門，就發現隔壁的東尼小子在街尾探頭探腦的，不曉得在看什麼。

「嘿，東尼！你在做什麼？」

這小子高中畢業兩年了還沒找到正經工作，整天四處閒晃，不過性格還算不差就是。

「嗨，卡特羅，你回來了。今天怎麼這麼早？」東尼有張有趣的臉，一根鼻管又長又直，遠遠看去好像整張臉就長了那根鼻子。

「畢維帝先生那裡沒什麼事，今天提早放我們回來。你在看什麼？」

「我在看那個新來的。」東尼壓低聲音。「卡特羅，聽說他是從叢林出來的，你相信嗎？」

「切！整個北邊早就燒成一片荒土，連根草都沒有，哪裡還有什麼叢林？」

「是眞的，他前幾天在伯根太太家打工，中午吃飯的時候，伯根太太聽見另一個工人問他是從哪裡來的，他說了一句『北方叢林』，那個工人還想問他是眞的假的，那男人就走開了。」

「你看他自己走開就知道啦！他一定是想不出怎麼圓謊。」卡特羅雙手一盤，很權威地下定論。

「可是他幹嘛編這種謊話？」東尼半信半疑。

「大概是覺得在蓋多這種地方，講他是叢林出來的比較威，別人才不敢惹他吧！」卡特羅聳聳肩。

可是，東尼覺得那男人好像不是很怕會被人惹的樣子……

這時，街尾一道人影悠哉游哉踅過去，赫然是他們在討論的「那男人」。那人的視線和他們兩人的對上，禮貌地點個頭，繼續往自己的目的地走去。

說眞的，這傢伙外表長得不討人厭。

「我問你，那傢伙平時都在做什麼？」卡特羅盯著走過去的陌生人。

「也沒做什麼，就四處打零工賺生活費。哪家需要修東西，哪個工地需要工人，他就跑去做兩天。沒活幹的時候，就到救世軍的救濟站蹭飯吃，沒看他幹什麼正事，不過也沒惹麻煩就是了。」街頭情報王東尼說，「伯根先生倒是說他手很巧，別人做兩天才做得好的活，他一天就做完了，所以伯根先生多付了他十塊錢。」

「嗯。」卡特羅揉揉下巴。

這個陌生男人大概是兩個月前冒出來的。即使在誰都不管誰家閒事的蓋多區，他的出現依然引起了一陣小小的騷動。

第一個原因是他那張亞裔的臉孔。在這個長途旅行幾乎不可能的世界，很難想像一個亞洲人能千里迢迢出現在南美。

第二是因爲他出現的樣子實在有點淒慘。他體無完膚不說，還瘦巴巴的，身上的衣服都大了兩號——其實從他身上沒一寸乾淨，卻穿著一套太乾淨的衣服，卡特羅合理懷疑那身衣服是偷來的。

當時他臉上覆滿了深褐色的污泥，右腳的傷勢更是驚人，整個小腿幾乎被削了一半。那傷讓人一看就頭皮發麻，眞難以想像他如何能用那隻腳走到這裡。

他整個人看起來就像從絞肉機裡爬出來的樣子，卡特羅當時一眼就覺得，這男人應該不久就會死在街角了。可是再過一陣子看到他，他跟剛出現的樣子簡直判若兩人。

他還是瘦，不過不再是那種病態的瘦。可能是在救世軍的救濟站補充到營養，漸漸添上肌肉，原本強壯的骨架開始顯現出來。他把自己洗乾淨，滿頭亂髮和鬍鬚剪掉之後，一張臉竟然可以稱之爲「英俊」。

讓卡特羅上心的倒不是這個男人的外表，而是……他的氣質？氣場？卡特羅也不知道該怎麼說。

基本上，卡特羅自己也窮途潦倒過，他明白窮途潦倒的人看起來是什麼樣子。這種人無論外表如何刻意僞裝，你從他們的眼神、姿態和微微下垂的肩膀都可以看出，他們是鬥敗的狗，生活已經完全壓垮了他們。

但這男人完全不是這麼回事。

說眞的，卡特羅有好一陣子沒看過比他更窮途潦倒的人了。他剛來的時候甚至只能睡在街上，打了一陣零工才勉強能到帳篷區租頂帳篷，可是他的臉上從來沒有那種窮途潦倒的人會有的眼神。他的眼中永遠有一種警覺之色，彷彿站在角落，冷眼觀察整個世界。他走路的步伐也和正常人不太一樣，幾乎像跳舞一樣輕盈。

卡特羅對他只有一個感想：怪，說不出的怪。

即使如此，他看起來對其他人沒有攻擊性，後來卡特羅一忙，倒是忘了再去理會他。

東尼說他兩個星期前租了一間小房間，就在卡特羅家的下條街。那條街的房子都是從大爆炸時期留下來的，一樓有些房間甚至沒有馬桶，頂樓的房間只有一半有屋頂。不過比起穢臭髒亂的帳篷區，有四面牆包著終究算「晉了一級」。

那個人住得離他心愛的薇拉和小妮娜很近啊！卡特羅想。

或許，他該找個時間去探探那傢伙了……

❦

狄玄武坐在門口的台階上，拿著一把小刀懶懶地削木頭。

這些木屑不是削來好玩的，他租的房間裡有一個勉強能稱之爲「灶」的東西，只能用木頭生火，所以這些木屑是最基本的火引。

他今天沒有零工打，所以很閒。

來到利亞生存區的雅德市已經兩個多月了，這些日子以來他一直在觀察，不確定這裡是不是他要落腳的地方。

這兩個多月也讓他對後文明世界有了更多的認識。

世界上確實還有其他人倖存，不過倖存者的數目可能不如溫格爾醫生估得那麼多。

在他的世界裡，現有人口數是七十五億人，他猜這個世界剩下不到他那裡的十分之一。

利亞生存區是由三個城市組成的，總人口大約三十萬，雅德市的人口最多，有十二萬人，其他兩個城市分別是比亞市的八萬人與布爾市的十萬人。

十二萬人在昔日頂多就是個小鄉鎮，在這裡卻已經算大城市了。

他認爲他們的位置在玻利維亞一帶——他對新世界地圖還不熟，所以他只能用自己知道的舊地圖來分辨——位於整個南美中部偏西之處。

利亞生存區已經是最靠近北方且有人煙的地區，再過去就只剩下荒蕪大地，和人們以爲不再存在的叢林。

雅德市的人口有一半是本地人，四分之一是當年從北方逃過來的，剩下的則是外來移民的後裔，其中包含巴西、哥倫比亞、阿根廷，甚至義大利人。

經過一團混亂之後，最先重整起來的永遠是黑幫。

雅德市目前由三個勢力相當的黑幫控制，黑道的收入不外乎軍火買賣、走私、特種營業和收保護費。他們都由警治署——也就是本地的警察機關——所管理。然而，在這種年代，警察也不過就是另一支黑道而已，警治署受這些黑幫供養。

想要知道人的本性如何，末日世紀絕對是最好的時期！

狄玄武向來信奉人性本惡，所以他對適應雅德市一點困難都沒有。這裡讓他聯想到他世界裡的哥倫比亞或墨西哥：黑道橫行，無法無天，整個生存區的重要經濟都掌握在黑幫手裡。三大幫派之間互相對抗，也互相制衡。

三大黑幫裡，歷史最悠久的是「拉貝諾幫」。它是由義大利人拉貝諾家族組成的幫派，遠在大爆炸前就存在了。他們前身是義大利黑手黨的南美分支，大爆炸之後與總部斷了聯繫，遂在此自立門戶。

現任幫主喬爾．拉貝諾今年六十二歲，在三大黑幫中算是比較傳統的黑道老大——人不犯我，我不犯人；人若犯我，殺光他全家兼上下左右三代。

拉貝諾幫的特色是，他們認爲暴力是達到目標的手段，一旦目標達到了，過度的暴力就沒有意義。所以在一般安分守己的平民眼中，拉貝諾算是一個「可以講理」的老大，甚至頗受平民的敬重。

歷史第二長、手段比拉貝諾兇狠的是以哥倫比亞人爲主的「豹幫」。豹幫幫主是今年四十二歲的席奧．貝南。席奧據說是一條狠毒無情的蛇，他的幫主之位是殺了前一任幫主搶來的，如今十二年過去，沒人動得了他。

他們保有所有哥倫比亞黑幫的特色：以恐怖手段治理他們的地盤，對不從的人毒打、分屍、輪姦妻女等。

第三大黑幫是最新崛起的一個年輕黑幫，由本地人畢維帝兄妹領軍。一般人口中的「畢維帝」指的是三十歲的哥哥狄爾瓦多．畢維帝，對二十八歲的妹妹芙蘿莎則直呼其名。

畢維帝和妹妹芙蘿莎是在回聲爆炸之後發跡的，可是這短短八年他們發展迅速，已足以與另外兩大幫抗衡。

他們手段的兇殘程度不遜於豹幫，兩方人對地盤的爭奪也時有所聞。豹幫首腦席奧對畢維帝恨得牙癢癢，兩方互相派人暗殺已經不知多少次，彼此死傷慘重，被波及的平民商家更不計其數。

後來老成持重的拉貝諾看不下去，把兩個頭頭約出來談。席奧和畢維帝都知道拉貝諾甚得民心，不賣他這個面子對兩方都沒有好處。最後看在拉貝諾的分上，兩邊才收斂了一點——這並不是說他們放棄暗殺對方了，不過兩大幫派在街頭火併的事件確實明顯減少就是了。

蓋多貧民區有三分之二在畢維帝兄妹的地盤，三分之一在席奧的地盤，不過對狄玄武這個「卑微的外來者」而言，一切都沒有影響。

這兩個半月他只是四處打零工，默默觀察。

他早就知道，要明白一個地區的文明程度，不是看他們的金字塔頂層，而是看它的貧民窟。這個地方的人如何對待窮人，很大程度說明了這個地區的制度和道德水平如何。

在他的世界裡，瑞士最差的貧民窟都已經是許多窮國的中產階級了，而有些國家號稱文明大國，卻對社會底層低劣得可以，說明了國家本身有嚴重的體制問題。

蓋多基本上就是個豬圈，所以他只能說，利亞生存區充其量就是哥倫比亞、墨西哥之流的地方。人性之惡，利益之爭，於此間展現無遺。

他租的地方是蓋多勉強還能住人的最下限，整個建築物總是散發出一股人體排洩物和食物腐敗的氣味。他住的那間房間只擺得下一張床，一個號稱半套廚房的灶台，一張馬桶和一個澡盆。

這還算好的，據說有些房間連馬桶或澡盆都沒有，這也解釋了樓梯間為什麼充滿排洩物的味道。

每天他會去打零工。有些人家需要修繕東西，有些工地需要工人，他穿梭在這些地方，聽社會最底層的人談話，蒐集所有他應該知道的資訊。沒錢的時候他也不會餓肚子，因為附近有救世軍救濟站。

雖然一窮二白，無論去到哪個地方，狄玄武最不需要擔心的就是「錢」。他要弄到錢的方法太多了，合法的、非法的，賺錢對他完全不是問題。

他現在最需要的是「資訊」。資訊有助於他決定，這裡是不是他要停下來的地方。

「嘿！」

狄玄武抬眼，一個長得像職業拳擊手的男人站在台階下呼喚他。

他認得這個人，好像叫「卡特羅」的樣子，自詡為附近的「警長」，正義感過度旺盛，附近的人遇到麻煩第一個總會先去找他。

強龍不壓地頭蛇，他對卡特羅揮揮手，白牙一閃。

卡特羅心中打了個突。

在他的印象裡，這個奇特的東方人大部分時候穿著一件褪色的帽T，總是將帽子拉起來，彎腰駝背地走在眾人之後，從不引人注意。

當你住在一個龍蛇雜處的地方，太引人注意的結果就是你被拖到無人的角落，身上的東西被搶光，有點姿色的人還可能遇到更不堪的事，所以大部分在蓋多的人都盡量不引人注意，這倒不令人意外。

因此，卡特羅對這男人的印象頂多就是「長得不錯、性格安靜的一道影子」。

今天他真正和本人面對面，赫然發現：

一，這人的年紀比他想像得更大。卡特羅本來以為他是個二十出頭的毛頭小子，但他看起來更接近三十那一端，已經是個成熟男人。

二，這人比卡特羅以為的更高。他手長腳長，肩膀寬闊，估計站直之後不會比卡特羅矮多少。

三，這人比他以為的更強壯。今天他的襯衫袖子捲到肘邊，露出兩截古銅色的手臂，上面都是肌肉。

這不是一個少不更事的大男孩啊，而是一個有戰鬥力的男人！

卡特羅心頭的警鈴大響。無論這人出現在蓋多想做什麼，過去兩個多月他已經把失去的體力都補回來，不能再算是一個無威脅性的男人了。

狄玄武將他防衛性的姿態看在眼裡，嘴角只是一勾。

第四點，這男人長得果然很帥——卡特羅加了一條。

「你是哪裡人？」卡特羅粗聲粗氣地問。

「外地人。」他悠然答。

「你來雅德市多久了？」卡特羅瞪了瞪眼。

「不久。」

「我聽說你是叢林來的？」卡特羅擰起眉心。

「街上總是充滿各種流言。」

所有答案他都回得曖曖昧昧的，有答跟沒答一樣。卡特羅一個不爽，三兩步跨上台階，把他手中的木頭拍掉。

喀嘍幾聲，木頭滾下去幾階。

那男人盯著木頭半晌，終於慢慢地站起來。

想打架嗎？卡特羅立刻擺出拳擊架勢。

靠，這傢伙眞的不矮！試試他拳腳如何。

但，他卻是轉頭走到門邊，拉開大門，裡面正要出來的房東太太楞了一下。

「啊，是你，狄，Hola（你好）。」安珀老太太立刻露出少女般靦腆的笑容。

「Hola。」他禮貌地點頭。

安珀老太太昂起下巴，猶如受到禮遇的貴婦，從從容容自他們身旁走出去。

替女人開門是哪招？卡特羅傻眼。這年頭還有人記得替女士開門嗎？

送走安珀太太，狄玄武撿回掉在台階上的木頭，坐下來繼續削。

「你叫狄？」看他對老婦人態度良好的分上，卡特羅的口氣稍微和緩一些。

「嗯哼。」

「狄是名字還是姓？」卡特羅眉心打結。

「姓。」

「那你叫什麼名字？」

「我的朋友都知道我的名字。」他和悅地說。

卡特羅楞了一下才會意，他的意思是說他們不是朋友。

「聽著，我對你的事不感興趣，不過這一區是我管的，你要是敢打什麼壞主意，別怪我不客氣！只要你不惹麻煩回來，你在外面做什麼都不關我的事，明白嗎？」卡特羅瞪他。

「明白了。」狄玄武頷首，削木屑的動作沒停過。

該說的話都說完了，終究人家到目前爲止都還算安分，卡特羅也不能拿他怎樣，只好轉頭走回家。

走了幾步，卡特羅又停下來，回過頭。

他上的是夜班，可是他早上下班回家時，見過狄好幾次，這傢伙好像只會在那裡晃來晃去的，成天無所事事。

「我說，你有沒有家人？」卡特羅好管閒事的個性發作了。

「你爲什麼想知道？」狄玄武劍眉一軒。

「我常看你四處閒晃，沒有一份正經工作。你的年紀也不小了，難道不想替未來做點打算嗎？」

他好一會兒沒有接口，八成是被自己說得太慚愧了。卡特羅想。

「你不也沒出去工作？」他終於說。

「誰說的？我是畢維帝的保鏢，我可和你不一樣！只有最強壯、最值得信賴的人才能當畢維帝先生的保鏢。」卡特羅胸膛神氣地一挺。

「噢。」

「你看起來好手好腳的，爲什麼不找份正職呢？」

「……我還沒有迫切的需要。」

「什麼叫沒有迫切的需要？你有老婆嗎？有小孩嗎？有家人嗎？」卡特羅開始諄諄教誨。

「……有女朋友。」

「那不就是了？一個好男人就應該好好找個工作，把人家娶回來，不能養家活口的男人算什麼男人呢？」卡特羅看他的眼神眞正是恨鐵不成鋼。「你難道沒想過組一個自己的家庭嗎？你不要以爲你時間很多，轉眼三十歲、四十歲、五十歲就來了，等你回過神，一生最黃金的時光都浪費在游手好閒上，那時就來不及了！」

狄玄武思索了一下他的話。這兩個多月觀察下來，他只有一個感想——

雅德市是個比狼窟更像狼窟的地方。

在這裡，黑幫橫行，宵小充斥，社會的各個角落藏污納垢；而所謂權貴階級，即是整個雅德市最腐敗髒污之處，一般市井小民充其量只是滋養這些刀俎之徒的魚肉。

在這個殺人犯橫行的世界裡，觸目所及只會見到人渣、毒梟、流氓、犯罪頭子、強暴犯。

雅德市的居民每天打開門，打交道的若不是拉貝諾、豹幫，就是畢維帝。

在這裡沒有好人，只有壞人；沒有白道，只有黑道。每個人靠拳頭說話，你若不想成爲加害人，就只能成爲被害人。

在這裡，隨便一擠流出來的都是膿，任何一個神經正常的人都不會在這種地方落腳。

太完美了！

簡直是爲他而生！

他相信他在這裡一定能如魚得水。

他把手中的木頭放下來，對卡特羅微微一笑——

「你說得對，我確實該想想安頓下來的事了。」

2

狄玄武走出大門就發現一個小女娃坐在台階上哭。

他決定裝作沒看見繼續往下走。

走沒兩步，他低咒一聲停下來，回頭對那女娃兒皺眉。

那丫頭是卡特羅的女兒。

自從兩周前的一番「懇談」之後，卡特羅莫名其妙地認定，將他「導向正途」是自己的職責，於是有空的時候就會繞過來看看他在幹什麼。

如果看見他在街坊打零工，卡特羅就會讚許地點點頭，然後講一些「男人呀就是要趁著年輕多努力工作賺錢」的話；如果發現他閒著沒事曬太陽，就會開始感慨他在外地的女朋友一定等著他回去迎娶巴啦巴啦。

以一個替黑道老大當保鏢的人來說，這熊漢還真不是普通的古道熱腸。

每次卡特羅找他聊天，狄玄武照慣例聽的時候多，說的時候少，一來二去倒也把這隻大熊家中的情況摸了個七分熟。

卡特羅今年三十七歲，替畢維帝工作已經五年了，平時做的是夜班安全人員。他有一個小他四歲的老婆，二十歲就義無反顧地跟著他出來，兩人有一個十二歲大的女兒，現在那個「可愛到連天上的星星見了都會掉下來」的女兒就坐在他門口哭。

「妳在幹嘛？」狄玄武對女娃兒皺眉。

「我在哭。」卡特羅的女兒吸吸鼻子。

她叫……妮娜，對，妮娜。

「妳幹嘛在我的門前哭？」他粗聲粗氣地說。

「這裡不是你的門前，是安珀太太的門前。」妮娜的眉皺回來。

算了，懶得理她。

根據經驗，管太多小女孩的閒事最後都會把麻煩攬上身，所以他轉頭就走。

半小時後，他回來了，那可惡的小女娃竟然還坐在他的門前哭，狄玄武不爽了。

「我要進去，妳擋住我了。」

妮娜這回沒有頂嘴，只是把屁股挪了挪讓出一條通道，埋在膝蓋上繼續哭。

「妳到底在哭什麼？」狄玄武的不爽度爆表。

「我爸爸快死了，你不要煩我啦！」爲什麼人家要專心哭都不能呢？妮娜嗚咽。

「妳爸活得好好的，我一個小時前才見過他。」他冷冷地說。

「不是現在，不過也快了……」妮娜放聲大哭。

「爲什麼？他得了絕症？」

妮娜臉埋在膝上，只是搖頭。

「他出了意外躺在醫院裡？」

依然搖頭。

「那爲什麼？」他強迫自己拿出所有的耐性。

「因爲下個周末就是『清算夜』，我媽說，清算夜他就會死掉了，然後我就會變成孤兒，然後我和我媽會淪落到街上乞討，然後我們就會被很多人欺負……嗚！」女孩又放聲大哭。

狄玄武被她哭得頭痛。清算夜是什麼鬼東西？

算了，不要問，問越多麻煩越多。

「要哭回妳自己家去哭，坐在別人家門前哭做什麼？」晦氣！

妮娜抬起頭，淚水一串串落下來。

「我不能在我們家門口哭……我爸回來看到我在哭，一定會問我爲什麼哭，我如果跟他說我知道他快死了，他一定會怪我媽媽跟我說，然後他們就會吵架。他已經要死了，我不想讓他死前還跟我媽吵架……哇！」說著說著她又悲從中來，趴在膝上大哭。

「妳就這麼肯定他會死？」狄玄武盤起雙臂，表情非常惡大叔。

「你什麼都不懂！」妮娜抬起頭對他怒目而視。「清算夜很多人會死，媽媽說爸爸的工作就是當炮灰，所以一定是第一波死掉的人。」

媽的！

「清算夜到底是什麼鬼東西？」他終於極度不爽兼不情願地問了。

「清算夜就是清算夜，聽說十五年前也有過一次，那次一夜之間就死了一百多個人，很恐怖很恐怖！」妮娜擦擦淚痕，用看「沒知識鄉下人」的眼神看著他。

這回答跟沒回答一樣。

「誰跟誰清算？」

「豹幫跟畢維帝。媽媽說，畢維帝先生偷走席奧很值錢的東西，席奧決定報復。警治署對他們兩邊一直報復來報復去已經很不耐煩了，所以決定周末給他們兩邊的人一個『清算夜』，讓他們好好把帳算清楚，隔天起就不能再鬧事了。」

「那不是很好嗎？」

妮娜嘆了口氣。狄玄武一直打擾她哭泣讓她很不耐煩，爲了讓自己能專心哭，她只好先停下來，把自己從大人那裡偷聽來的事告訴他。

幾分鐘之後，狄玄武大概瞭解了。

總之就是畢維帝搶了一批席奧從另一個生存區走私過來的軍火，據說市值超過一千萬。席奧大怒，要求畢維帝歸還，畢維帝裝傻不理。席奧氣不過，挑了他幾個場子，畢維帝於是反擊，兩方的和平再度破局。

警治署基本上受拉貝諾、席奧和畢維帝三方供養，如果有誰只顧著吵架不認眞做生意，警治署的收入就跟著不好，這是雞生蛋、蛋生雞的問題。

就狄玄武的想法來看，這件事好解決得很，兩方死一個就沒事了。不管死的是誰，被殺的那一邊必然忙著收拾殘局、爭權奪利；而殺人的那一方主仇已報，沒什麼可以鬧的，大家各自回去過日子，生意照做，規費照給，夜店照混。

警治署長必然跟他有同樣的想法，於是，就有了「清算夜」的發生。

所謂的清算夜，就是這星期六晚上八點到隔天凌晨八點，整整十二個小時的時間，警方睜一隻眼閉一隻眼，全員不理。

畢維帝和席奧所有的恩怨情仇，這十二個小時內他們要打要殺儘管去，早上八點一到，不管誰死誰活，戰爭必須停止。

這種狠毒的招術，也只有在這個老天都不理的鬼地方才會出現。

席奧爲了扳回面子和裡子，清算夜必定大舉來攻，而畢維帝爲了自保，必然躲在他安全的堡壘裡，加派重兵防守。

卡特羅身爲畢氏的保鏢，當然躲不掉。

原來這就是他快死了的原因啊！

「妳不會叫妳爸清算夜不要上班嗎？」

「不可能的！我爸爸最負責任了，他才不是那種遇到危險就自己躲起來的人！」妮娜瞪他。

這倒是眞的。

依他對卡特羅的瞭解，那傢伙說不定眞會覺得不能在這種日子棄他老闆於不顧。

「而且我爸爸一直想替我和媽媽買房子，畢維帝先生那天晚上付了好幾倍的錢，爸爸爲了要賺錢，一定會去上工的，然後他就會死在那裡，然後我就會變成一個沒有爸爸的小孩了！嗚——」小女娃兒放聲大哭。

狄玄武給她哭得頭痛。

「行了行了，妳身上有多少錢？」

哭聲頓了一頓。「……嗚！我爸爸快死了，還有人要搶我的錢。嗚！」

狄玄武磨牙。「我可不做白工，妳先說妳身上有多少錢？」

「什麼白工？」妮娜嗚咽著抬起頭。

「妳不是想要妳老爸活下去嗎？我接受妳的委託，那天晚上我會保護他的安全，妳付我多少錢？」他瞪她。

「……你行嗎？」妮娜看他一副不怎麼靠譜的樣子，有點懷疑。

他長眸一瞇。「我再說一次，沒有第二次了，妳到底要不要僱用我保護妳爸爸？」

「……好吧。」不是她突然對狄玄武生出多少信心，而是她小小的心靈覺得，多個人總比少個人好。「我只有二十四塊，我爸爸每個星期給我兩塊錢當零用錢，這是我的全部財產。」

二十四塊？

卡特羅你這個吝嗇鬼！狄玄武的牙磨得更厲害。

這裡貧富差距極大，他以所知的美金概念來換算物價，雅德市差不多就是開發中國家的普通城市。

中產階級一個月的收入兩千元左右，高社經地位的人約五千元，而蓋多貧民區的窮人一個月有兩百塊就算不錯了。一間便宜的兩房一廳公寓市價約八萬到十二萬之間。

「好吧，二十四塊就二十四塊！」他瞪著小女娃兒。「我的案主是妳，承保物是妳爸爸，目標是安全活過清算夜。只要過了星期天早上八點，妳爸爸依然活跳跳，妳就付錢，有問題嗎？」

妮娜遲疑了一下。雖然這個保鏢不像爸爸那麼高，不像爸爸那麼壯，身上的肌肉也不像爸爸那樣一大球一大球的，但是……有保鏢總是比沒保鏢好，對吧？畢竟畢維帝先生也有很多保鏢。

「你不能告訴我爸爸，不然他就會知道我知道了，然後他就會問我怎麼知道的，然後他就會知道媽媽跟我說，然後他就會跟我媽吵架，然後……」

「行了行了！」狄玄武給她繞得頭又痛起來。「握手成交。」

妮娜遲疑半晌，終於握住他伸出來的大手。

「嘿，卡特羅。」

卡特羅拿著剛買回來的槍油正要踏入家門，突然被身後的人叫住。

「嗨！狄，我今天有點忙，改天再說好嗎？」他神思不屬地往門口走。

現在是下午兩點，清算夜再六個小時就開始了。

芙蘿莎小姐早就悠哉悠哉避到比亞市去度假了，但畢維帝先生是個男人，又是畢氏的老大，他不能躲，所以他今晚付給願意留下來幫忙的人額外兩個月的薪水。

卡特羅一個月賺兩千五，加上清算夜的獎金，等於這個月他能領到七千五，薇拉說，她爸爸願意借他們一萬塊，再加上她的私房錢湊一湊，他終於能夠湊足短缺的錢在力瑪區買房子。

他一直努力到今天，爲的不就是這個目標嗎？無論今晚有多危險，他都無法對兩個月的薪水說不。

「不會花你太多時間的，我有件事想請你幫忙。」他新交的朋友對他說。

「今天眞的不行，改天吧！」他轉頭走向家門口。

「五分鐘就好。」狄玄武在他身後道。

卡特羅勉強壓下心頭的不耐，轉過身。「什麼事？」

狄玄武依然穿著他百年如一日的褪色帽T和爛牛仔褲，慢慢走過來。

「我一直在想你之前跟我說的話。」見卡特羅一臉空白，他解釋：「就是一個男人應該有份工作好養家活口那件事。」

「噢！對！沒錯。」卡特羅迅速點頭。

「是這樣的，我在這裡人生地不熟，只能打零工，這樣我永遠翻不了身。我知道你爲畢維帝工作，東尼說他那裡今晚缺人手，能不能讓我今晚跟你一起去，看看畢維帝先生願不願意用我？」

「不行不行，今晚太危險了！」卡特羅想也不想直接拒絕。

「別這樣，我只是需要一份上得了檯面的工作資歷。過了今晚，起碼我可以跟別人說我在畢維帝那裡工作過。」

開玩笑！卡特羅可不想對他的命負責。「畢維帝先生不是隨便有人上門都接受的，能當上他的保全人員起碼要經過一些背景調查，你知道我當初多辛苦才擠進來的嗎？」

「我知道，所以趁今晚他們需要人，我才會請你幫忙。卡特羅，我們兩個好歹喝過半個多月的啤酒，你知道我不是壞人。我一個人來到這裡，如果沒有一份拿得出去的資歷，根本不可能找到好工作。」

卡特羅遲疑了一下。

他不是不明白狄玄武的困難。當年他想「從良」時，也是一開始處處碰壁，如果不是岳父託人引薦，讓他在畢維帝這裡找到工作，他根本不會有今天這樣的生活。

狄雖然是外地來的，性格又孤僻了點，卡特羅確實感覺得出他不是壞人。況且，一直跟人家嘮叨「男人要有責任感」、「男人要養家活口」的人是自己，他如果不幫忙，誰幫忙？

「你會用槍嗎？」卡特羅遲疑地問。

「我受過幾周的國民兵訓練，基礎的槍械操作我都會。」

「能打嗎？」

「以前年輕氣盛的時候在街頭幹過幾場架，沒問題。」狄玄武笑起來白牙亮閃閃的，煞是好看。

卡特羅依然舉棋不定，畢竟今晚眞的不是普通日子……

「這樣吧，今晚我跟你一起去上工，如果畢維帝先生願意用我，我就留下來，如果不願意，我保證我會自己離開，不會給你惹麻煩。今晚我賺的每一分錢都和你平分，如何？」狄玄武提出交換條件。

「錢還在其次，只是不知道賈西亞願不願意用你。用人的事都是他在負責的。」卡特羅嘆了口氣，「好吧！今晚你跟我一起去，我會在賈西亞面前盡量幫你美言幾句，要不要用就看他了。」

賈西亞是畢維帝的保鏢頭子，這名字在街上也很常聽見。

「太好了，謝謝你。」

狄玄武輕快地走開。

卡特羅看著他的背影，又嘆了口氣。

希望這小子撐得過今晚，他可不想揹上一條無辜的人命！

❦

狄玄武是一隻變色龍。

他可以往門口一站，一語不發就讓整間屋子的人明白他有多危險多致命，他也可以走在街上不會有人多看他一眼。

今晚他的目標就是：完全不起眼。

不起眼的好處是，在這種緊張關頭，每個人不會有心情去注意他的一舉一動。

他身上那套數十年如一日的褪色帽T和破牛仔褲，完全達到這個基本目標。爲了更進一步的效果，他甚至罕見地運起「縮骨功」。

縮骨功不是眞的把骨頭縮短，而是調節自己的全身肌肉，將骨頭與關節間的縫隙縮小，讓整個人的身材小一號，外形看起來更不引人注目。

卡特羅帶著他先到大門警衛室簽到，他拉起帽子蓋到頭上，背微微駝著。其他警衛看他一眼，若有問話，他只是以簡單的「是、不是」單音回答。

卡特羅剛簽完到，一群彪形大漢突然眾星拱月般簇擁著一個男人進來。

出乎眾人意料之外，來的竟然是畢維帝本人。在非常時期，畢維帝深知拉攏人心的重要，在這緊要關頭，親自上前線慰勞每位同仁。

這是狄玄武第一次見到三大黑幫的其中一個頭頭。

街頭傳聞很多，今晚第一次見到本人，狄玄武發現畢維帝與其說像個黑幫老大，不如說像個廣告明星。

畢維帝的年紀和他差不多，一頭濃密的黑髮和古銅色皮膚，一八五公分的完美身材，配上一身手工黑西裝，簡直就是個從海報直接走下來的英俊男模。

他的牙齒完美，五官完美，髮型完美，笑容角度完美，整個人英俊完美得不像眞人。

「嗨，卡特羅。」畢維帝和善地對手下打招呼，目光好奇地落在狄玄武身上。「他是……？」

卡特羅受寵若驚，「畢維帝先生，狄是我的遠房親戚。他剛搬來雅德市，正在找工作，聽說我們今晚需要人手，就跟我一起過來看看。」

「原來如此。」畢維帝很快對他失去興趣，繼續與其他警衛寒暄。

狄玄武的注意力被他身後一個人吸引住。

即使見多識廣，他也不禁嘆爲觀止。那是個超級巨大的保鏢，身高超過兩百公分，體重絕對超過一百五十公斤，但沒有一絲是肥肉。他厚實的脖子幾乎與身體連成一體，一顆光頭油油亮亮，臂肌比狄玄武的大腿粗，胸膛是正常人的兩倍厚。

狄玄武相信他一拳擊出，絕對能打破磚牆。

基本上，看著這樣一個大漢移動，會有一種看著一座山朝你壓來的錯覺。

從專業角度來看，身體如此厚實的男人很耐打，但一定不靈活。眞要幹上，狄玄武知道自己一定撂得倒他，不過這就像在荒野看到一頭成年犀牛迎面而來——牠是不是最兇猛的動物不重要，牠的體型依然會讓人對造物主能造出如此壯觀的生物而感到敬畏。

相形之下，站在大肉山旁邊那個瘦小的男人就顯得完全不起眼。

「你的親戚是東方人？」那瘦小男人問道。

「賈西亞，他是我姻親那邊的親戚。」卡特羅咳一下。

原來他就是畢維帝的安全首腦。

嚴格說來，賈西亞算是白淨斯文那一型，和一群面目猙獰的大漢比起來清俊不少，只是他臉型呈倒三角，下巴略尖，猛一看有些尖嘴猴腮之感。

「你妹妹嫁給東方人？」賈西亞蹙眉。

「呃，不，不是我妹，是……一個阿姨那邊，她丈夫開的餐館裡有幾個日本親戚。」卡特羅開始出汗。

狄玄武只管低頭看地上，讓他自己去掰。

「『狄』是日本名字嗎？」畢維帝瞟自己的安全主管一眼。

「你叫什麼名字？」賈西亞問。說眞的，他也分不太清楚那些東方名字有什麼不同。

「狄玄武。」他眼睛盯著地上回答。

賈西亞打量他半晌。這男人瑟縮的模樣讓人對他的能力打了個很大的問號，在正常情況下，賈西亞是不會用這種人的，但，今晚是非常時期，而卡特羅一直以來都還算忠心……

賈西亞回頭向畢維帝低聲說了幾句。

「這事就交給你們去處理了，我相信你的辦事能力。」畢維帝拍拍安全主管的肩，領著一群大漢走了出去，繼續巡下一個崗哨。

「今晚五百塊，先試用看看。如果你表現得可以，過兩天再回來談談正職的事。」賈西亞一副「愛要不要隨便你」的表情。

卡特羅連忙對他使眼色。一個晚上五百塊已經很不錯了，蓋多區很多人一個月都賺不到五百。

「成交。」狄玄武從口袋裡伸出手。

賈西亞對他的手皺皺眉頭，轉頭看向卡特羅。

「今晚他跟你一起，你做什麼他就做什麼，他惹了麻煩就是你惹麻煩。」說完，他轉身離開。

狄玄武看著自己伸出去的手，聳了聳肩收回來。

「嘿！沒想到這麼簡單就過關，一定是因爲我平時做人成功，賈西亞才願意給你這個機會。」卡特羅不禁有點得意。「算你這小子撿到了，來吧！我帶你去我們今晚的駐點。」

他們走進大門，往後哨而去。

狄玄武跟在卡特羅身後，將每個地理特徵牢記在心頭。

畢維帝的宅邸位於雅德市最北邊，其實已經在生存區的邊緣，鄰著人人皆懼的荒蕪地帶。不過，市政府在這附近築了城牆，所以不全然算是曝露在荒蕪大地裡。

整片產業呈橢圓形，佔地超過一千坪，畢維帝的兩百坪豪宅就在橢圓形的中心點，後面有一座小山，正好形成天然屏障。

橢圓形的右邊端點就是他們進來的前門，通往繁華的雅德市區；左邊端點則是面向荒蕪大地的後門，由於不會有人晚上從荒蕪地帶翻牆過來，所以整片產業的防守重點都放在前半段。

不久狄玄武就發現，卡特羅所謂的「畢維帝貼身保鏢」，其實不過就是夜班後門警衛而已，在警衛的階級裡甚至不是最高階的，守前門的還比他們這幫後哨重要。

沒差。他今晚的目標很明確，只要確定他的目標安全就好。

狄玄武將所有崗哨、建築物位置、方向坐標一一看在眼裡。

七個明哨，五個暗哨，其中兩個藏在後頭山裡。每個哨二到四人不等，另有不定時巡邏活動哨。

前門崗哨旁有一間警衛休息室，後門崗哨旁也有一間休息室。

兩層樓高的主屋，左手邊是一棟傭人住的小樓，右手邊有一個厚實的水泥掩體。

狄玄武在城裡也見過很多個這種水泥掩體，只是規模更大。兩次太陽閃焰的教訓，讓市政府在各處蓋了許多類似這樣的避難所。

整片產業以兩公尺的高牆圍起來，鄰近道路的那一側種了一排長滿刺的怪樹，讓外界難以窺探內部。以地理位置來說，這裡算是一個易守難攻的地形。

卡特羅帶著他來到後哨，已是傍晚五點多了。

「嗨，卡特羅。」有四名正在當班的荷槍守衛和卡特羅打了聲招呼，看了背後的他一眼。「這是誰啊？」

「這是我朋友，狄，今晚來幫忙的。」

「噢。」所有人狐疑地打量他幾眼。

「狄，來吧！」卡特羅領著他走進旁邊的警衛休息室。

十來坪大的屋子裡有三面牆都是置物櫃，角落做了個茶水間和盥洗室。置物櫃前的屋子中央擺了幾條長凳，好些個虎背熊腰的男人坐在那裡有一搭沒一搭地閒聊，一面替槍械上油。

每個人的語氣雖然輕鬆，空氣裡卻有一股緊繃的氛圍。談著談著，每人的眼睛總會不由自主瞄向牆上的鐘。

「嘿！」卡特羅跟同事們打招呼。

「嘿，卡特羅，你帶一個瘦巴巴的小子來幹嘛？」一個年近四十的大漢笑道。

「費南多，別這樣，這是我的朋友，叫作『狄』。賈西亞讓他今晚跟著我，請大家關照一下。」卡特羅回頭替他介紹。「狄，這是費南多，我們夜班的頭。那個是羅納度、魯卡、羅伯、菲利巴、岡薩列茲……」

狄玄武不冷不熱地和每個人點一下頭。

目前爲止，後哨總共有十四個人，這十四個人裡有八個是卡特羅的老同事，其他都是臨時找來的打手。有些新人甚至卡特羅自己都叫不太出名字，他們要不就是城區分部的年輕小子，要不就是誰誰誰的堂弟表弟今晚來賺外快，有些人還得問其他人才找得到咖啡豆。

而這八個老手看起來雖然比較有 sense 一點，依然不像什麼頂尖高手。整組人無論從體態、紀律，乃至於操槍手勢，怎麼看都像個雜牌軍。

他理解後門在地理位置上不易被進攻，但不表示絕不可能，賈西亞就這麼放心把生手都放到後哨來？

狄玄武只能說，如果他以前在「南集團」也是這樣做事的，早就被踢回去吃自己——這是指，如果他師父沒有以「你讓老子太丟臉」先剝他一層皮的話。

「喂，小子，你碰過槍沒有？」叫魯卡的男人抱持懷疑的態度，走到冰箱前拿顆蘋果出來。

「我在家鄉受過幾個星期的國民兵訓練。」狄玄武自己找個角落站著。

「國民兵訓練——」一群男人哄堂大笑。

「喂，你們別瞧不起人！我看過狄平時工作的樣子，他的身手比你們想的更俐落。」卡特羅趕快替他打圓場。

「總之，他知道自己在幹什麼就好。今晚不同於尋常的夜晚，到時候一幹起來，沒人有工夫理他。」魯卡咬了口蘋果，踅到長凳坐下，拿起旁邊的一本裸女雜誌翻了起來。

狄玄武繼續窩在角落裡搞自閉，不跟任何人打交道。

剛過六點不久，賈西亞來了。

他身後跟著四個手下，不見那座肉山，一踏進警衛室，所有人立刻肅穆地站起來。

「你們今天晚上只有一個任務，就是守住後門，不要讓任何人從後門攻進來。」賈西亞一一對上每個人的眼睛。「無論前面有什麼動靜，只要沒有我的指令，你們一個都不准離開自己的崗位。」

「是。」所有人應道。狄玄武只是站在眾人身後，跟著所有人一起點頭。

「我明白每個人心理壓力都很大。放心，畢維帝先生不是個吝嗇的主子，只要今晚守住了，明天早上他一定會論功行賞，絕對不會讓你們失望的。」

所有人霎時精神一振。

賈西亞對每個人點點頭，帶著手下離開。

警衛室的人頓時忙碌起來，整理裝備的整理裝備，舉啞鈴的舉啞鈴。

「卡特羅，過來，我有話跟你說。」狄玄武把卡特羅拉到角落。

「你緊張嗎？」其實卡特羅從踏進大門就開始緊張了，但是他不能讓狄看出來，不然狄會更緊張。

「別怕，你今晚跟緊我，後門這一區相對安全，我們一定會沒事的。」

「我就是要跟你說這個：今晚你一步都不能離開我的視線，知道嗎？」狄玄武緊緊盯著他。看不出這小子平時愛裝酷，碰到一點事情就膽小起來了。卡特羅心裡再憂慮也不禁好笑。

「行了行了，我說過，你只要跟緊我，我一定不會讓你出事的！」

「那我們就這樣說定了。今晚我們兩個人一起行動，如果其中一個人要去哪裡，一定要跟另一個人說，能不分開就不分開，明白嗎？」

「知道了。瞧你嚇的，呿！」卡特羅推了他一把笑罵。

❦

七點五十五分，後哨包含卡特羅在內的八個老手正式上工，沒經驗的新人在警衛室待命，狄玄武當然是跟卡特羅同一組。

當八點那一刻來臨，他清清楚楚感覺到每個人不由自主地屏住呼吸。直到秒針往下一格移動，所有人才慢慢呼出憋住的那口氣。

沒有爆炸，沒有槍聲，沒有外星人入侵。

費南多和幾個弟兄互望一眼，在彼此臉上看見跟自己一模一樣的驚惶，不由得乾笑兩聲。

「他媽的，今晚跟其他日子也沒兩樣，有什麼好怕的？大家該幹什麼就幹什麼！」費南多粗聲粗氣地道。

卡特羅陪著笑了幾聲，拍拍狄玄武肩頭。

狄玄武沒工夫理他們。

有車聲！

距離三百公尺，接近的速度不快，底盤震盪低沈，顯見車身重量極沈，應該是滿座的中型車。

他耳殼微動，再聽一下。兩輛！

卡特羅已經轉身跟其他人聊起來，藉以緩和緊張氣氛。狄玄武閉上眼，催動內力讓全身聽覺、嗅覺、味覺、觸覺，各種感官飆升到極致。

他倏然張開眼，一雙炯炯眼眸如叢林中的猛獸亮起。

前門還未有動靜，後門就先到了。

荒蕪地帶這頭，七天腳程內只有寸草不生的鹹土。他知道，因爲他走過，可是其他人並不知道。已經很多年沒有人敢冒險走進荒蕪地帶，所以他們以爲每一寸荒蕪地帶都充滿怪物。在黑暗中出沒的噬人獸尤其兇惡，沒有人會想冒這個險，賈西亞八成就是因爲如此才敢把後哨放空。

從城裡繞到畢維帝的後門，大約需要兩個小時，其中有一個半小時必須駛在生存區的城牆外側，直到牆盡處再繞回來。

這兩輛車應該是敢死隊，席奧一定花了不少錢才召集這兩車人願意從這一頭過來。

他繼續傾聽。

車停了，引擎聲熄滅。

他們沒有立刻發動攻擊，所以後門這支應該是伏兵，等著和前門的人裡應外合。

這招倒是聰明，只可惜他們不知道有一個人已先將他們的動靜聽了個一清二楚。

這支伏兵必須先處理掉。

「嘿，卡特羅，我肚子有點痛，到屋後去撇個條，你在這裡等我。」他叫了卡特羅一聲。

「這會兒就怕了？」費南多啐道。

「仗都還沒開打呢！」魯卡訕笑道。

「狄，不然你先回休息室吧！今晚新來的人也都在裡面。」卡特羅連忙道。

「不用了，我到後面去解決，還可以幫忙盯個哨。」他只是盯著卡特羅。「答應我，在我沒回來之前，無論發生了什麼事，你都會待在這裡等我，絕對不能一個人亂跑！」

「你要是現在就溜了，別想賈西亞會付你錢！」費南多粗魯地推他一把。

狄玄武文風不動。

費南多一楞。他是一個將近一百公斤的壯漢，一身的蠻力，他深知自己推人的力道，這是第一次有人被他一推卻動都沒動一下。

「噢，好。」卡特羅也不知道為什麼，望著他突然精光四射的眼睛，只能喏喏應話。

狄玄武點了點頭，轉身走向警衛室後面，夜色迅速吞沒了他的身影。

站在樹影下，他閉起眼，深深吐納一下，凝氣在胸——

嗶嗶啵啵、嗶嗶啵啵……他的四肢百骸響起一陣輕微的爆裂音，縮緊的筋骨關節一寸一寸鬆開。

他張開眼，雙瞳放光，整副體格在轉瞬間變回原來的高大。

扭扭頸項，轉動一下肩膀，他舒暢地舒了口氣。充沛的內力在經脈內流轉，他彷彿從一張籠罩的紗下鑽出，所有感官知覺猛然躍升到最敏銳的程度。

熟悉的腎上腺素在體內激湧，他在樹與樹之間奔躍，鼻翼翕張，嗅盡城市與黑夜的氣味。

兩輛廂型車停在無人煙的道路旁，安全地被夜色包覆——起碼他們以為如此。

砰。

一陣輕微到幾乎察覺不出的搖晃，車裡的六個人互望一眼。

「那是什麼聲音？」

「異猴嗎？」

「異猴不會這麼安靜。」

坐在駕駛副座的人搖下車窗，頭伸出去看。

下一秒，他突然整個人消失。

再下一秒，從他消失的窗戶竄入一條黑影。

……

「後面在搞什麼鬼？」前面那台車感覺後面好像有什麼動靜，不禁回頭看。

四周幾乎沒光線，他們看不出是什麼情況，只能從黑漆漆的擋風玻璃看見車子裡有影子在晃，車身也在微微晃動。

「下去看看。」領頭的男人低喝。

後座兩人下了車，其中一人想拔槍，另一人搖搖頭，兩人改為抽出腰間的匕首，無聲掩近後面那台車。

兩人互望一眼，一左一右站在車子兩側，互比手勢——三，二，一！

伸手正欲拉開車門，車子倏然靜止了。

他們兩人的手還按在門把上，互望一眼，忽地，駕駛座的車門自己打開了。

兩人飛快跳開一步，做出攻擊準備。

一條黑影慢慢從敞開的門滑到地上。

「咯……咯……咯……」地上的人影按住自己的脖子。

天上的星光隱約照出，那人嘴巴大張，努力想吸氣，脖子從左到右有一道弧線，濃稠的液體正從那微笑般的弧線往外噴出。

「咯……咯咯……」地上的人絕望地伸長手，喉間只傳出詭異的咯咯響。

靠近他這一側的黑衣人大駭，反射性躲開他的手。

突然間，從敞開的車門傳出來的，都是這種詭異的咯咯聲響。

鮮血的腥氣直直衝入鼻關，那名黑衣人倒抽一口氣，張嘴要叫——

「咯……咯……」忽地，他發現他叫不出來。

從他口中冒出來的，是和車子裡一樣的咯咯聲。

他緊捂著出現在他脖子上的微笑弧線，甚至沒看清是誰劃開了它。

「托瑞！」對面的同伴躍過車前蓋衝到他這頭來。

托瑞絕望地拉住同伴。

一抹冷光從車門內劃了出來，快到人影幾乎捕捉不到。

托瑞失去生命的那一刻，看見他同伴的腦袋以一種奇怪的角度倒掛在背後，整個頸項幾乎被切開。

「什麼鬼東西！」

第一台車的人全拔槍在手上，衝了出來。

一條人影從敞開的車門慢慢站出來。

在有星無月的夜晚，他洗白的衣衫分外明亮。

他是誰？他是從哪裡來的？深色的噴濺痕跡沾染了他身上的那片淺白。

「你是誰？」四把手槍刷刷刷全對準他。

在伸手不見五指的濃黑中，那雙眼閃過一抹腥紅獸芒。

「重要嗎？」

淺白人影突然從他們眼前消失。

不，不是消失，而是他的動作快得猶如一道閃電，他們看不清他的身形。

喀嗒。左邊那人頸子被一隻鐵掌扣住，扭斷；啵。左邊第二人的太陽穴被一雙鐵掌按住，震裂；咻。右邊那人喉頭一涼，血濺。

右邊第二人完全沒有聲音。

料理完他的同伴，狄玄武閃電如風地攻到他身後，手掌按住他的天靈蓋，內力一吐，他無聲無息地軟倒死去。

十二個人的死亡，歷時不到十分鐘。

死亡的氣味蔓延開來，狄玄武仰頭深吸了口氣，將體內那隻興奮的獸按捺下去。

安分一點，今晚有的是機會。他對他體內嗜血的獸說。

轟隆——

砰。砰。砰。砰——

激烈的駁火聲從宅邸傳了過來，他目光銳利地轉向槍響的方向，體內的獸咆哮抓撓。

夜，已經開始。

3

狄玄武回到畢氏宅邸後門，後哨警衛已經亂成一團。

整片宅邸的燈都滅了，有人將通往畢氏宅邸的電線桿撞斷。主宅後的發電機開始運轉，目前整片產業只有大宅燈火通明。

在一片黑暗中，亮起來的目標就是個活靶。

前面那區響起激烈的槍戰，尖銳的呼喝聲從各個角落傳出來。後哨十四個警衛全衝到草坪上，面面相覷的每個人再也無法掩飾臉上的驚惶。

他們該怎麼做？他們該過去幫忙嗎？

「那是什麼聲音？」一個怯怯的新手簡直白癡。

「前面有人攻進來了！」羅伯乾脆也白答。

庭園造景擋住了他們的視角，從這個角度無法看見前門。費南多抓緊手中的對講機，聽著裡頭不斷傳來的激烈調派聲。

「把所有武器從裡頭拿出來！」費南多好像突然醒過來一樣，大喊。

狄玄武屈膝一躍，直接跳過整扇鐵門，幾條大漢被他突然的落地嚇到，岡薩列茲眼珠子差點掉出來。

「你、你從門外直接跳進來的嗎？」

狄玄武沒工夫理他。「卡特羅？卡特羅？」

他四下搜尋，沒有看見那條熊漢的蹤影。

前面橘色的火光映亮了夜空。主宅的車庫燒起來了，對講機裡傳來更多的呼喊：

滅火！滅火！

別讓他們從圍牆爬進來！

賈西亞的嗓音透過對講機聽起來更尖銳。

「我們……我們是不是該過去幫忙？」魯卡吞了口口水。

「賈西亞叫我們守好後門，不准離開崗位。」費南多死都不想到前面去。

「卡特羅！」狄玄武大吼。

「我在這裡！」

卡特羅的大熊身影終於出現了，從通向前門的小徑跑回來，豔橘色的夜空在他身後形成壯麗的背景。

「你跑到哪裡去了？我不是叫你不要一個人亂闖？」狄玄武揪著他脖子斥責。

「避難室那邊比較容易看見前面的情況。」卡特羅也不知道爲什麼，面對突然強勢起來的狄玄武就是無法反抗。

「沒什麼好看的，我們走吧！」狄玄武揪著他往後門拖。

「走？走去哪裡？」卡特羅還沒搞清楚狀況。

「你們想上哪兒去？」費南多立刻擋住他們的去路。

是他的錯覺嗎？他爲什麼覺得這個姓狄的突然變高大了？

不，不是他的錯覺，這姓狄的眞的變高大了。

之前費南多和他面對面時，看得到他的頭頂，可是現在他的眼睛位置竟然比自己的還高。

「離後門三百公尺的地方有兩輛廂型車，」狄玄武看向卡特羅，「我們上車，沿著城市邊緣繞過去，兩個小時之內你就可以回到家裡，陪著你的妻子和女兒了。」

「你怎麼知道那裡有車？」羅伯立刻問。

「因爲我剛殺了車子裡的人。」他冰冷地道。

這是什麼時候發生的事？所有人面面相覷。

轟轟——

手榴彈爆炸的聲音連續從前頭傳過來。主宅一側的玻璃門整片碎裂，發出驚人的巨響。

衝！衝！

保護畢維帝先生離開！

費南多的對講機不斷傳出銳利的呼叫。

「夜晚是噬人獸的天下，這種時候開車進荒蕪大地簡直找死！」費南多瞪住他。

「荒蕪大地七天內的腳程只有一片鹹地，我們在車子裡很安全。」他依然冷冷的，眼睛只盯住卡特羅。

「你怎麼知道？」菲利巴往地上吐了口菸草汁。

「因爲我是從那裡過來的。」他的視線終於轉到菲利巴臉上。

眞的假的？沒有人能在荒蕪大地走上七天！十幾條大漢不肯相信。

等一下，他是不是變得比剛才更高大？

不只體型改變，此刻站在他們眼前的男人，非但更強壯，氣勢也更駭人。

他們現在看著的不是剛才那個膽小鬼，而是一個慣於發號施令的男人，從他身上發射出來的銳氣幾乎能劃傷人。

他衣服上的痕跡是半個小時前沒有的，看著那深色的噴濺紋，在場所有人都很清楚是什麼樣液體能造成這種痕跡。

「他騙人！北邊只剩下一片荒蕪，連片葉子都沒有，不可能有人活著從那一頭過來。」費南多反駁。

「他剛才從鐵門外，咻一下就跳進來了……」羅伯小聲說。

「對，對，我也親眼看見了。他連把梯子都沒用，直接就這樣跳進來，跟變魔法一樣。」岡薩列茲附和。

所以，他或許眞的殺了兩車的敵人。

所以，他或許眞有本事從北邊過來。

「如何？」狄玄武不理他們，只是盯緊卡特羅。

噠噠噠噠噠——

砰！砰！砰！砰！

潑水！潑水！不要讓火勢燒過來！

「費南多？費南多？」賈西亞的嗓音突然從對講機傳出來。

「是？」費南多把對講機拿到嘴邊，眼睛直直盯著狄玄武。

「後門有沒有人攻過來？」

「沒有，後門很平靜。」費南多頓了頓，決定不把狄玄武說的兩車人報告上去。

「派一半的人到大宅側門接應，畢維帝先生要撤到避難室裡！」賈西亞中斷通訊。

所有人面面相覷。

每個人的眼光一和費南多對上，立刻轉開，沒有人想主動請纓。

「媽的，老子才不想爲兩個月薪水死在這裡！」費南多突然把對講機往地上一丟，朝後門衝出去。

「嘿，費南多！費南多！」一群人連忙大叫。

費南多將鐵門打開，回頭看一眼交情跟他最好的幾個人。

「羅伯、菲利巴、艾洛，你們來不來？」

羅伯遲疑一下。

轟隆──

噠噠噠噠──

砰砰砰砰砰──

「費……南……帶人……到側門……避難室……」賈西亞的嗓音斷斷續續從對講機裡傳出來。

「打開……鎖……畢維帝……撤……」

費南多咬了咬牙。

「媽的，你們不走，我自己走！」他自己轉頭衝了出去。

「嘿！等等我們！」有兩個新人看情況不對，立刻跟在他後頭跑走。

羅伯和岡薩列茲對看一眼，遲疑了下，終究沒有跟出去。

留在現場的幾個人一時無聲，轟轟炮火與沖天的橘紅火光讓每個人的臉一明一暗，大家在彼此臉上看見一模一樣的驚懼之色。

所以，接下來要怎麼做？

卡特羅突然把地上的對講機撿起來，按下通話鍵。「賈西亞，是我，卡特羅！」

狄玄武雙眼一瞇。

無論回應的人爲何變成卡特羅而不是費南多，賈西亞都沒有浪費時間多問。「留一半的人守住後哨，另一半的人立刻打開避難室的門，然後到側門來接應，畢維帝先生要撤到避難室去。」

「是！」卡特羅把對講機插在褲腰裡。

「你在開玩笑吧？」狄玄武不可思議地看著他。

卡特羅吸了口氣。「這是我的工作，畢維帝先生的安危就放在我們身上。我這一生做什麼都半調子，直到畢維帝先生願意給我這份工作。這是我做得最好的一件事，我不能在這種時候棄他而去。」

「即使冒著讓你的妻子女兒變成寡婦和孤兒的險？」狄玄武質問。

卡特羅似乎被打擊到了，但隨即昂起下巴。「我當然不想死，如果能夠不死是最好的。但是我也知道，如果我在主人有危難的時候自己跑了，我永遠無法抬頭挺胸面對我女兒。」

「ＦＵＣＫ！」狄玄武低咒一聲。

卡特羅的熊臉決絕而鎮定。「狄，這不是你的戰爭，你走吧！我留下來就行了。」

狄玄武一一看過眼前的每張臉孔。

漸漸的，其他人開始回應。

「如果我們走了，其他兄弟怎麼辦？」

「對啊。」

「就這樣跑了太不講義氣了。」每個人呢呢喃喃，不見得多情願，卻沒有一個人跟在費南多後面離開。

「呸，老子沒妻沒子，生也一個人，死也一個人，沒差啦！今晚就算死在這裡，也算死得其所。」大老粗菲利巴往地上吐口口水。

「ＳＨＩＴ！」狄玄武轉身對著夜空再咒罵一聲。

他的耳朵忽地一動。

有動靜。

幾輛汽車從前門飆過來！

他們一定是等不到後門的伏兵，索性直接分兵攻向這一頭。現在要走也來不及了！

「你們每個人身上有多少武器？」狄玄武迅速問道。

所有人低頭檢查自己的裝備。

「你！你身上沒有槍！」卡特羅突然想起來。

「最近的槍械室在哪裡？」

「我的櫃子裡還有兩把半自動手槍。」羅伯主動提供。

「費南多的櫃子裡應該還有一把步槍。」菲利巴又呸了口口水。

「我進去拿武器，你們呈防禦隊形守住後門，我們只有不到兩分鐘的時間。」狄玄武迅速丟出指示，自己大步往警衛休息室衝。

這群人本來就是一盤散沙，如今領頭的費南多跑了，每個人都不知道該做什麼。突然間，有一個強勢的男人站出來指揮，每個人直覺反應都是照著他的話去做，沒有人有時間質疑爲什麼現在是由一個新來的人在帶領他們。

他在三十秒內找到他要的武器衝出來，一看到杵在門前的那群大漢差點跌倒。

「這就是你們的防禦隊形？」狄玄武不可思議地問。

他們全部站在剛才站的原地，只是轉身對著後門而已。

卡特羅、岡薩列茲、羅伯一干老鳥互相望了望，岡薩列茲聳聳肩。「我覺得這樣挺好的啊！」

狄玄武難以置信地看天上一眼。

「你、你、你、你、你，你們沒發現你們兩排人站成一前一後嗎？待會兒開槍，後排的人會先把前排的人打死。你、你，你們的位置左右兩側都是視覺死角，還沒看見敵人，先被敵人打掛了。還有你——」講到最後他都無力。「在場有誰受過正規攻防訓練的？我說的不是打群架，是眞正的防禦攻擊訓練？」

這群烏合之眾互望一眼。他們在外面單打獨鬥都沒在怕的，但是這種進退有據的群體戰還眞沒什麼經驗。

卡特羅看他鐵青的臉色，有點不敢提醒他，其實現場十一個人裡面有四個是新來的……

狄玄武祈求萬能的天神賜與他神奇的力量。

他竟然在這種緊張關頭領著一群天兵逃命！

「你，把後門重新鎖好！你、你，站到那裡去，負責左翼！你你你，站在那個位置，負責右翼，你們兩邊的人就地以樹叢和車輛作爲掩護！你們幾個負責前鋒，剩下的人站到他們後面去，跟他們背對背，互相照應彼此的背面。」他迅速下達指令。「卡特羅，站到我身後。」

顯然他比其他人都更清楚應該怎麼做，每個人立刻毫不遲疑地依照他的指示行動。

第一道車燈從右邊射過來，所有人屏息以待，一部引擎超強大的悍馬終於轉入車道。

「幹掉他們！」狄玄武大喝。

磅磅磅磅——

砰砰砰砰砰——

重裝步槍、手槍、各式武器激烈地駁火。

腎上腺素強烈噴發，所有人熱血沸騰，等待時累積的緊張感在這一刻消失無蹤。他們對準每輛車、每個會移動的影子盡情掃射。

第一輛悍馬被射得猶如蜂窩，「轟」的一聲撞在鐵門上。鐵門被撞得變形，但悍馬卡在扭曲的開口之間，反而阻了後面的車繼續前進。

第一輛車上的人被幹掉，第二輛躲在它後面，但戰略角度已先落了下風。

「右翼！」狄玄武吠出另一個指令。

角度更好的右翼對準想從第二輛車逃下來的人狂射。

「啊！」他們自己這邊有一個人肩膀中槍，卡特羅直覺想去拉他回來，狄玄武低咒一聲，把他推回去，自己去拉那個中槍的人。

第二輛車的人也被幹掉，後面有第三輛車，但是前面的兩輛破銅爛鐵完全阻住了他們的去路。

「走！走！走！」狄玄武比著那座水泥掩體，邊往後跑邊指揮：「右翼墊後，不要亂掉陣形！」

所有人開始往水泥掩體撤退。

第三輛車的人衝下車，開始擠過鐵門的縫隙。

「羅伯！」狄玄武對領著左翼的羅伯咆哮。

羅伯這一群人瘋狂對鑽進來的人開槍，其他人則穩定迅速地向水泥掩體的方向撤退。

第三車的人被幹掉，後面暫時不再有人攻來。

他們來到水泥掩體旁，狄玄武看卡特羅又想探頭探腦，把他往身後一推。卡特羅不懂爲什麼，猜想狄可能是要他掩護他的背後，所以趕快持槍警戒。

狄玄武推了下門。該死！是密碼鎖。

「密碼呢？」

「只有費南多知道密碼。」卡特羅連忙說。

費南多跑了！卡特羅立刻摸向腰間的對講機。可惡，剛才忙亂中掉在地上，他沒法子問賈西亞。

狄玄武當機立斷，「往主宅退！」

所有人早已對他心服口服，立刻繞過掩體往前奔。再繞過一團樹叢，前院的戰局頓時映入眼簾。

「媽的！」岡薩列茲及時低頭，躲開一顆流彈。

「就地找掩護！」狄玄武把卡特羅甩到自己身後，跟甩一袋棉花一樣。

卡特羅趕快很認眞地幫他顧背後，可是他們背後是噴水池的牆壁耶……

所有人或樹木、或炸翻的車輛、或石雕庭柱，迅速往各種可以躲的地方躲。

「畢維帝先生要出來了。」卡特羅從他們躲的噴水池抬起頭。

「給我下去！」狄玄武將他的腦袋按回去。

一片烽火連天之中，挾著畢維帝從主宅側門退出來的賈西亞竟然瞄見了他們。

「卡特羅，快把門打開！」賈西亞尖銳地大喊。

「我們沒有密碼！」卡特羅粗著嗓子回吼。

「六七四二八。」賈西亞大喊，一群人被一波狂掃而來的攻勢逼回門內。

卡特羅拔腿欲往五十公尺外的水泥掩體跑，狄玄武一把揪住他的領子拉回來，堂堂熊漢實在很不習慣被人當棉花拎來拎去。

「你要去哪裡？」

「我去替畢維帝先生開門！」

「我去！」某人很認命。臨走前，他兇狠地瞪卡特羅一眼。「給我乖乖待在這裡，動都不許動！」

「噢，好。」卡特羅楞楞的。

狄玄武對躲在對面車子後的菲利巴做了個手勢，往前門兩個角度一點，菲利巴在內的幾個人點點頭。

五，四，三，二，一——

他提氣往掩體掠去。

砰砰砰砰砰——

菲利巴爲首的一群人開槍掩護他。

卡特羅嘴巴開開。狄背上彷彿長出隱形的翅膀，腳尖在地上一點，整個人飛了出去，突然間，他就在水泥掩體的門口了。

「這這、這是什麼魔法？」卡特羅無法相信自己的眼睛。

狄玄武迅速輸入密碼，避難室的門打開，他立刻貼著粗厚的水泥門框，伸手對賈西亞打個手勢。

一波激烈的駁火在主宅裡響了起來，顯然有人攻進去了。

賈西亞的人一邊對追兵開槍，一邊護著畢維帝衝向水泥掩體。畢維帝被那座大肉山夾在腋下跑，整個人形容狼狽，再也沒有任何風流倜儻可言。

那肉山跑的速度略慢，直接用自己的身體當人肉盾牌保護畢維帝。

狄玄武回頭看向卡特羅，一陣子彈射來，他連忙縮回去。卡特羅躲在噴水池後蠢蠢欲動，狄玄武兇狠地對他一握拳，要他敢動試試看。

他檢查一下手中的槍，只剩最後七發。

好吧！他深吸了口氣，突然閃身出去。

砰。砰。砰。三記規律的槍聲響起，三個人倒下。

這三槍就足以讓他飛回卡特羅旁邊。

卡特羅來不及反應，又發現自己像一袋棉花被人拎起來。這次更沒面子，竟然是倒趴在狄玄武的肩膀上，像被消防員扛出火場的受難者。

砰。砰。砰。又是精準的三記槍聲，他們已經回到水泥掩體旁。

「你——你會魔法嗎？」他怎麼扛得動自己？爲什麼扛了自己還能跟飛的一樣？他從水泥掩體飛過去再飛回來的速度已經破世界紀錄了吧？

狄玄武沒時間理他，把他往避難室一丟，賈西亞那團人及時衝到。

「關門！關門！」一群人熙熙攘攘地進門，賈西亞立刻回頭尖叫。

狄玄武沒理他，背貼著水泥門框，探頭查看外面的情勢。

羅伯那群人距離比較近。彼此目光對上，羅伯點點頭，一群人跳起來邊開槍邊往水泥掩體衝。

羅伯一行四個人順利抵達。

菲利巴那邊比較麻煩，他們五個被擋在兩輛車後頭，正好是直接面對前方戰場。五個人的子彈已經快用完了，如雨而來的槍響將他們困在原地。菲利巴、岡薩列茲等人對上他的眼睛，都露出絕望之色。

「快關門！」賈西亞大喊，衝過來要去拉厚達二十公分的鐵門。

狄玄武一把揪住他的脖子拉過來，眼底閃過一絲腥紅。

「退後。」他的嗓音輕柔無比。

賈西亞被掐在他的掌間，面孔漲得通紅。

「賈西亞，我們還有同伴在外面！」卡特羅衝過來說。

「到裡面去。」狄玄武隨手把賈西亞丟給他。

他迅速看了一眼避難室裡有什麼派得上用場的東西。

牆邊有一堆掃把、清潔用具之類的雜物。他衝過去迅速翻找，無暇理畢維帝那群人。

雜物堆裡有幾罐清潔劑，拖把，一些鐵釘和螺絲釘。

他拿起一罐清潔劑，迅速看了一下成分，然後找出他要的那幾罐。他將旁邊一個鐵罐倒空，將兩罐清潔劑各倒一部分在那個空鐵罐裡，再把鏽掉的鐵釘倒進去。

他扯斷一條拖把的布條，再退出彈匣內的最後一顆子彈，抽出野戰刀削去子彈頭，將火藥粉灑在布條上，再將布條的一半塞進裝了清潔劑、鐵釘和火藥的鐵罐裡；找到一綑膠帶，把開口封死，只有一點布條露在外頭。

他的動作如此之快，沒有人明白他想做什麼。

狄玄武拿著剛做好的莫名其妙的東西，走到門口，先探頭看一下情況。席奧的軍隊已經發現畢維帝躲進避難室，立刻聚集了人力準備衝過來，宅邸內，由一個老將嘉斯塔渥帶領的保鏢團正和他們激烈交戰，先阻了他們一阻。

他再看一眼菲利巴，做手勢要他們躲好，對面一干人火速縮到車後面。

「打火機！」他回頭低吼。

某個人丟了個打火機過來。他點燃露在外面的那截布條，當火焰即將燒到罐口，閃身而出奮力往前面一擲！

那罐東西飛得極遠，幾乎到達前院的中心點，是席奧的人最多的地方。

「Fire in the hole!」炸彈要炸了！吼完，他也顧不得外頭畢維帝的人聽不聽得懂，縮回門內飛快將厚鐵門掩上。

轟——

爆裂物在半空中炸開，鏽鐵釘四下飛射，一連串清脆的釘射聲伴隨著陣陣痛苦的呼喊響起。

菲利巴等人見機不可失，立刻拔腿衝過來，狄玄武拉開門，最後一個人衝進門內，大門關上，節奏配合得完美無缺。

剛衝進來的人激烈喘息，每個人臉上都有一種死後重生的恍然。

厚實的水泥牆讓避難室突然安靜下來，比起一分鐘前的烽火連天，此刻的安靜幾乎不真實。

「你是誰？」賈西亞尖銳地問。

狄玄武沒工夫理他，他們時間不多，他繼續搜索整間避難室，看看還有什麼可用的東西。

「賈西亞，他是跟我一起來的狄，你見過他的。」卡特羅幫他回答。

「你又是誰？」畢維帝在旁邊問。

卡特羅一楞。「畢維帝先生，我是卡特羅，我替你看守後門，我們稍早在前門見過。」

「噢。」畢維帝一頓。當時他戴著耳機，有人在一旁告訴他每個和他握手的人名，不然他哪可能記住這些小角色的名字？

現在的畢維帝完全沒有之前的矜貴了。他的黑髮凌亂，臉頰沾了兩道火藥灰，西裝外套的一邊肩膀已經脫線。剛才他被夾在肉山的臂下逃命的情景實在說不上光彩，有生之年他都不想再重溫這種事。

這間避難室約莫三十坪，不算小，內側有一間五坪大的小室。狄玄武走過去一看，這裡應該是軍火庫，此刻武器全搬空了，但五分公厚的鐵板門不無小補。

他對卡特羅招一下手。

「過來。」

「你找到什麼？」卡特羅大步過去。

「進去。」狄玄武把他推進去。

「啊？」卡特羅整個晚上都被他推來推去的。

等一下，這裡還滿安全的，卡特羅趕快招呼他的老闆。「畢維帝先生，你們也進來，免得等一下鐵門被他們破壞了。」

「這個避難室很安全，只要沒有正確的密碼，即使他們強硬破壞門鎖，鎖只會自動咬緊，不會打開。」雖然如此，賈西亞還是把畢維帝帶進軍火庫裡，以防萬一。

畢維帝、賈西亞，再加上六條貼身保鏢——尤其那座肉山——迅速將卡特羅擠到最內側去，正合狄玄武的意。

「嘿，你還好吧？」肉山從他身邊擠過時，狄玄武看見他背上有幾個彈孔。

肉山順著他的視線往自己背上一看。「噢，這種小子彈傷不到我，明天找人把子彈挖出來就好了。」

他講話時，口舌有一種不太俐落的感覺。狄玄武多看了他一眼，點點頭。

「大家四處看看有沒有什麼派得上用場的東西。」狄玄武吩咐完，後哨警衛自動動了起來。

這間水泥掩體派上用場的次數不高，幾乎被拿來當儲藏室用。

沿著牆有幾堆雜物。其中一堆是他剛才做液體爆裂物的清潔用品，另一堆看起來是廢棄的椅子和一些五金工具。

「狄，你剛才用那堆破東西做了一個炸彈耶！」菲利巴吐了口菸草汁，驚奇地道。

「這是基本的化學原理，你們學生時代少蹺點課，現在你們也會了。」他面無表情地說。

他們？認眞上學？幾個後哨警衛笑了起來，連狄玄武自己都唇角失守。

「我幫你們一起找！」卡特羅想從後面擠出來。

「你給我乖乖守在後面。」他指著卡特羅鼻子斥喝。

「噢，好！」可是他後面就是水泥牆了，沒有人會從後面攻過來啊……

賈西亞狐疑地盯著他。這人是不是變得更高大了？他明明記得剛才在警衛裡，他沒這麼高。

狄玄武從岡薩列茲那裡要了一把槍。大家的子彈幾乎都用完了，費洛的卡賓槍裡還有幾發子彈，也撐不了多久，最後羅伯把自己手槍的最後一個彈匣給他。

他單手彈開槍膛，檢視，插入彈匣，裝回去，反手插回後褲腰裡，全部動作一氣呵成。

「賈西亞，有沒有密道離開這裡？」他抬頭問賈西亞。

「沒有密道。」賈西亞瞪著他熟練的查槍動作。這人絕對不是普通人，他到底是誰？

「沒有密道？」

「這裡就是避難室，爲什麼要密道？」

狄玄武看了一眼畢維帝的方向。「你們千方百計衝進一間水泥棺材裡，就是爲了把自己鎖在裡面？」

「這間避難室非常安全，三十公分厚的牆連炸彈都炸不開。我們只要在這裡待到明天早上就沒事了！」賈西亞其實是在向後面的老闆強調。

狄玄武一步一步走到賈西亞面前，直到他們之間相距不到二十公分爲止。

「你是說，你打算任你的人在外面被屠殺，你自己帶著你的金主躲在這裡就行了？」他柔聲地道。

賈西亞張開嘴，卻發現自己發不出聲音。

讓他發不出聲音的，不是因爲狄玄武的靠近，而是他的眼睛。

那不是一雙人類的眼睛。

他在這雙眼裡看不到任何屬於人類的溫度，只看到兩抹冷冷的寒光。那兩抹寒光如曠野的草叢中亮起的綠光，你知道有某種恐怖的大型狩獵者在草叢後鎖定你，你全身汗如雨下，卻不敢動彈，因爲你深怕你一動，牠也會動。而當牠動了，你的生命就結束了。

這兩抹寒光裡最接近人類情緒的，是一抹輕蔑。

那抹輕蔑彷彿在說，你只是一口被人吐在地上的痰，甚至沒人願意伸腳把你抹去。幹他們這行的人看多了殺人犯和壞坯子，但從沒有一雙眼讓他感受過如此沈重的壓力。

「你想教我如何做我的工作？」他勉強從唇間逼出聲音。

狄玄武依然用那雙毫無溫度的黑眼注視了賈西亞一會兒。

然後，他笑了。

那個笑容讓所有人一寒。鯊魚要吞掉一個人之時，應該就是這種笑容。

「無所謂，那是你的人。」狄玄武聳了下肩，退開一步，賈西亞終於能呼吸了。

賈西亞的目光和身旁幾個保鏢對上，突然發現每個人看他的眼神都怪怪的。不妙。

「外面的弟兄都是最專業的！他們有充分的能力保護自己，這就是他們今晚的任務。」賈西亞強調。

後哨警衛轉開視線，沒有人反駁，但也沒有人附和。尤其是羅伯那幾個，他們是最先退到避難室裡的人，當菲利巴那些人困在外頭時，他們清楚聽見賈西亞要人把門關上。

是狄讓他們安全逃進來的。如果沒有他，現在他們已經被射成蜂窩。

「聽著，我知道每個人今晚都很辛苦，對我來說也不容易。」畢維帝覺得他有必要說點什麼。

「戴……」

「狄。」卡特羅從一堆人後面冒出聲。

「狄，我很感激你今晚的幫助，明天我就把你調到我身邊來……」

「不用了。明天我不會在這裡。」狄玄武冷冷打斷他的話。

「嘿，這裡還有一箱軍火！」羅伯從一堆雜物裡摸出一箱之前沒被發現的槍。

「什麼意思明天你不會在這裡？」畢維帝只關心這個。

「畢維帝先生，狄是我今天臨時找來幫忙的，他不爲你工作。」卡特羅在後面解釋。

狄玄武逕自去檢查那箱軍火。箱子裡只有七把手槍，彈匣倒是有兩打左右，聊勝於無。

碰！碰！有人在外面拿東西撞門。

所有人轉身看著門口，卡特羅努力從房間裡擠出來，狄玄武馬上指著他鼻子喝道：

「到後面去！」

「後面只有牆壁。」卡特羅告訴他。

「所以才要你到後面去！」他俐落地把七把手槍裝上彈匣，抓起箱裡的彈匣一一拋給後哨警衛，手槍卻放回箱子裡，勾在腳邊，一雙眼炯炯有神地對住大門。

「可是我的職責是保護畢維帝先生！」

「而我的職責是保護你。」他頭也不回。

「啊？」

「你帶了自己的保鏢來？」畢維帝看向他。

「不……我……當然沒有……」卡特羅整個傻眼。「狄，你、你說這話是什麼意思？」

「你的女兒僱我保護你活過今夜。」狄玄武從頭到尾只看著被撞的門。

「什麼？妮娜？」怎麼會？不可能！

「你身上有沒有錢？」

「有……」妮娜僱人來救他？真的？

「拿二十四塊給我。」狄玄武臉很臭地往後一伸手，沒回頭。

卡特羅整顆腦袋還在昏暈狀態，僵僵地抽出皮夾，數了二十四塊錢出來。

羅伯幫忙把錢傳給他，狄玄武接過二十四塊，把十二塊塞進口袋裡，另一半塞回去給卡特羅。

「這一半是你的，事先說好我今晚賺的一半分你。回去跟你女兒說，錢我先跟你收了，叫她把二十四塊給你就好。」他的臉色很難看，「卡特羅，你這個吝嗇的混蛋！回頭給你女兒加零用錢！」

卡特羅呆呆盯著手中的十二塊。

畢維帝努力消化這個訊息。他保鏢的命比他重要，而且只花二十四塊就保到了，這代表他值多少？

其他人腦中生出一模一樣的想法——

這眞是全世界最划算的交易！

碰。碰。碰。撞門的聲音越來越響。

「這間避難室很安全，沒有密碼他們絕對攻不進來。」賈西亞再度強調。

滴滴滴滴滴。密碼鎖被輸入的聲音。

喀嗒，鎖開了。

所有人全部僵掉。

「我相信它很安全——如果你沒有在外面大聲喊出密碼的話。」狄玄武諷刺地看他一眼，然後指著卡特羅的鼻子，「你，給我到最後面去！」

「你要做什麼？」卡特羅硬擠到門口不肯動。

「救你的屁股！」

他站在場中央，頭也不回地指揮後哨警衛：

「跟剛才的陣形一樣，左、右兩翼就好，其餘的人自動歸入兩隊。他們一進來就開槍，射到沒子彈就退回軍火庫裡，把門從裡面反鎖。不准有任何人擋在我面前，除非你想死。」

「那你呢？」菲利巴叫道。

他的嘴角勾起一個野蠻到令人血液發冷的笑容。

「我，打算好好享受今晚。」

門被打開。

畢維帝被一干人護著躲回軍火庫，所有後哨警衛同時開槍射擊。

砰砰砰砰砰砰——連發的子彈在這密閉空間內造成的回音幾乎震耳欲聾。

當先衝進來的黑衣人中槍倒地，但是後面持續有人湧入。看來席奧今晚是鐵了心，非殺了畢維帝不可。

一顆圓圓黑黑的東西突然被丟進來，鐵門想迅速拉上，眾人還沒看清怎麼回事，站在中央的狄玄武抬腳一踢，那顆黑黑的東西準確地從門縫飛出去。

轟——

手榴彈在門外爆炸！

所有人全撲倒。

激烈的詛咒和尖叫在門外響起，鐵門又被衝開，狄玄武勾過腳邊的箱子，將四把手槍放在地上，呈放射形滑向前方。

後哨警衛開槍猛射，門外的人完全找不到空檔往裡面攻擊。有人的彈匣空了，卡特羅機警地開門讓他們躲進來。

手槍滑出去之後，狄玄武卻是飛身而起，抓過牆旁的拖把，踢斷拖把頭變成長棍，飛身向門口。長棍在他手中眼花繚亂的飛舞，每一顆衝進來的人頭一一中棍。

他的長棍砸下去，那些人不是暈過去而已，而是腦袋一顆顆裂開，腦漿和血液齊飛，這景象已超乎菲利巴等人所能理解。

門外全是火光和煙霧，主宅內存活的弟兄依然在奮力抵抗。

後哨警衛射完了子彈便退向軍火庫，卡特羅一直守在軍火庫門口等著接應。

狄玄武掏出打火機，搶過牆邊的一罐燃油，含了一口，就著打火機噴了出去——

「啊——」被燒得滿頭水泡的人痛得退出去。

「有埋伏！」

「他們藏了一支伏兵在裡面！」

狄玄武把卡在門邊的一個人踢出去，雙臂肌肉賁起，瞬間幾百公斤的鐵門重新關上。

第一波，沒有一個人攻得進來，他領著一群烏合之眾守住了避難室。

「卡特羅？」他沈聲大吼。

「我在！」

「回報狀況。」

「我們都沒事！」頓了頓。「菲利巴的屁股被子彈擦過去，不過沒大礙。」

後頭飆出來的髒話精彩到讓人對菲利巴的創造力深感佩服。

卡特羅看著他滑在地上的四支手槍，不曉得他把這些槍丟開是要做什麼。

狄玄武從箱子裡拿起一支槍插在褲腰，飛到清潔用品堆裡，迅速又做了一瓶液態爆裂物。

他們隨時會再開門攻進來，他時間不多……

「卡特羅？」

「在！」

「到最後面去。」

「……呃？」

滴滴滴滴滴，密碼又被按下。關上門還不是一樣？

狄玄武這次主動飛過去把門拉開。

守在門外的黑衣人沒料到門會自己打開，還沒反應過來，他直接開槍，再閃到門側。

兩槍去掉兩個人。

他們兩邊的子彈都不可能無止盡，一旦用完，就是看各自的本事了。

「衝進去——」

一群黑衣人突然吶喊一聲，衝了進來。這一點狄玄武想對了，這波人持的是開山刀而不是槍。

想用人海戰術嗎？狄玄武猖猖一笑，繼續開槍。

最前面的黑衣人還沒碰到他就先倒下。待手槍的子彈用光，他突然把手槍往天上一拋，前面的黑衣人不由自主地看向他拋開的東西。

他屈膝一矮，整個人突然落在地上往前滑去，繞過兩個人的腳，撿起右邊角落的那支手槍，回頭，開槍。

黑衣人像骨牌般倒下，沒有倒下的人揮著刀衝過去，所有人只看到狄玄武壓低的身影在地上滴溜溜滑行，忽而左，忽而右。每個人低頭猛砍，但刀碰到之前他已經滑開，自己的人卻腳骨斷折或中槍躺下。

四把手槍，四個方向，他將所有人困在這咫尺間，沒有人能越雷池一步。

羅伯和卡特羅等人躲在門縫偷看，每個人不由自主地屏住呼吸。

他們從來不知道，原來戰鬥不只是殺人，還是一種藝術。

這種藝術將一個人如何運用身邊所有的武器發揮到極致，成爲經典，一個人就可以造成如此的殺傷力。

地板上的屍體堆積起來，這一波最後兩個黑衣人倒地。

狄玄武瞄到門外另一批有槍的人準備進攻，滴溜溜滑過去，立刻把鐵門推上。

「……」

「……」

「……」

這簡直是賴皮，都已經知道人家有密碼了，還一直關一直關，煩不煩啊？岡薩列茲不曉得這時候笑出來會不會太過分。

狄玄武時間不多。

「卡特羅，待會兒門打開，我把炸彈引燃丟出去。這顆應該能掃平最靠近的一批，替我們爭取到五分鐘的時間。等我一開門，你跟著我衝出去，我們從後門離開。」他看了其他後哨警衛一眼。「想活命的人就跟上。」

「好，我們一起保護畢維帝先生往外衝。」卡特羅奮勇地說。

「我們不走。」賈西亞立刻說。

「聽見了吧？他們不走。」狄玄武森森白牙一笑。

「賈西亞……」卡特羅開口想勸。

「我們自己從內部破壞門鎖，把門卡死，他們就進不來了，等清算夜過去再讓外面的人切開，這裡依然是最安全的地方。」賈西亞宣誓。

「祝你好運。所有人預備。」狄玄武準備點燃爆裂物。

「不行，我們受僱於畢維帝先生，我們必須保護他。」頓了頓，卡特羅小聲加一句：「嚴格說來，你也受僱於他……」

狄玄武的狠眸一睇，慢慢地回過頭。

「對了，我花了五百塊請你！」賈西亞突然靈光一閃。「我再加十倍，五千塊。」

五、五千塊……卡特羅倒抽一口氣。

狄玄武揉了揉鼻梁，終於痛苦萬分地指著賈西亞鼻子。「你再提一次這種侮辱人的數字，我就宰了你。」

不不不，五千塊不侮辱，一點都不侮辱啊！卡特羅在心頭吶喊。

「一百倍。」畢維帝把自己的安全主管擠開。「我加碼到一百倍，五萬塊。」

五萬塊、五萬塊、五萬塊……卡特羅都不能呼吸了。

狄玄武極端隱忍地閉了閉眼，然後指住畢維帝的鼻子。

「你運氣好，我今晚不想殺你。」

五萬塊！你瘋了嗎？我們在說的是五萬塊！五萬塊啊啊啊——

卡特羅心頭的吶喊已經變成怒吼。二十四塊的工作你接了，你看不上五萬塊的？

轟！鐵門再度被衝開。

「到後面去！」狄玄武指著卡特羅命令，飛身迎戰。

外面的人甚至來不及進入，他已經拿起爆裂物，點燃，丟出去，把門拉上。外頭五個人使力和他較勁，竟抵不過他一個人的力道，門再度被他關上。

轟——

門還剩一絲小縫時，外面就炸了。

釘釘釘釘釘釘——彈在鐵門上的鐵釘聽起來異樣的悅耳。

另一波激烈的尖叫聲湧了進來。

「走！」他用力推開門，揮手大喊。

所有人再也顧不得爭執，憑著直覺跟在他身後往外衝。

畢維帝又被肉山夾在身側，六個貼身保鏢拔出槍，後哨警衛奔出時隨地撿起任何能當武器的椅腳掃把棍棒。

一閃出門外，所有人都頓住了。

他們以為出來會遇到另一場硬戰，沒想到站在面前的人數，竟然不比他們多多少。

整片庭園已經毀得不成樣子，避難室前面的地面被炸了兩次，早已坑坑巴巴，一堆死於爆炸或被鐵釘射穿的屍體躺在地上。

席奧的人，零零落落只剩下十幾個。

兩方的人僵硬地站在原地對峙，活口都不多了。

那十幾個黑衣人裡，一個勁瘦結實的男人慢慢上前。

「你不是這裡的人！你是誰？」

「自由業。」狄玄武冷冷回答。

「你知道你在和誰作對嗎？」

「我不在乎，你們是蛇、是鼠、是噬人獸，看在我眼中通通一樣。我的合約只有今夜，明天早上八點我就是自由之身。」

那人瞇了瞇眼，看向他身後的畢維帝。

「我們非殺了他不可！」

「我說了，我不在乎，但我敢保證你們今晚絕對殺不了他。」他微微傾身向前，「我可以繼續打下去，直到每個人都不再站立爲止。我不會累，不會停，不會工作超過明天早上八點，所以，你們必須問自己這個問題：你們想繼續派更多人過來送死，還是回去告訴席奧明天之後他還有機會？」

畢維帝喉嚨發出一陣怪異的咕噥聲。

那人深深看了狄玄武一眼。

「你叫什麼名字？」

「狄玄武。」他毫無感情地道。

那人的眼睛一瞇，吸了口氣，終於回頭一揚手。

剩餘不多的黑衣人走得乾乾淨淨。

清算之夜，提前六個小時結束。

4

卡特羅一大早就過來找狄玄武。

雖然昨天的清算夜提前結束，狄玄武依然陪他們待到早上八點——因爲某忠心耿耿熊爸拒絕跟他一起離開——期間畢維帝不敢逞強，乖乖換到另一處安全的據點。

八點一到，狄玄武拍拍屁股走人，不帶走一片雲彩。

畢維帝整片宅邸算是半毀，所以他暫時住在另一處別莊。

等老闆終於安頓好，卡特羅就被命令來「請狄先生回去一談」。

卡特羅其實很疲倦了，從清算夜開始他已經連値兩天一夜的班，中間只打過電話回家報平安。不過他忠於職責，回到家沒有久待，換件衣服，讓老婆女兒見了安心，便往轉角的狄玄武家走去。

……這群混蛋是哪裡冒出來的？

他瞪著狄玄武樓下的兩堆人。

這兩堆人左右各一排，涇渭分明。他認出左邊其中幾張臉孔，是席奧的人；右邊幾張臉孔，是拉貝諾的人。

這些傢伙風聲忒也快，簡直跟蟑螂一樣。他們來幹什麼？

卡特羅挺起他的虎背熊腰，對每個人瞪眼，但沒人理他。

蓋多區很少出現這麼大的陣仗，附近的街坊不知道出了什麼事，早已家家戶戶門庭深鎖，連探頭出來看都不敢。

卡特羅索性也懶得跟他們玩「一二三木頭人」，舉步邁進大門。

兩路人馬一路延伸到二樓的一扇破門外，他帶著「不爽來打」的挑釁樣，依然被視若無睹。

叩叩。

「誰？」門裡響起懶洋洋的男性嗓音。

「是我，卡特羅。」

裡頭沒聲音了。

過了五分鐘，他再敲一次，「你不讓我進去嗎？」

「我還在考慮。」門裡懶懶地道。

兩邊的人露出幸災樂禍之色，卡特羅面子登時有點掛不住。

「狄，你這樣不夠朋友！」捶了破門一下。

片刻後，門裡終於響起一聲嘆息。

「進來吧。」

卡特羅勝利地看了每個人一眼，大搖大擺走進去。

狄玄武躺在他那張搖搖欲墜的床上，閉著眼，正在用耳機聽音樂。

卡特羅自己找張椅子坐下來——說真的，不容易！這屋子裡每樣家具都破爛得可以，他真怕他一坐下去椅子就垮了。

他小心翼翼把尊臀放在椅沿，確定不會一屁股摔在地上，才敢坐正。

狄玄武依然閉著眼，跟著耳機裡的音樂有一搭沒一搭地哼歌，腳蹺在膝上一抖一抖的。

「嘿。」卡特羅推他一下。

他張開眼睛。

卡特羅承認，被他盯住其實是有點恐怖的事。

是人都有情緒，不管開心、惱怒、嫌惡，或甚至陌生，都是一種情緒，但狄玄武的眼睛看人的第一刻，往往沒有任何屬於人的情緒。

當一個人缺乏屬於人類應有的情緒時，你知道他就算殺了你，也不會眨一下眼睛。被這麼空洞的一雙眼盯住，你會從心底深處湧出一股逃跑的衝動——這是人類面對無情掠食者的求生本能。

下一刻，狄玄武的眼神變了。

情緒流回他的黑眸，他看起來不耐煩又有點惱怒，但「人味」出現了。

彷彿對於其他人類來說是自然流露的情緒，對他卻是由一個後天的開關調節，他完全能掌握哪個開關打開，哪種情緒流出來。

「幹嘛？」狄玄武沒好氣。

「咳，畢維帝先生想和你談談。」卡特羅不自在地蠕動一下身體。想到門外那群陣仗，又加一句：「他本來想派車來接，但他覺得你應該不喜歡被打擾，所以……」

狄玄武的嘴角一挑。

算畢維帝聰明，他知道他若派另一隊人馬來，頂多就是門外多加一排人。

拉貝諾、席奧、畢維帝在彼此的地盤上都有眼線。清算之夜讓狄玄武一戰成名之後，每個人都聽說了他的合約只到早上八點。

這事在第一時間傳回拉貝諾和席奧耳中，他們只有兩個選項：

他們可以設法殺了狄玄武，或他們可以延攬他。

顯然雙方對這事都有共識。所以才過了一天，他的門外就出現兩排人。

「好吧！」狄玄武把耳機和隨身聽往旁邊一扔。

「啊？」卡特羅沒想到他這麼乾脆。

對狄玄武來說，事情其實簡單得很。

他需要錢，而黑道是賺錢最快的一個管道。無論幫哪一邊，對付的都是另外兩幫垃圾，所以他一點問題都沒有。

既然總歸要有個開始，他選擇先和他已經熟門熟路的畢維帝談，這並不令人意外。不過看在卡特羅一副「你果然給老哥我面子」的爽臉，他也就不說穿了。

「我要換衣服，你要留下來看嗎？」狄玄武看他一眼。

「免了免了，我在外頭等你。」

❦

其實卡特羅是開了車子回來的，只是停在巷子口，狄玄武一上車便閉目養神。

車子抵達目的地，兩人一前一後下了車。在寬敞的庭院裡，第一眼見到的是三根立柱，上頭倒吊著三個體無完膚的男人。

費南多，和兩個逃跑的後哨警衛，看那態勢已經死了幾個小時。

狄玄武只瞄了一眼就不再關心。卡特羅的神情雖然鎮定，發白的臉卻透露出心頭的震盪。

一群壯漢擋住他們的去路。

為首的大漢赤著臂膀，上半身是一件類似鎧子甲的背心，下半身穿著一件皮褲，肌肉盤在他壯碩的軀幹上。他背後的男人高矮胖瘦各異，非善類的氣息卻相去不遠。

在人群最後方，依然是那座鶴立雞群的肉山。

「你子彈挖出來了？」狄玄武先跟他說話。

「我？對啊！」肉山楞了一下，憨憨地對他笑，旁邊的人立馬頂他，肉山才想到他們現在還是「敵對陣營」，趕快板起臉。

「來眞的？」狄玄武看向爲首的那名大漢。

「我叫嘉斯塔渥，所有人都叫我嘉斯。」鎧子甲男人道。「聽說你在清算夜救了一批夜班兄弟和畢維帝先生，畢先生對你讚不絕口。那天晚上我們每個人都出了力，我不懂你特別在哪裡，何不現在露兩手讓我們瞧瞧？」

嘉斯對站在最後面的肉山一揮手，「吉爾摩！」

大肉山排開人群走上前，他壯觀的體型讓他走路都有一種地面隨之震動的感覺。

狄玄武掃向他們後方，二樓窗簾內的人影一閃而逝。

好吧！他微微一笑。

「嘉斯，畢維帝先生正在等我們……」卡特羅打圓場，話還沒說完，眼角黑影一閃，吉爾摩人已經不見了。

卡特羅嚇了一大跳，才發現不是吉爾摩不見了，而是和狄玄武一起倒在地上。

狄玄武一招抱身摔將吉爾摩拖倒在地，再一招膝十字將他整個人狼狽地固定住。

這是綜合格鬥技（MMA）的「地戰」招術。

吉爾摩巨臉漲紅，樹幹粗的右臂被他整個鉗制，用交叉的兩膝鎖住，肩頸關節處咯咯作響。狄玄武只要再用點力，他的肩膀就和他的身體分離了。

體型過大的人，靈活度一定不足。若是讓吉爾摩站著，他的每一記拳頭都足以將石牆捶破，但是讓他倒在地上，他的體型優勢就被瓦解了。

狄玄武生平對戰無數，不總是贏，但打過無數場架的經驗值讓他能在第一時間做出對他最有力的判斷，所以他的勝率總是很高。

他這局勝在出其不意，料敵準確，利用說話的卡特羅當他的障眼法。

嘉斯等人臉色一變。他們事先都聽說狄玄武「很能打」，但他們沒有想到他「能打」到這種程度，竟一招之內擺平了吉爾摩。

狄玄武可以輕易折了吉爾摩的膀子，但他不想這麼做。

想了想，他將吉爾摩的肩膀扳脫臼，瓦解他的戰鬥力，所有人聽到那個喀啦聲都不禁縮一下。

他鬆開吉爾摩自己站起來，吉爾摩在地上掙扎了好一會兒，但是一隻手根本無法將他龐大的身體撐起來，嘉斯不得不走過去拉他。

「我不介意多放倒幾個人，不過經過清算之夜，我認爲你們應該有人手短缺的問題。」狄玄武轉頭往門外走。「跟畢維帝說，等他決定不再玩家家酒了，再來找我。」

「慢著！」

二樓的露台門推開，一個俊美得如同電影明星的男人走了出來。

「我就跟賈西亞說，這種試探一定會惹毛你，他還不信！我果然沒說錯吧？上來！」畢維帝臉上堆滿了笑，隨意地招了招手，自己先走進去。

他的態度如此自然，彷彿一切不過是個無傷大雅的玩笑，如此反而讓人不能再說什麼。狄玄武對面前的大漢們挑了下眉，一干人只能沈著臉讓開。

「老闆沒叫你進去。」嘉斯按住卡特羅的肩膀。

「如果你不把你的手拿開，我會替你『拿』開。」說話的人是狄玄武。

嘉斯的眼一瞇。

「咳，狄，我自己應付就好。」卡特羅有點尷尬。

說眞的，自從體型開始長高之後，就只有他保護人的分，這幾天大概是他被保護最多的日子。

不過嘉斯沒再多說什麼，鬆開卡特羅讓他們一起進去。

「兩位先生，請跟我來。」

兩人踏進富麗堂皇的大廳，穿著制服的傭人立刻領著他們登上圓弧樓梯。

「喂，清算夜已經過去，你以後可以不用再保護我了。」卡特羅趁機上前咬耳朵。

「誰保護你了？我只是覺得我的跟班被他動了很沒面子。」狄玄武瞄他一眼。

「……」誰是你跟班？

卡特羅對他的後腦杓齜牙咧嘴。

來到二樓的第一扇門前，僕人輕敲一聲，裡頭傳來愉悅的一句「請進」。

門內是一間日光室，以華麗高雅的巴洛克裝潢爲主，風格其實有些女性化，不曉得是畢維帝哪個情婦的家。整面落地窗綴著白色紗簾，耀眼的陽光灑落在大理石地板上，一組高腳沙發椅擺在廳室的中央，靜享一室金華。

除了畢維帝，賈西亞也在。七名穿著黑夾克的荷槍保鏢散在屋內幾個角落，目光炯炯地盯住他們。每次見到畢維帝，他都穿得像個鮮亮的廣告模特兒，今天也不例外；合身剪裁的高級手工西裝，襯得他甚是挺拔英俊。

狄玄武自己不太愛在衣服上浪費時間，除了猶如母親的辛瑤光爲他挑的衣服，他自己買的多半是白、灰、黑等單色不敗萬年款。

今天他穿著一身黑，黑色套頭衫和黑色牛仔褲，以前師妹看他這麼穿總是笑他「賈伯斯上身」，他猜想這個世界應該沒有賈伯斯。

狄玄武自己不自覺的是，這身黑襯托出他剛毅英俊的五官。他淡漠的神情，孤傲的身影和無聲無息的步伐，在在讓他有如一隻誤入仕女花園的獵豹。

賈西亞也穿著一身黑。他雖然斯文白淨，但身材瘦小，臉孔長得有些像猴子。平時可能不會有人跟他這麼說，偏偏今天他和狄玄武撞風格，而狄玄武的英挺威猛無形間更顯出他外形上的劣勢，賈西亞自己似乎也明白這一點，臉色不太好看。

「哈，我的救命恩人！」畢維帝張開雙臂迎過來。

「客氣。」狄玄武擋開他的擁抱，只跟他握了握手。

所有人坐了下來，狄玄武慵懶地伸展長腿。卡特羅第一次跟這些大人物聚會，整個人侷促得手腳都不知往哪裡擺。狄玄武一記冷眼拋來，卡特羅趕快在他身旁坐下。

畢維帝親自幫每個人倒了一杯威士忌。

「告訴我，如果你是席奧，清算之夜你要殺我，你會怎麼做？」一出口就是十分辛辣的問題。

「什麼也不做。」他拿起威士忌酒杯輕啜一口。

「哦？」畢維帝的臉上依然帶著笑，眼神已銳利起來。

「清算之夜你必然重兵防守，高度戒備，我何必硬碰硬？」他聳了聳肩。「隨著時間過去，我的人一直沒有出現，你的人先是警戒，然後懷疑，然後猜想。你以爲我不敢上門硬拚，隔天早上八點一到，你知道我已經錯過唯一一次可以公然向你尋仇的機會。你非常快樂，八成出去吃個飯，喝個酒，跳跳舞，再從我的門口耀武揚威地開過去。

「當天晚上，你的重兵已經解除，你以爲危險過去了，我會派一個最厲害的暗殺者——在這裡指我自己——潛入你的臥室，割了你的人頭。問題解決，沒有人能證明是我幹的。」狄玄武對他舉一下酒杯。

畢維帝的笑容消失，賈西亞的臉卻陰沈起來。

片刻後，畢維帝重拾笑容。

「那，如果你是我，清算之夜你會怎麼做？」

「找個安全的地方躲好，照樣在宅邸佈上重兵。等席奧的人攻過來，他會以爲我躲在屋裡的某個角落，其實那只是幌子。我的主要兵力在他的人傾巢而出之時，早就攻進他的老巢，他的人一定回防不及，運氣好的話，我一個晚上說不定就能挑了他，再不濟也讓他跌個大跟頭。」

畢維帝的笑容又消失。

狄玄武曾跟溫格爾醫生說他瓦解過犯罪集團，打擊過軍閥組織，不是說假的。

當老大的人往往有當老大的包袱——別人讓你難堪時你一定要扳回顏面，別人奪了你的東西你一定要搶回來，別人上門叫陣你不能躲。你若不這麼做，以後你在江湖再也難以立足。

這些包袱往往讓他們的行動十分容易預測，於是，像狄玄武這種不墨守成規的游離分子就充滿了可乘之機。

「賈西亞，我就說他一定沒那麼簡單，現在你相信我的話了吧？」畢維帝笑著，目光卻盯住狄玄武。「我要你爲我工作。」

狄玄武慢條斯理啜他的威士忌。

「錢不是問題。」畢維帝見他久久未出聲，加上一句。旁邊的賈西亞立刻神色緊繃。

在場的人都很清楚，一個以一擋百的高手出現在利亞生存區，不可能沈寂太久，席奧和拉貝諾的人已經找上他家，畢維帝唯一的優勢是他們有過一段短短的革命情誼。

狄玄武毫不懷疑如果今天生意未成，畢維帝已經派了殺著等在後面，無論如何也不能讓他投到席奧麾下。

他倒不擔心埋伏的問題，只是，既然幫哪一方都沒差，待在畢維帝這裡又何嘗不可？

「不要急，讓我先說明我的規矩。」狄玄武將酒杯放回石几上。「我只有一個任務：保護客戶的生命安全。我會排除所有針對你而來、危害你生命安全的人事物，但我只對你一個人負責，不是供你差遣的打手。我不幫你幹那些搶地盤、收保護費的蠢事，我存在於你生命中只有一個目標，就是確保你隨時都在呼吸。這樣清楚嗎？」

「公平。你怎麼收費？」

「你認爲你的命値多少？」

兩個男人陷入互相打量的沈默。

這問題極奸巧。畢維帝當然認爲自己的生命無價，但他不可能提出無上限的數字，而他的答案會讓狄玄武看出他的格局在哪裡。

兩人的沈默越長，賈西亞的臉色就越難看，卡特羅覺得自己好像被夾在一個原力罩裡，整個人被壓得越來越小，越來越小……

「哇，每個人都在？」一陣香風撲鼻而至，所有人眼睛一亮。

芙蘿莎．畢維帝。

穿著一身豔黃太陽花洋裝的她，頭戴寬邊草帽，腳蹬高跟涼鞋，鮮嫩猶如剛從加勒比海度假回來的千金。

她巧克力色的豐潤長髮框住明媚豔麗的臉龐，一雙深棕色眼眸勾成貓眼，媚波流轉，雪白無瑕的肌膚完全是「膚如凝脂」的最佳化身。

她不只美，她還豔。

她的豐胸繃在布料下，臀部緊翹，一雙長腿勾引了男人無數想像。當她的貓眸對在你身上，粉紅色的舌尖輕舔，你只能開始想那張豔紅的唇用在自己身上的各種畫面。

無論她是不是每個人的型，所有男人都必須承認，她的出現就是一道風景。

「妳也知道要回來？」對清算夜自己避難去的妹妹，畢維帝神情譏誚地道。

「聽說我親愛的哥哥搬到我家裡，我當然得回來看看他好不好。」芙蘿莎將包包和草帽隨手扔給身後的女僕，往他的大腿一坐。「我親愛的哥哥，你好嗎？」

「總算還沒死。」畢維帝沒好氣。

芙蘿莎親熱地吻了下哥哥的臉頰，妙麗水眸卻飄到他對面的男人身上。

「你就是清算之夜救了我大哥的男人？」她接過女僕送來的胡蘿蔔汁，一雙貓眼狡黠地對住狄玄武。「你該知道，你一個人打敗半支席奧軍隊的事連比亞市都聽說了，我們這個圈子消息傳得很快，那裡有幾位老大對你很感興趣。」

賈西亞的神情霎時變得不太好看。

「妳聽說有新男人，才捨得提前跑回來嗎？」畢維帝皮笑肉不笑。

「你知道我向來抗拒不了強壯威猛的男人。」她嬌聲呢喃。

「下來，像什麼樣子！」畢維帝對腿上的妹妹低斥。

芙蘿莎嬌笑著窩進旁邊的貴妃椅，抬手拍拍賈西亞的臉頰，賈西亞斯文的臉微微泛紅。

她像隻嬌慵的貓咪把腳收到椅子上，渾然未覺自己的領口滑得更開，一截光潔的玉腿讓人簡直移不開視線。

她當然知道她露出什麼！

她完全明白她性感豐腴的身體扭在椅子裡是什麼樣的視覺效果。

她知道賈西亞的眼光離不開她，畢維帝不時瞟向她，連卡特羅都侷促地盯著自己的手，不敢再看她。

她也明瞭狄玄武沒被她媚惑。

最後一點讓她貓眼微陰，隨即用滿滿的妖媚掩去。

於是，狄玄武馬上明白這間屋子裡最厲害的人是誰。

芙蘿莎．畢維帝，一個在男人主宰的世界裡游走的女人，卻足以與其他三個男人並立。

任何人若以為她只是個香豔的裝飾品，他們遲早會付出代價。

他從不低估女人，這個原則救了他的命好幾次。

「言歸正傳，狄，你總該有一個收費標準吧？」畢維帝把注意力從他妹妹身上抓回來。

「一百五，一年，事前付款。」狄玄武往椅背一靠。

「哇。」畢維帝嗆笑一聲，趕快把威士忌酒杯放下來。

「這太可笑了！告訴我你不是認眞在考慮件事！」臉色鐵青的賈西亞倏然起身。

畢維帝認眞在考慮這件事。

「我瞭解你只看過我一個晚上的表現，或許還沒有足夠信心。我可以接受三個月的試用期，五十。」狄玄武說道。「過了試用期，你如果滿意，我們延展成一年的合約，以後每年重新簽約一次，約滿任何一方都可以叫停。如果你不滿意，試用期滿我走人，恕不退費。」

「容我提醒，你的前一個客戶只付你二十四元。」畢維帝指出。

「二十四元是她全部的財產。」

「你想要我全部的財產？」

「不，但一百五是個不錯的開始。」

兩個男人又陷入較勁的沈默。

卡特羅的心臟快停了。

五十……一百五……他他他，他說的單位是什麼？不是「萬」吧？

他工作了一輩子，到現在都還沒賺到五十萬，遑論一百五十萬，這傢伙竟然一開口就從這種數字起跳？

他開始扳手指算自己要不吃不喝賺多久才可以賺到一百五十萬。

五十年啊！

五十年……

「呵。」打破沈默的依然是芙蘿莎。

她滑下貴妃椅，走到狄玄武面前，狄玄武目不斜視，只是看著對面的人。芙蘿莎張開雙腿，直接跨坐在他的腿上，和他面對面，讓他不得不看她。

「我喜歡有自信的男人。」她直直看進狄玄武眼底。「我，喜歡你。」

狄玄武黑眸微微一瞇。

她慢慢貼近，鼻尖幾乎觸到他的鼻尖，兩點性感的凸起微微碰到他的胸膛，不多不少，夠引起麻麻的觸癢，但不足以解癮。

從她身上散發的女性暖香如上好春藥，引誘著男人最深層的慾望。她的眼神充滿邀請，彷彿在告訴他，只要他再靠近一點，他就能碰觸她，吻到她，擁有她。

你要我的，你知道，來吧。她的貓眼在說。

狄玄武微微傾身向她，唇幾乎碰到她的唇——

然後把她整尊「舉」到旁邊。

「抱歉，妳擋到我了。」他禮貌地拿起桌上的酒杯。

「……」芙蘿莎錯愕地瞪著他。

畢維帝噗地噴出笑聲，她立馬危險地瞄向哥哥，畢維帝趕快喝口酒掩飾。「芙蘿莎，妳可以不要每見到一個男人都想弄上床嗎？讓我們認眞談一下生意。」

「哼。」她瞪他們一眼，坐回她原來的位子。

「我希望你夠聰明，」狄玄武毫不爲這段小插曲所擾。「如果你不僱用我，你最多再活三個月。」

「這是威脅嗎？」賈西亞悖然變色。

「這不是威脅，只是陳述事實。」狄玄武向畢維帝挑了下眉。「我甚至不需要做任何事，只要袖手旁觀，三個月內你必死無疑。」

「爲什麼？你知道什麼？是誰派你來的？」賈西亞疾道，「畢維帝，他一定知道一些我們不知道的事。給我一天的時間，我會問出他究竟知道什麼。」

畢維帝忽地笑了起來，慢慢搖了搖頭。

「成交。」

「你——」賈西亞不敢置信。

「夠了。」畢維帝阻止他，對角落的保鏢打個手勢，那保鏢轉身走出去。

「別急，我的合約有一條但書。」狄玄武從頭到尾沒多注意那個惱火的安全首腦。

「哦？」畢維帝挑眉。

「我會盡全力保護你，必要時甚至為你擋子彈，但，如果你做的事於我自身之利有直接衝突——在這裡指傷害我朋友或任何一個我關心的人——我們的合約自動失效，恕不退費。」

「你有名單嗎？」畢維帝皺眉。

「放心，這個名單的人數暫時是零。」狄玄武微微一笑。

卡特羅眼巴巴地指了指自己的鼻子，狄玄武翻個白眼。「好吧！一個。」

「很公平。」畢維帝聳了聳肩。

「合約結束三個月內，我不會接受你敵對方的貼身保鏢委託，三個月後一切重新開始，我們兩不相欠。」

剛才離開的保鏢拿了一個牛皮紙袋回來，畢維帝接過來，將紙袋往桌上一放。

「五十萬，現金。」

狄玄武點了點頭，對身旁的卡特羅示意。

卡特羅深吸了口氣，把那袋鈔票小心翼翼地抱在懷裡。

五十萬啊！五十萬現金！

這是他第一次拿這麼多錢，雖然不是他的，過過乾癮也好。原來五十萬抱起來的感覺這麼爽——

「我需要一點時間準備，明天正式上工，你一個人能安然度過今晚吧？」狄玄武站了起來。

「我已經沒有你活了三十年，我想我可以多活一個晚上。」畢維帝笑了起來。

「那麼，你最好習慣我的存在，從明天開始，我會寸步不離地跟著你。」

轉身關門前，他的目光對上芙蘿莎的貓眼。

芙蘿莎依然窩在貴妃椅裡，對他輕輕揮手，妖媚的眸一閃。

他毫不留情地走出去。

在門關上的那一刻，他看見芙蘿莎跨坐到她哥哥大腿上，嬌懶地對她哥哥說：「現在，告訴我，你想不想我……」

❦

「勒芮絲。」瑪塔在腰間的圍裙擦拭雙手。「今年的玉米收成不錯啊！我們不愁沒玉米餅吃了。」

「嗯。」勒芮絲淺淺一笑。

瑪塔靠在圍籬上，看勒芮絲舀起一瓢一瓢的水，小心澆灌在剛發芽的菜蔬上。

勒芮絲依然是勒芮絲，堅韌的性格不變，堅強的意志不變，但，有些事確實改變了。

她獨處時出神的機率變高，嘆息也增多了，他們當然都明白原因。

「勒芮絲，妳想，現在狄到哪裡了？」瑪塔看向南方的天空。「他找到有人煙的地方了嗎？」

「我不知道。」勒芮絲手中的工作不停。

「他已經離開半年了，半年夠他走很遠很遠了吧？這小子每次跑起來都跟飛的一樣。」瑪塔近乎自言自語。

「嗯。」

「他說不定已經找到人煙，說不定已經啓程回來。」瑪塔眼睛一亮。「說不定他不到三年就會回——」

「瑪塔！」勒芮絲把水瓢丟進桶子裡。

瑪塔震住。

勒芮絲閉上眼，深呼吸幾下。

「抱歉。我只是……我們可不可以不要談這件事？」

「對不起。」瑪塔咬了咬嘴唇。

「不，該道歉的是我。」勒芮絲提起水桶，往前走了幾步又停下來。「我無法去想他在哪裡，是不是受傷了、死了……一旦開始想，我會停不下來，然後就什麼都做不下去，而我沒有什麼都不做、只是想著他的奢侈。」

「對不起，是我的錯，我以後不會再提了。」瑪塔懺悔。

勒芮絲一笑，走到圍籬旁輕輕擁抱她的朋友。

「狄離開時，我告訴他，我們對彼此不再有承諾。我說這些話不是爲了他，而是爲了我自己。」她低聲道：「我不能一直懷抱期望，如果他最後眞的沒有回來，我會不知道該如何自處……」

「我明白。」瑪塔用力抱緊這個讓她心疼的女孩。

勒芮絲吸取好友毫無條件的支持，但她知道，她體內的每顆細胞都在疼痛。

她是如此如此地思念他！

夜晚變得格外漫長，她總是會在睡夢中以爲身旁出現熟悉的體溫，直到驚醒時才發現一室孤寂。

她不懂爲什麼一個出現在她生命中一年多的男人，卻如此深地牽繫著她的情感。她只知道，她不能去想他們可能永遠不會再見的事實……

「妳去忙吧！提默和喬歐這次獵到的鹿挺大隻的，妳應該有不少鹿肉要醃。」勒芮絲從瑪塔肩頭起來，對她微笑。「我也得把這整個園子澆完水才行。」

「那倒是。」瑪塔看她又回到那個堅韌勇敢的勒芮絲，頓時鬆了口氣。

「勒芮絲，勒芮絲！」

柯塔突然跑過來，他急促的口吻讓勒芮絲警覺起來。

「柯塔，發生了什麼事？」

「梅姬被人推下山坳，醫生要妳回去一趟！」柯塔大叫。

梅姬受傷了？勒芮絲和瑪塔大驚，拔腿衝回醫療營。

5

狄玄武搬進了他僱主的家。

第一個月並沒有什麼戲劇化的大事，某方面讓賈西亞私下頗訕笑了幾句，但狄玄武不以爲忤。賈西亞的心情不難理解。他覺得他的地盤被入侵了，老闆找了一個新人來做他應該做的事，他視之爲對他個人能力的奇恥大辱，不過賈西亞怎麼想對狄玄武從來不重要。

他只需要做好自己的工作即可。

他們在芙蘿莎家住了一個星期便搬回畢氏宅邸。雖然這裡處處是槍火劫後的痕跡，初步整修倒是完成了。對畢氏人馬來說，他回到這個精神堡壘的象徵性很重要。

狄玄武要求所有外牆玻璃換成防彈玻璃。防彈玻璃本來就不是便宜的東西，在這種末日世道更接近天價。幸得比亞市是附近幾個生存區的軍火工業城，軍火周邊商品都有生產，所以價格比從其他生存區運過來便宜多了。

對於把整間屋子換成防彈玻璃的花費，畢維帝眼也不眨地付了。他臉上的神情讓狄玄武知道，他充分打算讓席奧爲他花的每一分錢付出代價。

狄玄武對這兩人的老鼠冤沒興趣。他勘察過所有巡邏崗哨之後，對幾處的地點、人數和巡邏時間做了一些調整。他沒有浪費時間去跟賈西亞比誰的老二更大，誰應該聽誰的，他只是直接告訴畢維帝哪裡、哪裡跟哪裡應該怎麼做，讓畢維帝自己去搞定。

其實該做的調整還很多，但狄玄武明瞭他是新來的人，即使是透過畢維帝，太大的動作依然會引來反彈，所以他只能把有急迫性的先完成，其他的擇日再改善。

目前他在畢維帝宅邸的主要「朋友群」，應該就是那群後哨警衛了。

清算之夜讓這群烏合之眾與狄玄武結下了過命的交情。

他們一直記著帶領他們一路戰鬥的人是誰，當賈西亞想狠心關上門時，護著他們逃進那間避難室的人又是誰。

那夜的傷亡人數清算下來，除了費南多和兩個逃走的人，十一個後哨警衛都存活下來。在畢維帝的手下裡，他們這一群的生還率百分百。

事後每個人照樣工作照樣生活，沒有多說什麼，但心裡冷暖自知。

男子漢大丈夫，很多事，自己心裡明白就好。

無論如何，一個月過去了，暫時沒什麼大事。

只除了芙蘿莎也跟著哥哥一起搬回來。

「清算之夜棄我親愛的哥哥而去，我多過意不去啊！現在當然要多陪陪你。」她嬌慵地說，然後就賴下來不走了。

任何人看見她瞄狄玄武的眼光，都知道醉翁之意何在。芙蘿莎許多個晚上是睡在畢維帝房裡的。

狄玄武對這雙「兄妹」的關係完全不感興趣。

他只忠於他對畢維帝的承諾：負責保護僱主的人身安全。至於畢維帝身旁那些鳥事，只要不影響到他的工作，他一概不關心。

「狄，畢先生半個小時後要出門，他請你準備好。」羅伯叫住他。

他剛從後山繞一圈下來，剛踏進後門，看見羅伯不禁停下腳步。

「為什麼現在是你當班？」

「有些白天班的人手還沒補齊，賈西亞暫時把我調過來帶他們一陣子。」羅伯聳了聳肩。

「恭喜升官。」狄玄武跟他拳頭碰拳頭，繼續往主宅走。

「嘿！」另一條大漢匆匆從警衛室跑出來。

「為什麼你也在？」狄玄武腳步停都沒停。

這人也升官了，費南多的老位子由他接手，現在夜班的頭頭是卡特羅。

「今天家裡沒事，我乾脆早點來上工。」卡特羅跟上他的步伐。「嘿！我和我老婆最近看了好幾間房子，我們還是沒辦法決定到底要買在力瑪或蓋多。」

「……我需要聽這件事嗎?」

「朋友嘛!閒聊一下,我需要一點意見,畢竟我這輩子可能只買得起這間房子。」

是這樣的,那天抱著一袋錢載狄玄武回家——他眞的一路抱著開車沒放——狄玄武下車前從紙袋裡拿出一綑紙鈔,往他懷裡一塞,自己走人了。

那一綑就是五萬塊啊!

五萬塊……

他和老婆瞪著桌上的鈔票,不敢相信這是眞的。

突然間他不但不缺錢,甚至可以買更好的房子了!

卡特羅那一整天腦子裡都是恍惚的。

但沒錢是問題,錢太多也成了問題。

如果他只是如一開始的計畫,房子要買在哪裡反而清楚,現在錢多了,他的選擇變得更多,他突然煩惱起來。

是買在蓋多,剩餘的錢留在身邊以防有急用?還是買在力瑪,找個更好一點的位置?或者直接買在市中心,選間他們負擔得起的?

狄玄武突然停下來,嘮叨個不停的卡特羅往前走了兩步,發現他沒跟上,趕快折回來。

「怎麼了?」

「我發誓，你要是再跟我提一句房子的事，我就宰了你。」他的額角有一根青筋在跳。

「嘖，算了，眞不夠朋友。」卡特羅不悅地回後哨去。

狄玄武眼睛一翻。

上帝，我做錯了什麼？祢爲什麼要這樣懲罰我？

「你遲了。」嘉斯塔渥從他身旁走過去，依然穿著註冊商標的鎧子甲背心。

兩輛車已經停在主宅前。後面那台是嘉斯塔渥一行坐的保鏢車，前面那台是一部加長型禮車。

狄玄武低頭一看，兩排面對面的座位裡已經先坐了一位嬌客。

芙蘿莎小姐。

芙蘿莎的曼妙嬌軀裹在黑色緊身衣裡，深V領口露出兩球粉嫩的豐盈。她半倚半躺在後座裡，雪白的大腿從裙子高叉露了出來。

必須承認，她的打扮換在其他女人身上只會顯得俗豔，但她就是有辦法穿出一身的綺麗風情。

「嗨。」她對他眨了眨眼睛，晃晃手中的香檳酒杯。「我要去做指甲，借你們的便車一搭。」

「……」某人很無言。

「如果我們遇到麻煩，英勇的狄先生會保護我的貞節嗎？」她好嬌柔好脆弱地搧搧長睫。

狄玄武無言地挺直腰。

畢維帝和賈西亞一起從前門走出來。畢維帝提了一個不小的帆布袋，打開車門往後座一丟，自己佔據一排座位，賈西亞跟在老闆身後想鑽入，狄玄武勾住他的領口拖出來。

「你幹什麼？」賈西亞不敢相信他真的像勾小狗一樣勾住自己的衣領。

「沒位子了。」狄玄武指指嘉斯塔渥那台。「你坐後面那台。」

「媽的，你什麼東西？你去坐後面！」賈西亞一拳揮過去。

狄玄武一隻手就扣住他的拳頭。

「賈西亞，如果你每碰到一點小事就要把你的老二掏出來比大小，我會把它扭斷。」他柔聲說。「坐到後面去！我必須確保畢維帝在我隨時抓得到的範圍，而路上如果遇到麻煩，後面那台車需要有一個人指揮。」

「他是對的，賈西亞，坐到後面去吧！」畢維帝開口。

賈西亞僵硬地點了點頭，往後面那輛車走過去。

狄玄武對他眼底的怒意視若無睹。他已經很客氣了，沒有順勢把他摔出去。

一坐進車裡，開車的人赫然是肉山吉爾摩。

「嗨，畢維帝先生，狄先生，芙蘿莎小姐。」吉爾摩露出一個憨厚的笑容。

「嗨，吉爾摩。」畢維帝拍拍他的肩膀。

狄玄武注意到，他對吉爾摩說話的口吻比對其他手下還溫和。

隔開前後座的玻璃升起來，車子往前滑了出去。

畢維帝和那個大帆布袋佔據了一排椅子，狄玄武只好坐在芙蘿莎旁邊，看似悠閒地注視窗外。

「狄玄武，我要怎麼做才能讓你今天晚上到我房裡去？」芙蘿莎把高跟鞋踢開，兩隻玉足搭在他的大腿上。

「如果妳今晚死在房裡，我一定會過去看看，確保同樣的事不會發生在我僱主身上。」

畢維帝噗地一聲笑出來。

芙蘿莎嬌嬌懶懶地瞪兩個臭男人一眼。

「喂，你把他讓給我吧！我把我的人借你，你總得還一個給我。」她改對哥哥撒嬌。

「芙蘿莎，妳不需要他，妳只是想上他而已，我得靠他保命。」

「想上他也是一種需求啊！」她嬌聲道。

「我的人手已經補得差不多，妳想要的話，我可以把妳的人還給你。」

「我要那些人幹嘛？好玩的我都玩過了，還玩過不只一次，沒玩過的現在也不會感興趣，我就想要他。」她嬌蠻地瞪著那個「他」。

那個「他」當作沒聽見，繼續注意窗外的景物。

「吉爾摩？」忽地，狄玄武按下前座的通話鍵。

「是？」吉爾摩憨厚的嗓音響起。

「下個紅燈不要停，直接衝過去。」

「好。」

豪華房車闖紅燈引來各路憤怒的喇叭聲，後面的保鏢車猝不及防，狼狽地閃過一輛車，終於勉強跟上。

「什麼事？」畢維帝銳利地問。

他看著後面的幾輛車子，「沒事，確認一下而已。」

畢維帝皺了皺眉。

中途又有兩次他在停紅燈時突然要求吉爾摩往前衝，或是在只能直行的地方要吉爾摩在路口急轉彎。難得吉爾摩看似笨拙，駕駛技術卻是一流，一一將他的要求辦到了，可憐後面那台保鏢車追得狼狽不堪。

賈西亞在後面應該咒遍了他的祖宗十八代。

四十分鐘後，車子從一間烘焙坊的前面滑過去，轉進它的後門巷子停下來。

這一條路是店面與住宅混和區，雖然不算太高級的地段，治安還算不差。出發前，畢維帝給的地址是一間會計師事務所，確實在這條路上，但距他們停車的地點還有一公里。

「爲什麼我們這麼早停車？」狄玄武的眼神立刻警覺起來。

後頭的車子跟著停了下來，幾條大漢一一下車，顯然對這個地點並不陌生。

「我臨時停一下辦點事，不會太久，你們在車上等我。」畢維帝打開車門下去。

芙蘿莎嬌笑，彎彎手指跟他說掰掰，賈西亞跟幾個保鏢站在後門口等他。似乎所有的人都知道這是什麼地方，只有他不知道。狄玄武不喜歡這種情況。

「這不是我們意料中的行程，我跟你一起進去。」他跟著就要下車。

「不用了，這裡是我固定的地盤，你和芙蘿莎待在車裡就好。」畢維帝難得用如此強硬的口氣命令。

狄玄武審視眼前的情況，最後，是芙蘿莎笑盈盈的表情讓他決定順從直覺，勉強點頭同意。

畢維帝大步走進那扇後門，步伐甚至有點急切。賈西亞跟他一起進去時，低聲跟兩個手下不知說了什麼，三人同時回頭陰陰地看了狄玄武一眼。

「吉爾摩？吉爾摩？」芙蘿莎慵懶地拍拍玻璃隔板。

「芙蘿莎小姐，有事嗎？」

「我好渴，你替我買罐飲料回來好嗎？」

吉爾摩龐大的身軀下了車，移到她的車窗外，芙蘿莎按下車窗將一張十元紙鈔遞給他。

「果汁就好，我不要有咖啡因的，也替你自己買點吃的。」她親切地說。

「好。」吉爾摩碗公大的手接過鈔票，往對面的店家走過去。

狄玄武注意到她對吉爾摩說話的語氣特別和緩，幾乎像個大姊姊一樣，與她跟任何男人說話的嬌嗲不同。

事實上，他們兄妹倆對吉爾摩都特別溫柔。

她躺回原來的位子，腳趾頭有一下沒一下地踢他大腿。「你放心，他是來會他的小情人的，這一進去沒有半個小時不會出來。」

狄玄武沒什麼表情地盯住她。

「裡頭是那個小磨坊老闆的女兒。」她的香肩聳了一下。「畢維帝爲了睡到她眞是煞費苦心，他先設局讓她老爸在周日的橋牌之夜加入撲克牌賭局，再讓他安排的暗樁誘她老爸一步一步玩得更大，最後老頭子輸了一屁股債，畢維帝就出現了。

「他警告老頭子再不還錢的話，他就把老頭子的店砸了，再一把火燒個精光。父女倆登時坐困愁城淚漣漣，這時他再找上老頭子的女兒，說她只要肯在他來的時候張開腿，他保證什麼問題都沒有，他還會替他們的店提供保護，那個女孩只好同意啦！」芙蘿莎不以爲然地輕笑。「我眞不懂他看上她什麼？不過就一隻小老鼠似的窮酸相，要身材沒身材，要臉蛋沒臉蛋。瞧她那副含羞忍辱的模樣，好像跟我哥睡多委屈了她似的，也不想想，我哥肯睡她是她的榮幸呢！」

狄玄武皺起濃眉，立刻下車往後門走去。

「你要幹什麼？」門口的保鏢連忙攔他。「噢——」

狄玄武一記擒拿手將他伸過來的手腕反折，步子連停都沒停一下，繼續推門進去。

門後是個窄小的過道，賈西亞一個人等在那裡，正在——手淫？

賈西亞看見他進來，岔了口氣，氣急敗壞把拉鍊拉起來。裡面有一扇通往前面的門，此刻，那扇門後傳來絕不容人錯認的男性喘息。

「誰准你進來的？」賈西亞漲紅了臉推他。

狄玄武原本想用一模一樣的擒拿手反握他，碰到的前一刻突然想起這隻手剛剛在做什麼，連忙變招，嫌惡地用手臂擋開。

沒想到賈西亞眞有兩下子，被他手臂一格，反手繞過去又扣向他的手腕。狄玄武變招更快，左手一個虛招，右手從莫名其妙的方向繞向賈西亞背後，抓住他的衣領往身後甩出去。

賈西亞今天第二次被他像拎小狗一樣地拎起來，等身體飛出去那一刻暗叫一聲不妙，但已經來不及，重重撞在後門的門板上。

狄玄武搶上前，打開裡面的門。

門裡是一個儲藏空間，架子上擺滿了麵粉袋和烘焙用具。畢維帝的西裝外套掛在架子上，長褲褪到腿間，襯衫上半段的釦子解開，露出一片強壯的金棕色胸膛。一個年輕女人被他抵在牆壁和他自己的身體之間，一雙白皙的長腿圈住他的腰，正在承受他狂猛的撞擊。

狄玄武在極短的一瞬間對上一雙美麗的棕色眸子，那女人嚶的一聲，羞恥地把臉埋進畢維帝頸窩裡，不敢被他看見。

畢維帝回頭，立刻暴怒地用自己的身體擋住身前的女人。

「你進來做什麼?」

「抱歉，我只是想確定沒有埋伏。」狄玄武在一秒之內做出判斷，二話不說關上門出去。他不甩後頭一群不爽的保鏢，直接回到車上。

「嘻嘻嘻，」芙蘿莎笑得像個惡作劇得逞的壞心小女孩。「我叫你等他完事就好，你偏不聽。」

狄玄武冷冷看她一眼，繼續注意街上的動靜。

那一頭，賈西亞和手下說了幾句話，所有人憤怒地看車上的他一眼。他對他們聳了聳肩，賈西亞又忿忿進去。

「這是賈西亞的老毛病。」芙蘿莎涼涼地道。「賈西亞喜歡看多過喜歡做，他得先用看的才硬得起來。有時我和畢維帝在床上，畢維帝想玩點新鮮的，就會叫他進來。我們做的時候，賈西亞在一旁邊看邊打手槍，比我們還激動。」

她吃吃地笑。「男人眞奇怪，有另一個人在旁邊看就會特別興奮。賈西亞每次看到我高潮尖叫，馬上跟著射了，輪到他自己上的時候反而沒那麼硬。我眞不懂，光用看的有什麼好玩?」

狄玄武留意一下某個騎腳踏車的男人，確定那人眞的是個快遞後，目光移到下一個目標。

她像貓一般爬到他身畔，在他耳旁呵氣。「你是不是很好奇，我爲什麼跟我哥哥上床?你想知道他是不是眞的是我哥哥，對嗎?如果我說是，你會不會覺得很刺激?據說有人特別喜歡這種禁忌的關係……」

「我對你們兩個的事一點都不感興趣，妳大可跟你們全家的男人都上床，我一點都不在乎。」他的目光終於移回她臉上。

「呿。」她推他一下，嬌懶地躺回原位。

吉爾摩回來了，替她買的一罐果汁遞給她，他自己買了一個甜甜圈，快快樂樂地坐回駕駛座吃。芙蘿莎有一下沒一下地吸著果汁，狡黠媚惑的眼始終不離他臉龐。

「我媽帶著我嫁給他老爸，那時候我五歲他七歲，不過我的第一個男人確實是他。」她聳了聳肩，一雙長腿伸到他腿上放著。「那年我十三歲，我們的父母都不在家，畢維帝關在他的房間看A片。我覺得無聊，聽到他的房裡傳來奇怪的聲音，堅持要進去看看。我們兩個坐在他的床上一起看完之後……接下來的事你八成猜得到。」

她低笑一聲，腳尖頂頂他的大腿。

「我很想告訴你，我被佔便宜了好可怕好可憐嗚嗚嗚，但事實是，我非常樂意，甚至是我主動問他要不要試的。」她把果汁往杯架上一架，爬回他身畔，直到一雙豪乳貼住他的臂。「那一天展開了我全新的視野。我發現我有一副天生適合做愛的身體，關於『性』的每一件事都讓我興奮，愛撫，揉捏，接吻，呻吟，嘶吼，衝刺……

「從那天開始，我知道，這副身體是爲做愛而生，什麼道德觀、羞恥心、貞節對我一點意義也沒有。我的身體渴望做愛，喜歡做愛，我愛男人壓在我身上，將我的身體擺弄成各種姿勢進入，在我腿間用力撞擊……」

她櫻紅的唇貼住他剛毅的側臉，修長的食指滑向他雙腿間，輕輕摳弄牛仔褲拉鍊下的部位，爲他還沒全硬就有的尺寸而心癢難搔。

「我一看就知道每個男人想要什麼。有的男人對性不感興趣，有的男人像賈西亞一樣用看的才興奮得起來，有的男人像你……狄玄武，你是一個性慾旺盛的男人。

「你的自制力強，可以很久沒有女人，但是當你索求的時候，你的胃口很大，不是每個女人都能滿足你。」她呵在他耳畔的氣息柔媚如絲。「狄，我和其他女人不同，我可以滿足你。無論你想做什麼，怎麼做，在哪裡做，我都可以……」

她抓起他的大掌貼在自己已經濕熱的腿間，用他粗糙的掌心摩挲自己，他的手指收緊，指尖正好微微探入她的開口。

她嬌吟一聲，抵著他的手用力摩動。「要我。只要你想，我就是你的……通通是你的，你想怎麼做都行……」

他粗糙的繭摩擦在她柔嫩的皮膚上，幾乎一陣細細的痲癢，她呻吟一聲，擺弄他的長指刺進自己體內，開始上下蠕動臀部模擬性愛的姿勢。她香黏的液體沾染他的掌心，女體的祕香橫溢。

「告訴我，這一招通常有用嗎？」他突然說。

「……什麼？」

他的語氣是如此森冷，她熱情如火的動作停下來。

「讓男人相信妳唯一的興趣是把他們夾在妳的腿中間？」他始終不改那抹無動於衷。

「……你想要我對你有更多的興趣？」她貓眸微瞇。

「不，我想要妳聽懂一句話——」他湊近她，呼息吹在她的唇上。「我，不感興趣。」

他殘忍地將手抽走，打開車門下車。

芙蘿莎坐在自己的腳跟上，死死瞪著他。

微涼空氣拂在她熾熱的皮膚上，彷佛在對她無情嘲笑。

從來沒有人在這種時候抽手，從來沒有！

這是第二次！

第二次他用那冰冷無情的眼神，看進她的心底。

她看多了欲擒故縱的男人，而她眼前所見到的告訴她，他是認真的。他真的對她一點都不感興趣。

他站在街邊，望著街上的動靜，彷佛車中的佳人還沒有街上的一個小販有趣。

「啊——」她發出一聲壓抑的怒吼。

覺得你是個硬漢是吧？

混蛋！我們走著瞧。

❦

車子在非常詭異的氣氛裡駛向目的地。

畢維帝出來之後，惡狠狠地撂下一句：「這種事要是再發生一次，這三個月的試用期可以隨時中止！」然後上車。芙蘿莎在接下來的車程正襟危坐，跟他隔著一道太平洋寬的距離，看都不看他一眼。

狄玄武眼睛一翻，決定不理這對荒淫無道的兄妹。

「魯茲會計師事務所」的老闆叫伊果．魯茲，是個六十出頭的男人，他的深棕色皮膚和一臉皺紋配上滿頭亂翹的白髮，乍看就像個拉丁美洲版的愛因斯坦。

畢維帝的人一走進去，坐在接待區的祕書露出驚懼之色，火速向伊果通報。伊果要她提早下班，祕書臨走前猶畏畏縮縮地偷瞟畢維帝。

看來這個客戶名聲不佳是人盡皆知。

畢維帝、賈西亞、狄玄武和另外兩名保鏢進了辦公室，其他人在外面守著，芙蘿莎則是讓吉爾摩直接載到美容沙龍去了。

狄玄武看了一下，這間五坪大的辦公室走務實風格，書櫃佔據了一整面牆，上面擺滿會計用書、證照和一些釣魚獎盃。窗邊那面牆上掛滿了照片，都是伊果去各地釣魚的成果。他走到照片牆前開始欣賞起來。

「這是最新的一筆錢，你幫我處理掉。」畢維帝將自己帶來的帆布袋往伊果桌上一扔。「我必須說，我對你處理上一筆錢的方式很不滿意。」

「我已經告訴過你了，你的要求是不合理的！」伊果吹鬍子瞪眼睛。「生存圈的巡迴稅務官和雅德市稅務局不同，他們沒這麼『有彈性』，要說服他們相信一千萬元砸在城外那片沒有人要的荒地上，根本不會有人買帳！」

「你是在告訴我你做不到我的要求嗎？」畢維帝柔聲說。

「對！」

「伊果，你眞是令我失望，我這麼信任你，花錢找你幫我處理帳務，你看起來卻一點都不像開心爲我工作的樣子。」

「我當然不高興爲你工作。」伊果棕色的臉孔漲紅。「你以爲替黑社會老大洗錢是一件光彩的事嗎？不，一點都不是！我只是個普普通通、平平凡凡的會計師，只想替普普通通、平平凡凡的老百姓做帳。我一點都不想接觸黑社會。

「說眞的，行行好！你要是找得到其他更好的會計師，我非常樂意將你的帳務轉介過去，我甚至可以搬到另一個城市去，我們以後都不會再見面。你一點都不用擔心我會向警方告密，反正雅德市的警察是你們養的，也不會有人理我！」

「唉，伊果，我以爲我們是老朋友了，你這話眞是傷了我的心。」畢維帝對站得最近的狄玄武說：「狄，請你扭斷他的食指。」

伊果的臉色瞬間發白。

「不。」狄玄武繼續欣賞照片。

「……什麼？」

「我不是你的打手，不幫你幹骯髒事——這話你哪裡不瞭解？」狄玄武傾身看了一張釣鱒魚的照片，嗯，滿厲害的。

畢維帝深呼吸一下。

「抱歉，有點尷尬，這是我們內部溝通的問題。」他和善地告訴伊果。「馬提爾！」

「不不不——」伊果大喊。

一名壯碩的打手走到伊果身邊，毫不容情地扭斷他左手食指。

劇痛的伊果將左手抱在懷裡，拚命喘氣，冷汗一顆顆從額角滾下來。

「現在，來談談新的這筆錢。」畢維帝坐在伊果桌角，依然是那副俊美和善的臉孔。「我知道我既然找上你，就應該信任你的專業，但比亞市的老大甘比諾告訴我，他的會計師幫他以投資房地產的名目，將一千萬轉了一圈，他最後只付了最低的房屋稅和土地稅，剩下的錢就都變成乾淨的了。告訴我，你爲什麼做不到？」

伊果還在努力忍過手指的劇痛，旁邊一隻大手突然伸過來揪住他的斷指，伊果嚇得魂飛天外，叫都來不及叫，喀嗒一聲，他的斷指就扳回原位了。

伊果驚魂未定地看著替他接正指骨的男人。

狄玄武不理他，繼續回去欣賞滿牆的釣魚照。

「我不曉得甘比諾的會計師用什麼名目，不過你要求我的，是拿一千萬去買城外那片荒地。」伊果勉強說道。「首先，那些荒地是公有地，投資公有地跟私人房產不同，不是你能隨便喊價的，而任何有理智的人都不會想住在緊鄰著荒蕪大地的荒地裡，那片荒地就算送人都沒有人要。即使雅德市的土地開發局願意幫你報假價，巡迴稅務官只要一來查帳，一定會看出問題。依照我這幾年來的做法，透過本地小店家的金流來洗錢才是最穩當的。」

「但是你的方法讓我每年損失百分之二十五的稅率。」

「反正你們賺來的錢也不是什麼正經錢，繳點稅造福鄉里有什麼不對？」伊果捶了一下桌子，想想不對趕快收回來。

狄玄武看了他一眼。這老頭子倒挺有種的！

「伊果——」畢維帝壓低嗓音。

「我告訴你我沒有其他更省錢的方法，你就算打斷我每根手指，我也還是生不出辦法！」伊果爆出來。

「好吧，既然如此……」畢維帝嘆息。「馬提爾。」

馬提爾上前抓住伊果的右手。

「不不不——住手！住手！」伊果嚇得屁滾尿流。

馬提爾將他的右掌硬按在桌面，拿起一個純銅製的紙鎮，高高舉起。

救命！救命啊——

「這是你釣的鱒魚嗎？」旁邊突然響起一個低沈的詢問。

馬提爾的紙鎮停在半空中，和臉色慘青的伊果一起看向發問的男人。

「是……是……」伊果汗漿如雨。

「這張是什麼時候拍的？」狄玄武驚奇地將一只相框從牆上拿下來。

「我我、我十七歲的時候……」伊果的心臟快衝出喉嚨。

「狄，我們在辦正事。」畢維帝耐心地提醒他。

「馬上就好。」他嘖嘖稱奇地看著伊果。「所以這是大爆炸之前的事？你在變異種出現之前就釣到這麼大的鱒魚？」

「我我、我的父親從小就帶我一起出去釣魚……我很會釣魚。」他的手快廢了，他的手快廢了，他的手快廢了……

「這傢伙多大？二十二公斤？二十五公斤？」狄玄武驚異地盯著照片中那隻巨無霸。

「二十、二十七點五……」

「天哪！」狄玄武搖頭發笑，把照片掛回牆上。「這個男人是國寶，你們不能打斷他的手，他需要他的手釣魚。」

「抱歉？」畢維帝以為自己聽錯了。

「你何不自己阻止我？」馬提爾直接把紙鎮放下來，轉身面對他。

「好吧，如果你堅持的話。」狄玄武嘆了口氣。

壯碩的馬提爾掄起拳頭朝他揮過去，狄玄武往旁邊一跨，明明沒感覺步伐有多快，馬提爾的拳頭硬是以幾公分之差從他臉旁削過。他彎起手臂，用最硬的肘關節往馬提爾的背心一撞，馬提爾驚喊一聲，整個人往前撲倒，下一秒從褲腰被人提起來，往半面牆的玻璃窗撞出去。

窗玻璃碎了一地！

畢維帝趕快跳開，免得被碎玻璃噴到。

賈西亞怒喊一聲，另一個打手托梅斯揉身而上，直接從狄玄武的腰擒抱而來。

基本上，擒抱實在不能算一種高明的打鬥技巧。玩玩美式足球還可以，如果撲的人身體夠重，可以將對手整個撞翻，但用在打架上就很不明智，因為對手很少站在原地讓你撞，而當你低著頭撞過去時，你的視線範圍就侷限了。

同樣也沒見狄玄武身形多快，在托梅斯撲到之前輕輕巧巧一個跨步，他就突然不在托梅斯的攻擊線上。

托梅斯一傢伙撞進牆邊的實心椅子，鼻青臉腫歪七扭八，淚腺受到刺激當場噴淚。狄玄武提一百多公斤的大漢像提棉花一樣，隨手往窗外一扔，讓托梅斯加入他同伴的行列。

叩！外頭響起一聲頭撞到頭的聲音，馬提爾的痛叫響起。

「抱歉。」他喊，聲音實在聽不出多少歉意。

「你——」賈西亞氣得大步往他走來。

畢維帝即時拉住自己的安全首腦，頭痛地揉揉眉心。

狄玄武索性坐在畢維帝剛才坐的桌角，打開伊果桌上的零食盒，拎出一顆花生米丟進口中。

「如我所說，內部溝通問題，讓你見笑了。」畢維帝嘆了口氣，歉然對伊果說。

伊果瞪著破掉的窗玻璃，瞪著那個救了他兩次的神祕男人，再瞪回窗玻璃，半句話都說不出來。

「你談完沒有？我們可以走了嗎？」狄玄武抓了一把花生米，一顆顆拋進口中，粒無虛發。

畢維帝的眼微微一瞇。

他看不透這男人。

能成爲一幫之主，識人之明是最基本的能力，畢維帝卻識不出他。

狄玄武好像憑空出現，一陣風般來無影去無蹤。

如果說他是個好人，他現在替雅德市最兇狠的一個黑道老大當貼身保鏢。如果說他是壞人，他又會在不經意的地方展現他奇怪的正義感，像現在。

但可以肯定的是，狄玄武是一匹孤狼，不屬於任何一方勢力。暫時，這樣就夠了。

「結束了。」畢維帝聳了聳肩。「伊果，我們暫時用你的老方法，但我希望你能盡快找一個讓我滿意的替代方案。」

他轉身開門，一干兇神惡煞頃刻間走得乾乾淨淨。

離開前，狄玄武回頭看伊果一眼，伊果被他看得渾身一個寒顫，搞不明白這人到底是善是惡。

或許他用得上這個人……狄玄武想。

最後他什麼都沒說，只是嘴角一挑，旋身而去。

6

「狄，席奧約我——」

畢維帝看見眼前的景象倏然止步，後面的賈西亞幾乎一頭撞在他背上。

這一幕，幾乎可以說是……溫馨美好。

畢維帝從來沒有想過「溫馨美好」這個詞會出現在他的家裡。

日光室裡，狄玄武坐在沙發上看書，一身黑衣的他在淺色沙發內，別有一種矜貴優雅的氣息。一旁的芙蘿莎躺在窗前臥榻上，也在看一本書，她難得穿著既不緊身也不性感的家居服，卻是另一種平常不見的嬌媚。

說真的，一個英武的男人與一個嬌雅的女人，共享一室的靜好和閱讀，這一幕不能說不賞心悅目。

「妳也會看書？」畢維帝取笑自己的妹妹。

「你知道有些地方的女人可以用下面開酒瓶嗎？」芙蘿莎慵懶地秀一下封面：世界異豔性史。

「不過你們不用想了，我的尺度雖然大，有些事還是不幹的，開酒瓶是服務生的工作，你們別想讓瓶蓋這一類的東西靠近那裡。」

畢維帝翻個白眼，爲什麼他不意外她在看的是這種書？

「只是說一聲，」狄玄武忽地開口，眼光不離他膝上的那本小說。「賈西亞，你完全可以擁有她，不必顧忌我。」

畢維帝和賈西亞同時一怔，然後，兩個人的臉色開始有些古怪。

是這樣的，在畢維帝進來之前，賈西亞突然將他拉到一旁說話。

「畢維帝，下星期就是狄玄武的試用期滿，我想知道你會不會繼續用他？」

「我還沒確定，幹嘛？」畢維帝看一眼好友兼手下。

「我認爲我應該讓你知道，這三個月對我是一大侮辱，我跟了你這麼多年，不應該被如此對待。」

畢維帝不禁嘆了口氣。「賈西亞，他的存在並沒有干擾到你，你爲何這麼容不下他？」

「沒有干擾我？你在開玩笑嗎？」賈西亞瞪著他，好像懷疑他腦袋有問題。「他在清算之夜後加入，突然就跟你形影不離。你知道看在我手下眼中像什麼？像我失敗了，像他們在清算夜的貢獻都不如一個陌生人重要。」

「我並沒有這個意思。」

「不，不，告訴我，這三個月他除了跟在你屁股後面還做了什麼？守護這片產業的是我和我的人，二十四小時保護你的是我和我的人，供你使喚的是我和我的人，他什麼都沒做卻輕輕鬆鬆領比我高的薪水——」

「狄的薪水並沒有比你高，而且他確實阻止了兩次對我的暗殺。」畢維帝打岔。

「其中一次在圍牆邊就被我的人攔截了，眞正出力的依然是我的手下，爲什麼你眼中只看得到他？所有人都知道他只聽你一個人的，連我都不能使喚他，更別說幾次他在外人面前拆我手下的台，你當面打我一巴掌都不會讓我更難堪了！」

「我不懂，我以前不是沒借助過其他外力，但你的反應也沒有這麼激烈。」畢維帝歪了歪腦袋。「賈西亞，你眞正在乎的到底是什麼？」

「我已經告訴你原因了！」賈西亞僵硬地說。

畢維帝看了他半晌，突然露出恍然的神情。

「芙蘿沙？爲了芙蘿莎？你是認眞的嗎？」他轉身低咒了兩句，再回來面對賈西亞。「芙蘿莎喜歡跟男人上床！對她來說，新男人就像新玩具一樣，玩膩了她就會再去找下一個。但我和你不同，我是她的第一個男人，你是她的第二個，你還記得我們三個小時候玩得多狂野吧？

「賈西亞，一切和以前沒什麼不同。等芙蘿莎睡過他幾次，他在她眼中就不值一文了。不管她睡過多少男人，她最終都會回到你的和我的床上。」

賈西亞臉孔漲紅。「你不明……」

「好了，我不要再聽你為了狄玄武的事跟我鬧彆扭。我一直對你非常有耐心，因為你不只是我的手下，也是我的童年好友，但這不表示你可以永無止盡地挑戰我的耐性。」畢維帝臉色一沈。

「……知道了。」賈西亞僵硬地回答。

但，狄玄武為何會沒頭沒腦地丟出這句話？難道，他聽見了他們的對談？

這怎麼可能！日光室的門是關起來的，裡面的人絕對不可能聽見走廊另一端的對話。

兩個男人站在那裡驚疑不定，狄玄武若無其事地繼續翻書。

芙蘿莎雖然不知道發生了什麼事，想也知道跟她有關。

「賈西亞，怎麼了？你想念我嗎？」她倩笑一聲，踩著妖嬈的步伐來到賈西亞面前，兩隻藕臂勾住賈西亞頸項。「你想念我只要說一聲就好了。不然，你今晚帶一個手下到我房裡，無論你們想怎麼做都隨你們，所有他對我做的事，你都可以再做一次……」

她在他耳邊媚惑地呵氣，賈西亞幾乎窒息在她撲鼻而來的女人香裡。他努力想在其他人面前保持身段，微微顫抖的手卻說明了她描繪的景象讓他有多興奮。

「狄，你也可以一起來喔！」她回身對他嬌笑。

狄玄武頭也不抬，只是給她一根中指。

「我寧可要另一個部位，不過中指也行。」她眨了眨美眸，「我相信你一定知道如何善用你身體的每個部分。」

狄玄武仰頭看天。爲什麼是我？

「既然每個人都安排好他們今夜的餘興節目，我們可以談正事了嗎？」畢維帝挖苦道。

「席奧要什麼？」狄玄武把書丟開，眼神立刻銳利。

畢維帝就是欣賞他無時不在的警戒。

「他約我出去，兩方像個成年人一樣坐下來談。」畢維帝在他對面坐下。「他選了一個對我們兩方都很安全的地點：城東一間廢棄的成衣廠。那裡靠近拉貝諾的地盤，他如果敢在拉貝諾的地盤找亂子，拉貝諾不會放過他，而他最不希望的就是拉貝諾和我同氣連聲。所以，你怎麼看？」

「你確定拉貝諾沒跟他一個陣線？」

「不太可能，就好像拉貝諾也不會跟我一鼻孔出氣。」畢維帝聳了聳肩。「我們三方一直維持鼎足而立，誰都不會去跟另一方聯手，除非有正當理由。如果這個三角平衡被破壞了，雅德市將淪爲戰場；警治署最後收拾不了，只能向另外兩個城市的警力調兵，把我們三方都打趴，到時候對誰都沒有好處。」

狄玄武的鷹眼盯了畢維帝半晌。

「你到底做了什麼，讓席奧對你緊追不捨？」他終於問。

「你知道我做了什麼。」畢維帝無辜地攤攤手。「我搶了他一批軍火，那又如何？他也不是沒搶過我的貨。」

他靠回椅背，依然用那雙銳利如鷹的眼盯著他的老闆。

「你想告訴我，席奧不惜花大錢招兵買馬，還搞到警治署都祭出清算夜，只為了讓你吐出一千萬的軍火？」他的嗓音冷冷的。「他僱的傭兵都不只一千萬！」

畢維帝看著面前的三雙眼睛，努力維持無辜的神情，可惜不太成功。「好吧，或許裡面不只軍火。」

「還有什麼？」他的語氣轉硬。

「……泉晶石。」

「什麼是泉晶石？」他問。

畢維帝的答案讓賈西亞和芙蘿莎同時一震，不過狄玄武的問題讓他們更傻眼。

「你不知道什麼是泉晶石？」賈西亞難得主動跟他說話。

好吧，看來又是這個世界的奇特產物。

「姑且把我當成剛從叢林出來的鄉巴佬吧！誰好心告訴我什麼是泉晶石？」他挖苦道。

「鑽石你總聽過吧？」賈西亞難得找到戳他的機會。「泉晶石就是比鑽石更昂貴、更稀有的寶石。」

「一克拉的鑽石市價約五千元，一克拉的泉晶石市價是十萬。」芙蘿莎告訴他。

噢。

「那批軍火裡的泉晶石值多少錢?」他看向畢維帝。

「不多。」畢維帝聳了聳肩。

「我發誓,你要是讓我每個問題都要問你兩次……」狄玄武威脅。

「一億。」畢維帝嘆了口氣。

「……」

「……」

「……」

現場頓時陷入極端的靜默。

在這種末日世道,即使是雅德市的三大幫派,平時收入多是以百萬計,上了千萬已經算是大生意,直接跳到「億」根本就是超級天價,狄玄武馬上理解席奧為什麼跳腳。

「你是想告訴我,你從席奧那裡奪走了一億的貨?」他輕聲開口。

「那貨八成也是他偷拐搶騙來的,誰知道他在搶這批貨的途中死了多少人?」畢維帝替自己分辯。

「說來你是替天行道了?」狄玄武諷刺他。

畢維帝謙虛地躬了躬身。「為了不讓警治署知道之後獅子大開口,他故意把泉晶石藏在軍火箱裡,偽裝成例行性的軍火走私,而且不敢僱用加倍的人力以免露出破綻。我逮到機會,劫了過來,只能算他自己運氣不好，如果情況反過來，他對我也不會客氣！」

「你怎麼知道他這批軍火裡有泉晶石？」狄玄武冷瞪著他。

「我有我的情報來源。」畢維帝露出狡黠的笑容。

「而你不打算跟我分享這個消息？」

「何必？事情發生在你爲我工作之前，你知道與否並不會改變什麼。」畢維帝攤了攤手。

「當然會，它改變了一切！」狄玄武站了起來。「如果只是一千萬的軍火，席奧受傷的是他的自尊，他會跺腳、咆哮、發脾氣、找人殺你，但他最終會恢復理智，明白再這樣鬥下去只會讓彼此兩敗俱傷。但，一億是完全不同的故事。」

他指著畢維帝的鼻子。「如果是爲了一億，席奧不會停止，不會撤退，即使惹毛了警治署和拉貝諾，有一億在手任何事都很好擺平。再不濟，他帶著一億到比亞或布爾市重新開始，日子都很好過——一億，是一個完全不同的心理關卡！」

在末世的一億，只怕可追他世界裡的十億美金。他見過爲了更少錢就可以殺光全家的，十億美金足以讓最堅定的愛國者變節。

「你不能去。」狄玄武直接做出結論。

「我必須去。」

「……抱歉？」他暗如黑夜的眸瞇了起來。

「我已經厭倦了整天被包在一群人牆後，我願意跟他坐下來談，好好解決這件事。」畢維帝嘆了口氣。

「你願意把泉晶石還給他？」

「一半。這貨本來就不是他的，被我搶了他一毛都沒有，現在我提議還他一半，他得五千萬，我得五千萬，見者有份，大家都開心，總比什麼都沒有好。」畢維帝合情合理地指出。

狄玄武負手踱了兩步，開始思考起來。

這不失是個方法。說真的，畢維帝若一直是個活靶，他也會被綁在他身邊，而他有一些私人的事要處理。

他們兩方的人僵持了這麼久，不可能不累。如果畢維帝能和席奧達成協議，大家回到以前的恐怖平衡，每個人都得到喘息的空間。

「我需要時間勘察成衣廠的地形。」他終於說。

「這是廠房藍圖。」畢維帝從西裝口袋抽出一張摺疊的紙。「你有明天一整天的時間可以去現場看看，不過我們談判的日期已經訂在星期一早上。」

那是兩天後。去掉頭尾，他只有不到三十六小時。

「你沒有想過先問一下我的意見？」狄玄武再度用那溫和到令人毛骨悚然的語氣說話，畢維帝瑟縮一下。

「他跟我商量過了，星期一的佈署我已經安排妥當。」賈西亞傲然接腔。

他看著又把老二掏出來比的賈西亞，畢維帝只能聳聳肩，給他一個無奈的表情。

「你在拿自己的生命開玩笑。」狄玄武指著他的鼻子，拿起桌上的藍圖離去。

❦

星期一。早上九點半。

五輛廂型車從畢維帝的宅邸開出去，前面兩輛，後面兩輛，中間包夾畢氏兄妹坐的那一輛。

畢氏兄妹、賈西亞、狄玄武坐在同一部，開車的是卡特羅，大肉山吉爾摩坐在卡特羅旁邊。

這五輛車加起來總共三十個人，狄玄武只點名卡特羅、菲利巴同行，其他都是賈西亞的人。

對於保全調度的事，狄玄武維持冷眼旁觀，完全不插手。

他只有一個任務：確保畢維帝活著走出來。只要賈西亞不干擾他的任務，他不在乎他們要怎麼做。

卡特羅和菲利巴雖然不是賈西亞的核心成員，到底在畢維帝宅邸幹久了，大家出入之間常見面，那些保鏢對他們兩個倒是還算客氣，起碼比對狄玄武友善多了。

出發前，他將卡特羅拉到一旁。

「你今天只有一個任務，開車。跟在我身邊，不要走太遠，知道嗎？」

「好。」卡特羅對這個吩咐已經很耳熟了。

反正被他拖著跑也不是第一次，起碼這次還有一個任務在身，不是很窩囊地負責被保護就好。

狄玄武看向菲利巴。「你跟著賈西亞的人，他們做什麼你就做什麼。如果情況不對，我會揪你出來。」

狄說會揪他出來，就會揪他出來。菲利巴吐口菸草汁在地上。

「搞定。」

十點整，五部車依續駛入成衣廠的停車場。

不出所料，席奧的人已經先到了。

這間成衣廠樓高三層，除了第一層是堅固的水泥牆之外，二、三層都是以鋼樑和鐵皮搭的，在回聲爆炸後整座工廠就直接廢棄掉。

成衣廠的內部分成前後兩半，大門進去的前半部是工廠的部分，三層樓完全挑高，只有橫樑在半空中穿過。左邊的一堆印花機、裁切機、縫製機早已在烈焰中燒毀，右邊地上有三個巨大的染料池，化學物質早已變質成黏稠的不透明液體，散發出刺鼻的怪味。偶爾池底還會冒幾串泡泡上來，波紋晃動，不曉得什麼奇怪的生物寄居在裡面。

一樓後半段是行政辦公室，給最低階的行政人員使用。大通間裡有許多棄置的辦公桌椅，拾荒客不要的東西都丟在裡面。

二樓隔成五個辦公室給中階主管使用，頭上沒有三樓了。

烈焰將整個三樓燒毀，隨著經年累月的雨水侵襲，鐵皮建築的部分幾乎只剩下骨架，從二樓一抬頭就可以透過破爛的屋頂看見天光，整個結構彷佛稍微用力吹口氣就會垮下來。

一樓中央被清出一塊空地，畢氏一行人走進去，席奧和他的保鏢已經等在現場。

他們有二十八個人，和畢氏差不多。

狄玄武終於見到頂頂大名的席奧．貝南。

以他狠傲在外的名聲，席奧．貝南令人意外的矮小。

他的身高頂多一六五公分，連賈西亞都比他高一點，但賈西亞像一隻瘦皮猴，席奧．貝南卻像一塊磚頭。

他的肩膀極寬極厚，大腿的肌肉幾乎將西裝長褲繃破，拳頭握起來竟不比吉爾摩小多少，用磚頭來形容他近乎四方型的身材完全貼切。

四十二歲的席奧看得出一生經歷風霜，走的絕不是安逸的路。

他的髮絲依然黝黑，臉皮佈滿飽經曝曬後的細紋。一個月牙型的長疤從他的左眼角畫到左唇角，猙獰糾結，讓他的左右臉顯得不對稱。

他的黑眼完全不掩飾對畢維帝的輕蔑。

這樣的男人，水裡來火裡去，難怪會看不起畢維帝這種英俊輕佻的小夥子，遑論容忍他和自己平起平坐。

「別被他的身高唬了，他的下面會讓所有女人尖叫。」芙蘿莎在狄玄武耳畔輕笑，然後摘下墨鏡往深V的領口一掛，風情萬種地走上前。

「席奧。」她跨過中間的無人地帶，來到中年男人面前。「你的氣色看起來眞好，想念我嗎？我可是想極了你和你的『小兄弟』。」

比席奧高了半顆頭的她摟住他的脖子，香豔紅唇立刻貼上他的唇，嫩手自動往下和他的「小兄弟」打招呼。

這個吻持續。

然後持續。

然後持續。

然後持續……

狄玄武看天花板一眼。爲什麼他不意外？這個城市還有哪個重要的男人她沒睡過？

席奧終於推開她，滿佈細紋的臉上俱是惱怒和輕蔑——以及掩飾不住的情慾。

看來這老傢伙並不像自己以爲的把持得住。狄玄武微微一笑。

「如果我們大家活過今天，星期六到我那裡，我們好久沒聚聚了。」芙蘿莎輕拂一下他的臉龐。

「噢，記得帶著我忘在你床上的蕾絲內褲，你知道你最喜歡看我穿那件內褲了。」

她把墨鏡戴回臉上，妖妖嬈嬈地走回來，經過狄玄武身旁時給他一個甜笑。

「席奧，你想怎麼樣？」畢維帝直接問。

「哼，是我該問你想怎麼樣吧？」席奧陰沈地盯著他。

「聽著，我厭倦這樣打來打去了。我們花在殺對方的時間都比賺錢多，外頭可是有一屎噸的錢等著我們去賺，我提議還你四成，如何？」畢維帝攤開雙手。

「四成？」

「見者有份，你不會以為我會全還給你吧？」頓了頓，畢維帝加一句：「我甚至可以讓芙蘿莎親自送去給你。」

狄玄武看他一眼，站在畢維帝身旁的芙蘿莎笑容不變，但她眼底掃過一抹寒意。

「她？你認為我會為了一個我睡膩的女人放棄上億的貨？」席奧嗤之以鼻。

「噢，席奧，你傷了我的心。」芙蘿莎嬌嗔。

席奧微微一頓，臉頰微深，竟然沒有再羞辱下去。

「好吧，五成。一人一半，這是我的底限。別忘了，是你約我出來的，我已經赴約，你也該釋出一點誠意。如果這樣你還不要，我們乾脆回去繼續殺對方吧！」畢維帝寬宏大量地說。

席奧的臉色越發陰沈，這時，旁邊一個穿西裝拿公事包的男人對他咬了幾句耳朵，他聽了幾句，微微一點頭。

「我的會計師要和我討論一下。」他對畢維帝說完，招手讓三個保鏢陪著他和那會計師走進後面的辦公室。

狄玄武的眼光看似悠閒地打量這座破工廠，突地，半空中的某樣東西引起他的注意。

劍眉微軒，他退後一步找更好的角度檢查那個引起他注意的東西，驀地——

銀光一閃！

「趴下！」

他用力將畢維帝壓倒在地上。

卡特羅憑著直覺反應，拉著芙蘿莎倒下來。

一道銀色的光突然從一根挑高的橫樑掃下來，兩個閃避不及的賈西亞手下立刻被削掉半張臉。

高彈力鋼絲！

「有埋伏！趴下，全部趴下！」嘉斯塔渥的雷吼迅速響起，所有人立刻尋找掩護。

變化發生得如此之快，這間工廠果然佈滿了陷阱！所有人全動了起來，席奧的人發動攻擊，畢維帝的人反擊。

賈西亞尖銳大吼，他的手下四處散開。在成衣廠內的的保護主力由嘉斯負責，他領著一票兄弟回頭想從大門殺一條路出去，立刻遭遇強烈的火力攻擊。

「卡特羅！」狄玄武按著畢維帝的腦袋大吼。

「在！」卡特羅的熊吼緊跟在他身後。

狄玄武壓低畢維帝的頭，左右看了一下，揪著他的衣領往右側拖，畢維帝狼狽地跟在他身旁半爬半走。

咻！第二條銀光從左邊掃向右邊，這一次掃得更低。狄玄武拉倒畢維帝，兩人堪堪避過致命的陷阱。

啊，啊！

五、六條大漢被攔腰截成兩段，其中包括席奧自己的人。

這群人裡應該有一大半是席奧僱來的傭兵，特點是技術純熟，但默契不足，跟清算之夜極其類似。某方面對狄玄武是好事，這些人的不協調給了他們脫身的空間。

「卡特羅？」

「還是在！」

他回頭看一下，卡特羅挾著芙蘿莎緊跟在他身後。

「噢！」芙蘿莎痛呼一聲，一部機台鏽掉的零件刮傷她手臂。

這些陷阱只可能是昨晚他離開之後才佈置的，否則他一定會發現。狄玄武心領神會，露出一絲冷笑。

「過來。」他揪著畢維帝往染料池的方向前進。

砰砰！

子彈在他們頭上飛舞，嘉斯看見他們的方向，指揮兄弟發動一波火力，爲他們爭取前進的空間。

「門在那裡……」畢維帝狼狽地指著大門口。

最好他們會讓你從門口走出去。

狄玄武懶得跟他多說，繼續像拖袋米一樣拖著他走。

「他們在那裡！」幾個席奧的人朝他們撲過來。

狄玄武硬將畢維帝塞進旁邊的機器底下，回首迎上——

第一個人已經撲過來，他的腰際一痛，一抹紅色的血絲立刻從劃破的襯衫迸出來。

好傢伙，算你運氣好！他野蠻一笑，抽出腰間的野戰刀迎上。

第二個人趕到，他舞開短刃。兵家之道：一寸長一寸強，一寸短一寸險。

短刀器是肉貼肉的近身相搏，因此特別凶險。他一招「欺上瞞下」，先攻頭臉再攻下盤，對方速度連他的萬分之一都及不上，手臂才剛抬起來擋格上路，小腹啵地一聲已被他刺入。

他抽出沾血的刃，回身刺進攻來的第二人胸口。

兩人喉嚨發出透不過氣的聲音，軟軟往旁邊一倒，跌進化學染料池裡。

「吼——」

那團黑色濃稠的液體突然整片「站」了起來。

狄玄武大驚，不暇細想往畢維帝的身前撲去。

那片站起來的半液態物體猶如一片有生命的黑布，將兩具屍體一裹，咕嚕咕嚕跌回水池裡。

濃黑之中開始透出一片血澤，瞬時，一根黑色的舌頭把浮上來的血舔回去，無限美味地享用。

什麼鬼？

狄玄武瞪著那片他已經不知道是固體還是液體的黑團。

「卡拉馬液獸！卡拉馬液獸！」有人指著染料池狂叫。

他不知道「卡拉馬液獸」是什麼東西，他只知道他打死都不在這個世界游泳！

「走！」他拖出狼狽的畢維帝繼續往牆邊衝過去，卡特羅和芙蘿莎喘息著緊跟在他身後。

「畢維帝！」賈西亞在重重槍火中死命朝他們接近。「這裡！地下室可以通往另一邊的停車場！」

畢維帝一聽，轉頭就要地下室的入口跑去，狄玄武毫不猶豫地將他抓回來。他只覺肩臂一陣劇痛，完全掙不開狄玄武的掌握。

「嘿，這裡是往辦公室的方向，地下樓梯在大門旁邊……」畢維帝猶自掙扎。

「負責讓你活命的是我，賈西亞大可去死。」他眼神冰冷地繼續前進。

他的神情如機器人般毫無人味，不知道為什麼，在這種時候，他的完全冰冷自制反而帶來一種詭異的安全感，讓人相信沒有任何事能阻撓他設定好的目標。

畢維帝突然相信，他一定會把自己帶離這裡。

「你們在幹什麼？」賈西亞看他們不聽從自己指令，非但錯過了地下室的入口，還繼續往後半段的辦公區接近，又驚又怒地追過來。

啊——

砰砰砰砰——

各種哮叫、呼喊、槍聲似乎無所不在，畢維帝緊抱著頭不敢抬高。

一堆廢棄機具雖然拖慢他們的行進速度，卻也成爲他們的最佳屏障。狄玄武終於將他拉到水泥牆邊，開始沿著牆往更裡面鑽。

「大門火力太強，後退！後退！」嘉斯的咆哮切開槍戰聲，他附近的兄弟立刻退守。

賈西亞看看身後的手下，再看看身前的老闆，咬了咬牙，終於追了上來。

「芙蘿莎小姐，小心。」卡特羅按住她的額頭，免得她又被劃一道，芙蘿莎再沒有一絲風情萬種的氣息。

「嘿，他們在那裡！」席奧的人繼續在找他們。

狄玄武、卡特羅、賈西亞三人同時開槍，阻擋第一批想衝過來的人。嘉斯的人射出一輪攻勢，替他們爭取更多時間。

他們已經來到工廠和辦公室交界的角落，被困住了。

畢維帝從霧掉的窗戶看出去，「他媽的，外面全都是人！席奧這個混蛋到底從哪裡找來這麼多人手？」

「一億可以買到你想像不到的人力。」狄玄武還有心情替他補刀。

「沒路了，我們被困在角落只有死路一條，你的自大害死了我們。」賈西亞破口大罵。「畢維帝，我們互相掩護，繞到地下室去！」

「席奧的人都守在哪裡？」狄玄武問他老闆。

「當然是前後兩個出口。」

「停車場那一邊呢？」狄玄武開槍擊中兩個追來的人。

「沒人，一個人都沒有。」畢維帝透過窗戶的破洞看出去。

「我說過了，那裡是唯一出路！」賈西亞怒吼。

狄玄武冷笑，「這座成衣廠有三個出口，一個前門，一個後門，一個停車廠的送貨通道，任何人只要去都市發展局調藍圖都會知道。你認爲席奧的人爲什麼只守在前後兩個出口？」

所有人登時領悟。

「因爲地下室有埋伏。」芙蘿莎冷冷地說。

沒有人能活著從那條路出去，就沒有必要守住那個出口。賈西亞的臉色霎時難看萬分。

「上去。」狄玄武不理他們，把畢維帝從地上拉起來，往頭上一指。

「上去?上去哪裡……啊啊啊!」畢維帝整個人飛了起來。

下一秒,他掛在一、二樓中間的一根橫樑上。

「拉她上去。」狄玄武抓過芙蘿莎,毫不憐香惜玉地往上一拋,畢維帝伸手接住妹妹,往上拉。

「換你。」狄玄武雙手交疊蹲下來,卡特羅踩在他手心,一個借力蹬上橫樑。

狄玄武自己輕輕一躍,整個人就飛上去了。

賈西亞也不指望他幫忙,漲紅了臉想找東西墊腳,狄玄武突然一個倒掛金勾,對他伸出手。

「上來。」

賈西亞頓了一下,終究命比尊嚴重要,咬牙讓他把自己拉上去。

工廠挑高的四個角都有橫樑強化支撐,他們站在右側的橫樑上,雖然離開了槍聲隆隆的地面,卻沒有更安全,因爲他們等於完全曝露在其他人的視線裡。

「我們待在上面只會變成活靶。」賈西亞低罵。

「現在要怎麼辦?這裡沒出口。」畢維帝臉色發白。

這裡唯有一整面的鐵皮牆,連個窗戶都沒有,他怎麼會帶他們躲上來呢?

嘉斯在底下看了大吃一驚,拚命打手勢要他們跳下來,找地方掩護。

狄玄武抽出野戰刀,一刀刺穿鐵皮牆,毫不費力往下一拉,一道長長的口子切了開來。他再劃三刀,一個方型的開口就出現了。

「現在有了。」他直接將畢維帝踢出去。

卡特羅看得嘴巴合不攏。這牆號稱是「鐵皮牆」，但鐵皮有兩公分厚，其實是「鐵」多過「皮」啊！

切蛋糕都沒切得這麼快！他忍不住用手去摳那厚實的鐵牆，確定它眞的是鐵做的。

下一秒，狄玄武拉住他衣領把他也丟出去。

接下來依序是賈西亞、芙蘿莎，只有他自己落地最輕悄。

他們來到屋外的停車場了，貼在他們背後的水泥牆彷彿還感覺得到槍戰的震動；雖然暫時沒有人注意到他們逃出來，但停車場一點遮蔽也沒有，被看見只是半分鐘內的事。

狄玄武知道他們的時間不多，揪住畢維帝的手臂往最近的一台車衝過去。

「卡特羅？」

「有！」

「記得我叫你做什麼嗎？」

「記得，開車！」他精神十足地回答。

「這次我先。」

「啊？」

他們才跑到一半，守前門的人先看見他們。

「在這裡！他們在外面，已經逃出來了！」

「畢維帝逃了！畢維帝逃了！」

「他們人在外面！」

狄玄武拉開駕駛座車門，及時擋住兩顆子彈。

不錯，防彈玻璃，這台應是席奧坐的裝甲車，防彈和豪華內裝說明了一切。席奧被手下護著先走了，他不會想念他的車子的。

「上車！」

所有人全衝上車，賈西亞和畢氏兄妹坐在後面，卡特羅鑽到駕駛副座。狄玄武拉出儀表板下的線路，跳接電線，幾秒鐘內車子發動。

車門關上的那一刻，最近的人已經殺到他們十公尺前，其他追兵也在迅速逼近之中。如果不是防彈玻璃，他們現在已經被射成蜂窩。

輪胎尖叫一聲，近乎垂直地轉彎，車子往停車場門口衝出去。

十分鐘後，一場激烈的公路追逐正式展開。

這一區已經是人煙罕至的外環，車流量不多。後面的追兵直接搖下車窗，拿出衝鋒槍射擊。事實證明，製作技術還是有差，後面的擋風玻璃被連續擊中的地方已經開始出現細紋。

「卡特羅。」他穩定地掌握方向盤。

「嗯？」

「握住方向盤。」

「啊？啊啊啊啊啊——」

他方向盤用力一扭，讓車子在原地快速疾轉，卡特羅連忙從旁邊使勁拉住方向盤。車子跟陀螺一樣轉個不停，車身極重，方向盤幾乎抓不住，卡特羅只能勉強讓車子不失速。

芙蘿莎、畢維帝、賈西亞在後座撞來撞去，頭暈目眩，眼前只有一片模糊的線條。

狄玄武按下車窗，抽出手槍，探頭——

砰。

砰。

砰。

砰。

穩定的四槍，間隔頻率完全一樣。

他縮回來，重新抓住即將失控的方向盤，暴力硬扭轉車頭。臂肌在他衣袖下爆起，底盤某個齒輪發出「嘎——吱——」令人牙酸的尖叫，他硬把車頭扭回公路的方向，繼續往前衝。

兩輛追兵的駕駛中彈，衝出路肩。兩輛的攻擊手掛在車窗外，中彈身亡。最後面兩輛撞在自己同件失控的車上。

從頭到尾狄玄武的臉上沒有一絲情緒，他只是專注冷靜地完成一件任務。

面對這種機器人般的精準，卡特羅現在也面無表情了。有些事，你只能用淡定來面對。

「這部車子太重了，跑不快，他們會追上來的。」芙蘿莎回頭看著落後的追兵正在重新縮短距離。

這又是另一個製造技術的問題。雖然防彈玻璃本來就重，這裡製造出來的防彈玻璃更重，沒辦法。

「我們必須躲起來。」畢維帝的腦袋擠到兩個前座中間。

「這裡只有一條直通通的公路，開到荒蕪地帶邊緣就連路都沒有了，有什麼地方能躲？這麼大一台車又能躲到哪裡？」賈西亞怒意十足。

「賈西亞，你樂觀的天性讓人如沐春風。」狄玄武閒閒地說，油門踩到底。

「……」

「……」

「……」其他三個人忍住不看賈西亞的表情。

最高時速只能到八十公里，看來席奧溜走時沒開這輛車有他的道理，後面拉開的距離果然迅速在逼近之中。

「準備好了嗎？」他問全車的人。

準備什麼？

「啊——」

「啊——」

「啊——」

所有人都開口尖叫，除了芙蘿莎以外。

狄玄武偷閒看了眼後照鏡。不錯，到底還是保持住美女的風範。

整輛車衝出路邊的橋墩，往十公尺的橋下墜落。

後面趕上來的追兵及時踩剎車，堪堪在衝出去之前停了下來。

下面是一條廢棄鐵路。一群追兵只能看著房車撞在碎石子鐵道上，彈了一下，然後穩住，繼續沿著鐵軌飛車而去。

底盤重的車子果然有好處，耐摔耐撞夠穩，狄玄武悠哉游哉地開走。

「媽的，讓他們跑了！」所有追兵跳下車，對著橋下一陣叫罵。

「罵什麼罵？不會趕快找路下去？」

「沒路到下面去啊！」被巴頭的人很倒楣。

這條鐵路是大爆炸留下來的遺跡。世界異變之後，荒蕪大地根本不可能再有火車通行，各生存區殘留的鐵路就成了一段段的舊城廢址。這段舊鐵道只剩下八公里，被市政府保留下來作爲城市遺址；公路直接從它頭上跨過去，根本沒有做通往下面的引道。

「前面就是荒蕪大地，他們無論如何一定要拋下車子，爬回公路上。讓一些人開車沿著公路繞，不要給他們機會逃掉，其他人按照原計畫回自己的崗位待命。」小組指揮官說。

「是。」

所有追兵頃刻間散得乾乾淨淨。

❦

車子順著鐵軌轉了個彎，一直開到無法再前進爲止。鐵軌多年無人使用，早已爬滿了莖藤野草，能開這麼遠已經萬幸了。

狄玄武把車子停下來，熄火。

對比前半個小時的戰火，這份沈靜充滿了不眞實之感。

「嘿，畢維帝，我剛剛發現一件事。」狄玄武悠閒看著四周的亂樹叢。

「什麼事？」

「我的試用期在二十分鐘前到期了。」

「你收現金支票嗎？」畢維帝二話不說從口袋掏出支票本，刷刷刷塡好交給他。

一百萬尾款。

他接過來看了一眼，聳了聳肩，交給身旁的卡特羅。

又是我？

他奶奶的，他知不知道替人管錢的壓力很大？這輩子眞是欠了這小子的！

一百萬啊，一百萬！

現金支票的意思就是跟現金一樣吧？

這輩子第一次摸到一百萬的現金。卡特羅近乎虔誠地接過來，深怕呼吸太用力都會吹跑了它。

「所以呢？現在要怎麼辦？你把我們載到這裡，最後我們還不是要找路回去？他們只要在公路上來回巡邏，我們一樣羊入虎口。」賈西亞譏誚地開口。

「賈西亞……」畢維帝疲倦地看他一眼，連芙蘿莎都忍不住翻個白眼。

「下車。」

狄玄武自己先下車，其他人只好跟他一起下來。

他沿著鐵道往回走了十幾公尺，跳下隆起的碎石子鐵道，往旁邊的樹林鑽進去。所有人跟在他身後，樹林裡有一些新踩出來的痕跡，倒不怎麼難走。

不久，眾人便明白他爲什麼下來。

一輛棕色轎車靜靜停在樹叢裡。

「你藏的？」卡特羅嘴巴開開。

這問題狄玄武連答都懶得答，不然樹林自己生出來的嗎？

「可、可是，你是怎麼把車子開下來的？」卡特羅四下轉了一圈，沒看見路啊！

「你剛才不是跟著一起下來過了？」他冷冷地說。

「……噢。」

衝出十公尺橋下這種事能做兩次，也是一種人生體驗，卡特羅淡定了。

「有車有什麼用？你在這裡有看到路嗎？我們還不是得爬回上頭，席奧的人一定守在公路上。」賈西亞瞪著他，「如果依照我原先的計畫，我們早就回到畢維帝的宅邸，但現在我們卡在這裡，更別提剛才一路下來我們有多少次可能被射成蜂窩。你只是運氣好，正好逃進一台有防彈玻璃的車，我們的生命全賭在你的運氣裡，你明白嗎？」

「所以，你認爲在這麼大的一座停車場裡，我正好把出口開在一個地方，那地方附近正好有一輛車，那輛車正好有防彈玻璃，我正好挑了那輛車，它正好底盤夠重讓我知道我們衝下橋面時不會翻車？」狄玄武退出彈匣檢查一下裡面的子彈，半滿。

他把彈匣裝回去，向卡特羅揚了下手，卡特羅沒有更多子彈了，直接把自己的槍拋給他。

「你──」

「夠了。」畢維帝第二度打斷他的話。

賈西亞微忿地看畢維帝一眼，不再出聲。

「卡特羅，記得我出發前告訴你什麼嗎？」狄玄武把槍插回腰後。

「記得，開車。」

他點點頭。「現在輪到你了。這林子不密，你順著地上的痕跡往前走五公里會穿出林子；沿著城市邊緣繞過去，最後會回到蓋多區，記得蓋多那座最高的水塔嗎？」

「記得。」卡特羅用力點頭。

「到了水塔底下，直直往荒地開出去，二十分鐘後你會看到一個紅色的旗子，停在旗子旁，直到我來接你們，後車廂有水和食物。」他把卡特羅的彈匣退下來，空槍交回去。

他們現在在雅德市東邊，蓋多貧民窟在雅德市北邊，從這裡繞到蓋多等於要繞四分之一的城市外圍。

市政府雖然在邊緣築了城牆，但城牆並不是連續性的，人口比較稠密的地方築了實牆，人口稀疏或只有樹林跟公路的地方用鐵刺網，無人的地區甚至是整個開放。

蓋多最靠近北面的荒蕪大地，理論上最危險，但，可想而知市政府不會花錢在一堆窮人身上，所以蓋多除了一、兩段有鐵絲網以外，大部分都是開放邊界。某方面這也是讓蓋多房價永遠低廉的原因，有錢人不會拿自己的生命開玩笑。

「你要我們走進荒蕪大地？」畢維帝聞之色變。

「荒地裡很安全，狄說七天的腳程內沒有怪物。」卡特羅沒有時間解釋，開車門要畢維帝和芙蘿莎進去。

他早已不再懷疑狄玄武是從叢林出來的。如果眞有人能穿越北邊的荒蕪大地，他相信只有一個人能做到。

「我不去！」賈西亞強硬聲明。「我不相信荒地會安全，沒有人能叫我走進荒蕪大地。」

「你確實不去，我們走吧！」狄玄武對他一點頭，帶頭往上面的鐵路走過去。

「去哪裡？」賈西亞瞪著他。

狄玄武停下來，回頭看著他。

「你的手下還困在成衣廠裡，嘉斯塔渥他們，記得嗎？剛才我們引了一半的人追出來，成衣廠的攻擊火力變小，他們應該還有些人活著，我們必須回去救他們。」

「你瘋了嗎？只有我們兩個能幹嘛？」

「好吧！我們上去之後，你找個有電話的地方叫救兵，我們會合之後一起衝進去。」狄玄武退而求其次。

賈西亞的臉漲紅。「嘉斯塔渥他們完全有能力應付目前的情況，我就是花錢請他們來做這些事的。」

「你的意思是，畢維帝就是花錢請『你們』來做這些事的？」狄玄武盯住他。

「今天出來的每個人都知道自己面臨什麼。吃這一行飯，天天刀頭舔血，早就有視死如歸的決心。我現在唯一的任務是把畢維帝帶到安全的地方去，才能不辜負他們的犧牲。」賈西亞強調。

狄玄武嘆了口氣，搖搖頭。

然後，舉起槍對準賈西亞。

「你想做什麼？」賈西亞臉色大變。「畢維帝，他是席奧的奸細！快逃！我們都上當了！」

畢維帝連忙退了一步，卡特羅先抓穩老闆，他打死也不相信狄會是奸細。芙蘿莎從車窗看了出來，細緻的眉一皺。

「很感人，可惜太多破綻了。」狄玄武嘆了口氣。

「你在說什麼？」賈西亞驚怒交加。

「後哨。」狄玄武挑了下眉。「那是你的第一個破綻。」

「什麼後哨？你瘋了嗎？把槍放下！」

「如果我的老闆兼好友即將面臨清算之夜，我會將整座屋子包得水洩不通，無論多小的漏洞我都不會放過。」狄玄武涼涼地道。「我瞭解後哨面對荒蕪大地，或許不會有人從那裡進攻，但只要有一絲絲可能，我都不會輕忽，更何況他們可能從前面突破封鎖而來。

「可是你的後哨，十四個人裡面有六個是新人，剩下來的也只是普通警衛，從未經過正規訓練。你起碼放兩個像嘉斯那樣的人做做樣子都好，但你太馬虎了，這樣的後哨只差沒插個『歡迎光臨』的旗子。」

卡特羅眨了眨眼，慢慢看向賈西亞。

「你他媽的胡說什麼？」賈西亞暴跳如雷。

狄玄武舉起一隻手阻止他打斷自己的話。「然後是主宅側門。雖然它叫側門，其實很靠近槍火最猛烈的正門。我後來發現，裡面有另一道更隱密的小門。是，前面的這一扇比較接近避難室，但在槍火正猛的時候，把老闆往安全的出口帶不是常識嗎？

「接著就是瞎到我都不知道要如何幫你遮掩的密碼事件。你們在一個被敵人重重包圍的地方，你直接喊出避難室的密碼，完全不在乎離你們只有幾公尺的敵人會不會聽見，猜猜接下來發生什麼事？果然就有人聽見，用那個密碼開門了。」

「畢維帝，不要聽他胡說——」

「拜託。」狄玄武充滿耐心地看他一眼，「不要侮辱其他人的智商。後哨我們可以說你判斷力不足，密碼我們可以說你驚惶失措，這兩樣對一個安全首腦來說都不是什麼光彩的事，但，嘿！人非聖賢，可是今天的事……今天的事就已經超脫判斷力不足和驚慌失措的範圍。

「身爲一個判斷力不足又容易緊張的主管，你做了什麼？你答應了一場準備時間不充足、對你老闆可能造成生命威脅的談判。我們先不說你沒有事前在成衣廠做任何佈署，我是昨天來看的，我起碼都知道要藏輛逃命的車子，你做了什麼？」

賈西亞咬了咬牙。

「但重點不是在你做了什麼，而是席奧的人做了什麼。」狄玄武說。「我昨天來勘察時還沒有那些高彈力鋼絲，那是在我離開之後才裝上去的。裝那些陷阱加上測試大概需要幾個小時，他們唯一的空窗是我昨天晚上離開之後，到今天早晨之間，最多不超過十二小時。

「他們就這麼肯定我何時離開，以及接下來十二個小時都不會再有人去看了？」他的眼神迅速變冷。「是的，他們確定，因爲有人告訴他們，而我認爲那個人是你，賈西亞。」

他故意給席奧十二個小時的空檔，就是知道畢維帝身旁的暗樁一定會見獵心喜。

他是對的。

「賈西亞……」畢維帝看著從小一起長大的玩伴，神色極端複雜。

芙蘿莎慢慢走下車，臉上看不出是晴是雨。

狄玄武走向賈西亞，他的表情平靜到令人背心發麻。

賈西亞看向畢氏兄妹，雖然他們神情複雜，卻獨獨缺少一種表情：驚訝。

他們兩人知道，一直都知道。

他不知道是狄玄武告訴他們的，或者他們早就有感覺。或許就是因爲有感，所以才不顧他反對，堅持啓用一個來歷不明的男人。

這一刻，賈西亞知道一切結束了。

熊漢卡特羅在一旁咀嚼狄玄武的話，眼睛慢慢睜大。

「我們本來都會死在清算夜。」殘酷的事實突然侵入他的腦海。「你打算把後哨的人犧牲掉……你一點都不在乎……他媽的，你這混蛋！」

他衝過去抓賈西亞，被狄玄武橫臂攔了下來。

「你有沒有想過我們都是人，都有老婆小孩家人？我們死了，他們怎麼辦？你竟然想讓我們白白送死！你他媽的混蛋！」

賈西亞沒有說什麼。這時再說任何話都無濟於事，他只是冷傲地抬起頭，嘴角噙著一絲冷笑。

「我可以接受你是個不適任的安全主管，我甚至不在乎你是不是背叛你的主子。」狄玄武輕聲告訴他，「但我不能接受的，是你把你的手下像丟垃圾一樣丟開。嘉斯塔渥跟了你多久？六年、七年？差不多是畢維帝開始發跡的時候吧？其他人就算沒有那麼長，當他們今早踏出門的那一刻，他們把生命交在你的手上。

「你是他們的老大，他們信任你。無論你背棄畢維帝是爲了權、爲了錢、爲了色，通通無所謂，再爛的理由起碼都是個理由，但你背棄他們，沒有任何理由。」狄玄武緊緊盯著他。「你，不能，把弟兄像垃圾一樣丟掉！這一點，我過不去。」

賈西亞突然對畢維帝大吼：「你從來沒有看得起我過！在你眼裡我不過是個小丑！我一輩子只會是個幫你跑腿打雜……」

狄玄武一槍柄打暈他。

太吵了！

卡特羅火大地衝上去，對昏過去的賈西亞補上兩腳。

「他奶奶的！竟然想害死老子！」還有羅伯，還有岡薩列茲，還有菲利巴，還有每個人……

他後知後覺地發現，如果不是有一天他女兒躲在某個人的門口哭，那個人正好出門，被吵到受不了，勉強答應接案，現在他已經是一具死屍了！

他不敢想像薇拉和妮娜在這種鬼世道下要如何保護自己。

他看過太多帶著孩子的單身母親為了謀生，不得不走上哪條路。蓋多區有太多這樣的例子，他的薇拉差點成為其中一個。

他越想越後怕，突然轉身往狄玄武衝過去。

狄玄武一拳揍倒他。

不太痛，不過拳風古怪，卡特羅整個人重心不穩往前撲。

「你幹什麼？」他跳起來怒問。

「你想抱我。」狄玄武警告他。「你要是再試一次，我就讓你爬不起來。」

「……」可惡，被發現了。

眞是不可愛的傢伙！

畢維帝看著地上的多年好友，沒有人知道他心裡在想什麼，狄玄武也沒興趣去管他心裡在想什麼。

他把槍插回後腰，打開後車廂，拿出一個黑色的行李袋，檢查一下裡面的槍械。

「後面有膠帶，把那傢伙綁好，丟到後車廂去，一起載走。」他從袋子裡拿出一支槍給卡特羅。

「好。」卡特羅非常不溫柔地把賈西亞丟進後車廂。「你一個人行嗎？要我們中途停下來搬救兵嗎？」

「不用，我已經有救兵了。」

「誰？」畢維帝終於出聲。

「嘉斯塔渥和其他人。」他看畢維帝一眼。「如果他們死光，他們也不需要救兵了。」

「小心一點。」卡特羅說。

「嗯！」

他答應過一個朋友，有危險會把他揪出來，現在他要去揪人了。

7

「嘿，前面的，你走太快了。」

狄玄武不是一個容易驚訝的男人，要讓他驚到通常需要一點功力，不過，現在他眞的驚到了。

搞什麼鬼？他不可思議地回頭。

芙蘿莎踩著輕快的步伐走在鐵軌上，悠閒得像出來逛街的遊客。

狄玄武聽著隱約的引擎聲往遠方而去。畢維帝和卡特羅走了，她沒走。爲什麼她沒走？

「妳以爲妳在做什麼？」

「這不是很明顯嗎？我跟你一起去。」

「卡特羅那笨蛋在幹什麼？」

「別怪他。」芙蘿莎風豔無端地笑，「很少有人在我哥和我的夾擊下能堅持己見，尤其是像卡特羅這種老實頭。」

「回去。」他毫不客氣地命令。

「好吧！我本來是想，既然我們目的地一樣，可以一起走，如果你不願意，我就自己走囉！」

她掏出一條髮帶把長髮綁成一束，繞過他繼續往前行。

「給我站住！」狄玄武難以置信地揪住她拖回來。

「爲什麼男人都喜歡把女人拖來拖去的？」芙蘿莎嘆了口氣，轉身面對他。

「妳要什麼？」狄玄武瞇起長眸。

芙蘿莎眸裡的風流調笑慢慢斂去。

他知道她是個什麼樣的人，一直都知道，她所有的障眼法都不曾迷惑過他。

從初見的那一刻起，他們就把彼此看穿，原因很簡單，因爲他們都是本質相同的人。

他們都有著殘忍無情的天性，都藏在一層厚厚的殼之下——他用疏離掩蓋，她用淫逸僞裝。

當他們決定了一個目標，都不會輕易放棄。

這一刻，她不再是那蛇妖般的豔女，回眸一笑百媚生的芙蘿莎。她是站在畢維帝身後，和他一起創下畢氏基業的精明生意人——芙蘿沙·畢維帝。

他和她，單刀直入，直截了當，不玩遊戲，不耍花招。

「和我合作吧，狄玄武！」她清清脆脆地說，「你知道畢維帝是個蠢蛋，你跟著他，一輩子只能當跟班，最後你不是殺了他取而代之，就是另一個人收買你，就像賈西亞那樣。」

「或許我不介意當跟班。」

「你不介意的原因是因爲你一點都不關心畢維帝。但我和他不同，我可以成爲你的夥伴，和你共享江山。」她雙眸清亮無比。「只要我們聯手，我們可以拿下整個雅德市，甚至整個利亞生存區，我們可以創造我們自己的王國。」

「很吸引人。」

「必須說，我有過疑慮，我不確定你是不是另一個頭腦簡單、四肢發達的傢伙，但這三個月下來，我知道你不是。」

「哦？」

「我知道你是個天生的領導人物，和你比起來，賈西亞只是一個小丑。所有賈西亞的人都不服你，只是因爲你不需要他們服你；可是當你需要的時候，你可以在一個晚上就收服十一個男人的心，讓這十一個男人願意爲你而死。」芙蘿莎緊盯著他。「畢維帝不明白這一點，他只是個被寵壞的小孩，漂亮的廣告看板，從小到大都一樣。」

「妳認爲他很笨？」

「不，畢維帝有他精明的地方，他只是天眞。看他花那麼多時間跟席奧瞎搞就知道了，他們的爭端很大成分是畢維帝自己搞出來的。」她輕聲冷笑。「他從小就認爲世界應該圍繞他運轉，拉貝諾不理他也就算了，畢竟拉貝諾在這裡有幾十年的歷史，受到所有人愛戴，但席奧竟然敢不拿他當回事？他有事沒事就要去刺席奧幾下，說穿了也不過就是個沒長大的屁孩，喜歡拿別人惡作劇。」

「但妳不同。」狄玄武偏了偏頭。

「我知道我要什麼。」芙蘿莎的唇角一挑。「你知道我為什麼跟席奧睡過嗎？七年前，回聲爆炸不久，我們在這殘破的世界試圖找一片立足之地，畢維帝和我一起去找席奧談合作，他看出席奧的視線離不開我，於是要我留下來陪他。」

一絲冷意掃過她清眸。「畢維帝或許以為我最後只會變成一具水溝裡的殘軀，但他錯了。那個晚上，我讓席奧嘗到前所未有的歡愉。

「席奧有……很特殊的胃口，他不知道天下還有女人能讓他感受到這種程度的滿足。我讓他明白，除了我，他再找不到第二個跟我一樣的女人。

「席奧將我留在他身邊一個星期，幸好我有一副享受各種性愛的身體，若是其他女人，或許會認為這是一場夢魘。但無論如何，我發誓我若再見到畢維帝，一定會讓他付出代價。

「但我不久就發現一件其實我很早就發現的事：當一個女人掌握了一個男人身上的幾寸肉，你會訝異她們能掌握多大的權力。」

妖異的笑容重新回到她臉龐。「席奧終究捨不得殺我，他在接下來的兩年不斷爬回我床上。他一方面厭惡我們兄妹倆，一方面又厭惡自己對我的迷戀。畢維帝是在這個時期站穩的，是我帶給他一切。」

「而妳想要更多？」

她舉起一隻食指，「別誤會，我一點都不在乎收割成果的是畢維帝，他們兩人盡可以去爭個你死我活，我完全不在乎。

「但，你是不一樣的，狄玄武，你不是一般的男人！畢維帝擁有你，卻把你當成一個保鏢使喚，只有我明白你能做什麼。」她緊盯著他。「我不想錯過你這樣的男人。加入我，和我一起，我的就是你的，我們總有一天能統治這個世界。」

狄玄武看了她片刻，突然問：

「我能做什麼？」

「嗯？」

「妳說妳明白我能做什麼，妳認爲我能爲妳做什麼？」

「你可以爲我做很多事，我，也可以爲你做很多事。」她的手指滑下他的胸膛。

「舉個例。」他鼓勵。

「以你的身手，在這個世界無敵手。」

「一件，然後呢？」

「這樣還不夠嗎？你是唯一讓我有安全感的男人，你的身手加上我的身段，我們倆簡直所向無敵。」

「就這樣嗎？」

「……你在取笑我？」她瞇起貓眸。

「不，我再認眞不過了。」狄玄武微微一笑，笑容中卻殊無喜色。「所有妳剛才說的話都是同一件：我很能打，我可以當妳的保鏢頭子，和我在一起妳很安全。這是妳唯一瞭解的我，也是畢維帝唯一瞭解的我。」因爲這是他唯一讓他們瞭解的他。

「但每個人都不只一面。妳知道如何讓男人覺得他們很特殊、很強壯，在妳面前他們像不可一世的英雄。」他傾身向前，看進她眼底。「芙蘿莎，我已經對妳說過了，這招對我不管用。」

芙蘿莎盯著咫尺之外的黑眸，有一瞬間覺得自己在那兩抹銳利下完全赤裸。

這種赤裸，不是她喜歡的那種。

「妳一生不斷在重複這個過程：利用一個男人得到妳要的，再利用下一個男人扳倒前一個，然後再下一個，再下一個，再下一個……」他的眼神冷酷森然。「妳並不需要一個男人跟妳一起統治世界，妳需要一個男人『替』妳統治世界，直到下一個更合適的男人出現爲止。」

她就像一隻黑寡婦，每個男人不過是滋養她的一個過程。她永遠站在頂端，而她身邊永遠會有更多前仆後繼的男人。

「我是眞正想和你合作。」芙蘿莎瞇起美眸，「我的提議只有這一次。如果你願意承認的話，你對我是有感覺的；我懂男人，你的眼神騙不了我。」

狄玄武挺直腰。「妳說得對，我對妳確實有感覺。我的感覺是：一個十三歲的女孩不該被性剝削，無論她是不是自願的，一個妹妹也不應該被哥哥送給敵人，無論他們是不是親兄妹。」

她發出一聲譏刺的笑聲，狄玄武伸出食指阻止她。「放心，這不是同情，妳大概是全世界最不需要被同情的女人。每一次妳都能化危機爲轉機，替自己找到出路，同時讓自己變得更強，我認爲需要被同情的是那些男人。

「我佩服妳的這股韌性，妳是那種就算被丟進蛇窩裡，也能風情萬種走出來的女人。我完全不擔心妳，芙蘿莎，但，有人需要我，而我對那些人有義務。

「性對妳來說是一種武器，對我則是一種生理紓解。如果我們是在我的世界裡，現在我已經把妳拖進房裡，痛痛快快操上三天三夜；在這方面，妳確實是高手。

「但這裡不是我的世界，而放縱是一種我沒有的奢侈權利。若我從過往經驗中學到什麼，就是免費的往往最貴。那些我對他們有義務的人正在等我，我付不起妳的價碼。」他深黑的眼緊盯著她。「芙蘿莎，或許妳值得更好的男人，不是像畢維帝、賈西亞、席奧這一類的垃圾，但，那個男人不會是我。」

話已至此，無可再多說。他無情地轉身離開。

芙蘿莎咬著下唇，望著他高大的背影。

從來沒有任何一個男人讓她覺得如此赤裸。

他撥開她一層層的絢麗羽衣，殘酷、堅定、無情，卻又如此深刻地觸動她的心。

這個決絕又可恨的男人啊——

「這是你的損失！」她在背後大叫，「你不知道你錯過了什麼，所有你想過沒想過的姿勢，我每一種都會！」

「無所謂，我八成都做過了。」

遙遙回應完，那頎長英挺的身影消失在樹叢間。

❦

狄玄武蹲在一排灌木叢後面，觀察成衣廠的後門。

他先穿過鐵道間的樹林，繞回公路上，再避過席奧手下的耳目穿越公路，從另一邊溜下去，一路在樹林間從容穿梭。

不到半個小時，他已經順著樹林的走勢繞回成衣廠後方。

席奧的人還有四十多個在場。由戰鬥後的人數不減反增可知，席奧眞的派足了人傾巢而出。可以想見，其他人在得知畢維帝逃掉之後，已重重佈署在每一條通往畢氏宅邸的路等著劫殺他。

狄玄武要卡特羅先開到荒地，就是因爲那裡是唯一不會有人佈署的路線。

看這態勢，席奧這一次打定主意要致畢維帝於死地。

成衣廠的槍戰依然在進行——這是好事，表示賈西亞的人還有活口，不過槍聲只剩下零星幾響，打打停停的。最有可能的原因是剩下來的活口躲進某個地方，外面的人不容易攻進去，但他們也逃不出來。

席奧的人不必冒險強攻，他們只要包圍起來，那些人遲早要投降。再不濟丟幾顆手榴彈進去，輕輕鬆鬆全殺了。

畢氏人馬還有活口，很可能是因爲席奧想捉活的——這又是另一個當老大的「可預測行爲模式」。明明很簡單可以解決的問題，他們總是想走戲劇化路線，抓來倒吊、刑求、剝皮示眾之類的，一來立立威信，二來解解氣。

這種行爲模式總是讓他有機可乘。

他們出發時是三十個人，去掉他和卡特羅這一路，還有二十五個人在裡面，這二十五個人不可能全都活著。

他希望這些活著的人裡面有菲利巴，不然他會非常非常不高興。

「啊——」一個席奧的手下從二樓窗戶掉下來，一灘深色液體從他的腦後流出。

「他媽的想偷襲？老子開始拿槍時你還沒長毛呢！我呸！」

菲利巴。

他微微一笑。

菲利巴一番精彩的問候老母五百字演說引來另一陣憤怒的槍子兒，不過一會兒又平息下來。

槍戰響起的地方在二樓右邊的最內側，果然在他預測的那個地方。

是這樣的，雖然二、三樓是鐵皮屋，但二樓角落有一間儲藏室卻有三面牆是水泥，只有跟後門同一面的牆是鐵皮。當年爲什麼會如此設計不得而知，八成是蓋完一樓之後還剩下一些水泥吧！

總之，嘉斯和菲利巴他們要躲，一定會躲進那間儲藏室。

他目前的位置在後門左側的林子裡，儲藏室在右側，所以他必須沿著林子往前……

「他們還有人活著？」身後忽爾響起一個壓低的嗓音。

狄玄武眞的很少被人驚到，尤其是被同一個人，這是今天的第二次。

「妳又跟上來幹什麼！」他的思路已經超越無法置信，直接進入無力的領域。

「你丟給我一個那樣的挑戰卻指望我走開？」芙蘿莎跳起來，指著他鼻子大罵。

「我怎麼挑戰妳了？」

她會被看到……

「嘿，那裡有人！」

「是芙蘿莎！」

看吧，被看到了。

「你還有膽問我？你說我會的你每一樣都做過了！」她越說越怒。

「到後面去。」他盯著從她身後衝過來的人。

兩名打手衝至，狄玄武從灌木叢間閃出來。

第一個打手從背後勒住芙蘿莎的脖子。

芙蘿莎雙手扣住那隻手，雙膝突然往前跪倒，背後的男人被她全身的力量一帶，撲倒在地上。她轉動身體給那個男人一記結結實實的手十字絞，瞬間那男人痛得大叫，她一個箭步跳起來，往他雙腿間重重一踹——

噢。

狄玄武一縮，身爲男人，無法不對這記攻擊感同身受。

第二個男人已經撲到，往她頭髮抓過來，芙蘿莎頭也不回，背心直接撞進對方懷裡，當場將對方撞倒。她迅速反坐在那人身上，雙膝夾住他的頸項用力一扭——

喀喇。

第二個男人沒有他的同伴好運，立刻斷頸而死。

「……」巴西柔術。

當然了，他怎麼會沒想到？

巴西柔術起源於日本古柔道，在二十世紀初期流傳到巴西，後來被巴西武術界發揚光大而自成一格。

巴西柔術主要著重在擒、抱、扭、絆等技巧，再結合關節技和絞技，瓦解對手的攻擊能力。對於力氣或體型較小的人而言，巴西柔術讓他們能以小搏大，以巧搏壯，輕易將敵人制伏，是一項很適合各種體型的人學習的武鬥技巧。

狄玄武自己是一個武功高手，高手認得出高手。從芙蘿莎這幾招行雲流水的招式，她絕不是練來好玩的花拳繡腿。

她懂！

「怎樣？」她驕傲地把長髮綑成一個髻固定在腦後。「我說過了，我跟男人上床是因爲我喜歡跟男人上床，不是因爲我打不過他們。」

後面更多人衝來，場面爆發。

狄玄武的武功路數和芙蘿莎完全不同。他是正統東方武學出身，講究精深的內力和實實在在的拳腳功夫，芙蘿莎是鑽扭抱絆的靈巧身形，但他們的攻擊節奏出奇合拍。

他攻上路，她攻下盤。他擺平的人往旁一扔，她補上一腳；她扭倒的人往地上一摔，他接一記手刀。

他們就像跳著一首無聲的舞曲，兩人的音樂、旋律、節拍通通不一樣，但串在一起卻成了一首無比協調的雙人舞。

「捉活的！」有人在後面大叫一聲。

一個一米九的壯碩大漢朝他衝過來，鐵拳揮出。

「你們倒捉捉看。」狄玄武大喝，一模一樣的拳招揮出，卻後發先至，一拳擊中那大漢的太陽穴，那大漢眼白一翻直接倒地。

他的拳招沒有收回，順著弧度繼續攻向另一個殺過來的人。那人張開雙臂往他擒抱過來，拳招到了那人眼前已老，他改拳為掌，啪啪左右兩個耳光打得對方「哇」一聲吐出幾顆牙齒。

他一肘撞向對方鼻梁，那人眼白一翻，暈了過去。

後面跟上來的人吃了一驚，回頭抄傢伙。

芙蘿莎這邊料理掉兩個，對他怒目而視。

「你在樹上做過嗎？」

「最近的一次，一年前。」

後面衝上來的打手拿了木棍和開山刀，他使出一招空手奪白刃，搶了一柄開山刀給她，搶了支球棒給自己。

有了武器之後，兩人更是如虎添翼。

崆崆。

砰！刷！各種武器交擊的聲音響起，每響一聲就有一條人影飛出去。

「我說的是離地十公尺，兩個人都站著，女人扶著樹幹，男人從背後上？」

「離地三十公尺，那是一株異松。我站著抱住她，她掛在我身上，從正面來。」讓女人站著像什麼紳士？

後面的黑衣人繼續湧來，再飛出去。

「在時速三十公里的激流裡，一面注意激流的走向，努力不把男人的小雞雞坐斷？」芙蘿莎一刀削掉一個黑衣人的鼻子。

「逆流而上，我只需往前走，她一樣掛在我身上。我甚至不必衝刺，激流就是最好的推力。」

他兩棒出去揍倒一個男人，下一個人衝過來用鐵勾勾住他的球棒，他球棒乾脆送進那人懷裡，那人莫名其妙地接住，狄玄武改去搶他的鐵勾。那人一手抓著球棒，一手趕緊收回鐵勾，狄玄武跟他一樣一手握住鐵勾，一手抓住球棒，卻是雙手反握，然後用力一絞，那人雙臂被絞斷，慘叫一聲退了下去。

「慢著，你在河裡？」她停下來瞪著他。

「不然妳在哪裡？」他看她一眼，繼續殺向下一個人。

芙蘿莎瞪住他的背影。

她是在船裡……

可惡，這樣一比，他站在河裡厲害多了。

她氣得一腳踢翻一個王八蛋。

那個王八蛋飛出去，撞在一株狄玄武剛才躲過的樹幹上，那棵樹突然一陣發抖，刷！超過三十公分的刺瞬間將那個王八蛋戳成刺蝟。

「……」狄玄武瞪著那株樹和它身上的刺蝟人。

「看什麼看？沒看過刺形棗？」芙蘿莎沒好氣地衝向下一個人。

眞的沒看過。

如果他知道這棵樹如此「敏感易怒」，他剛才不會躲在它後面……

刺形棗不只射出長刺而已，每根刺開始分泌透明的液體，屍體接觸到液體的地方發出被強酸腐蝕的氣味，這棵樹正在消化它的獵物！

另一種肉食性變異種。

狄玄武思索他何時才會習慣這些莫名其妙的怪物。

「啊——」一個黑衣人持開山刀衝過來，他迎了上去。

停車場的人發現後方戰況比他們預期的更加難纏，重口味的出動了。

狄玄武一看見五十公尺外的火箭筒，不暇細想，撈起她的腰住肩上一扛，提氣往樹林飛躍。

芙蘿莎正要迎向下一個朝她衝過來的男人，突然間，她的胃頂在一副鐵肩上，肺腔的空氣全被擠出去，然後她整個人就飛起來了。

她是眞眞正正的飛起來！

雜草，野花，灌木叢，矮樹……

整片翠綠色的林子從她的眼前掠過，全程或許只維持了十幾秒，對她來說卻像一個驚異的永恆。

接著，她墜進了那片濃綠裡。

她的背重重撞在地面，茂密的雜草戳刺她的嫩頰，她的視野只短暫出現幾秒的綠樹和天空，然後，一張英俊剛毅的臉龐塡滿了她的世界。

那張俊臉突然往她貼過來，她不知道自己屏住了呼吸。他的唇沒有落在她以爲的地方，卻是埋進她髮間，強壯的鐵軀緊緊貼住她的每一寸，她的每顆細胞都在爲這美好的重量尖叫。

磅──

震耳欲聾的爆炸聲在他們身後炸開。

滿天沙石飛舞，四射而來的碎葉斷枝刺痛她的體側。他的大手毫不憐香惜玉地罩住她的臉，替她遮擋噴射物。

芙蘿莎臉一偏埋進他的頸窩，努力呼吸，每口呼吸都嗅到從他皮膚散發出來的氣味，有汗味、火藥味、皮革味、清草味……綜合成一種讓人心思晃漾的男人體息。

「妳還好嗎？」不知過了多久，她的耳畔響起他低沈的嗓音。

她手被壓到了，從身下掙出來，他立刻用全身的重量制住她，不讓她再動。

無所謂，她不急著起來。

火箭炮射中他們前面十幾公尺的樹叢，他的背完全可以感受到樹叢燃燒的熱度。

這些白癡不懂武器是件好事，火箭炮雖然看起來炫又好用，但適合拿來打裝甲坦克之類的大型目標，這就是爲什麼它直接往他們頭上飛過去，擊中那棵大樹才爆炸。如果那群笨蛋丟的是一堆手榴彈，他們麻煩就大了。

樹林的邊緣開始響起一些零零散散的腳步聲。

「嘿，他們死了嗎？」

「被這麼大一顆傢伙炸了，能不死嗎？」

「進去看看。」

「你怎麼不進去看看？」

「這鬼地方幾百年沒人來過了，誰知道那樹林裡有什麼？」

「你也知道，那還叫我去？」

「嘖，可惜了那活色生香的芙蘿莎，聽說在床上很勁……」

一堆淫猥的男性評論響了起來。

等了一會兒，那些人向樹林裡開了幾槍，確定沒有任何動靜之後，悠哉轉身走開。

狄玄武和她繼續伏在地上。

他運起內力傾聽，最近的一個呼吸聲走離了幾公尺，突然又折回來。

「嘿，你在幹什麼？」

「灑個尿，馬上來。」那人說。

狄玄武壓著芙蘿莎不動。他們只要一動，很有可能會被發現，而他從不缺耐性。

他的右耳垂傳來濕濕暖暖的觸感。

「……」狄玄武無言地偏頭，她在幹嘛？

芙蘿莎對他嬌嬌媚媚地笑，然後輕咬他的鼻尖，他把臉轉開，她呵了一聲氣，在他耳畔輕語：

「別動，當心被看見啊！」

他們被困在這裡動彈不得，前方有熊熊烈火，後方有兇殘追兵，但她顯然非常自得其樂。

芙蘿莎看準了他無法掙開她，又開始輕咬他的耳垂。

他偏過頭警告她，「別……」

他的警告只說出一個字，便被她櫻紅的唇含進嘴裡。

他薄薄的唇立刻閉上，她調皮的舌尖在他唇間輕點，毫不客氣地品嘗他。

她的小動作全部被他沈重的身體罩住，狄玄武連頭都不能動得太厲害，只好任她上下其手。

她肆無忌憚地輕移左腿，滑進他的雙腿間，然後抬起膝蓋摩擦他腿間粗糙的布料。

她的手從他衣服下攞鑽進去，在他強健平滑的背上輕撫。她的左腿卡在他雙腿之間，表示他的左腿也卡在她的雙腿之間。她停止用膝蓋摩擦他的腿間，卻開始用他粗糙的褲管摩挲自己。

她在他耳畔發出一聲嬌媚至極的呻吟，女性部位輕輕在他牛仔褲上擦磨，女人動情的體香從她每個毛細孔散發出來，他拉鍊下的部位無法阻止地脹大。

狄玄武只是一個男人，任何男人在這種情況下都會發生應有的生理反應，跟他主意識接受與否無關。

他幾乎是冷眼旁觀他身體的自主變化。

她的手想從他的褲腰往下鑽，立刻被他毫不容情地收緊雙臂，連帶也夾緊她的手。

「在剛爆炸的火箭炮旁做過嗎？」她在他耳際輕笑低語。

狄玄武用嚴厲的眼神警告她，不過顯然沒用。

「我也沒有，一起來開創新經驗吧！」她吃吃地笑。「你又不是處男，幹嘛這麼矜持？」

通常是女人在這種時候被男人吃豆腐，現在，他終於明白那些女人是什麼心情了……

狄玄武突然夾緊她，帶動她的身體滾了兩圈，直到兩人滾進一處更濃密的灌木叢後。

原來那尿完尿的傢伙已經走開，沒有注意到身後的動靜。

他鬆開她，維持匍匐的姿勢爬開幾步，褲腰突然被她拉住。

這個姿勢非常尷尬，她的臉大約在他臀部的地方，當他翻過來時，他腿間的隆起正好對準她豔紅的櫻唇。

「你很久沒做了吧?畢維帝把你綁得這麼緊。」她悄聲倩笑，隔著布料搵弄一下那片壯觀的隆起。「可憐的孩子，其實你可以不用忍的，叫我一聲就好了。嘉斯他們不差這十分鐘，我可以先幫你……」

她隔住牛仔褲吻住他的男性，露骨地舔弄。

狄玄武毫不容情地捏住她的手，她輕輕痛哼一聲。

「妳再不規矩一點，我就把妳打昏，丟在這裡。」他冷冷地道。

芙蘿莎望著他迅速爬開，對這顆臭石頭眞是又愛又恨。

就沒見過男人腫得這麼大還能動作這麼快的！她嘟嘟噥噥地跟在後頭。

他們在林間迂迴前進，終於來到成衣廠的右後方。透過鐵皮牆的破洞，狄玄武看見不少人影集中在二樓角落，菲利巴他們果然躲進了水泥室裡。

席奧的人有火箭筒卻沒用，表示他們眞的想抓活口，不過狄玄武不認爲他們的耐性會維持很久。等他們確定這群人眞的不會投降之後，重武器應該就上陣了，他沒有太多時間。

所幸畢維帝逃走之後，後門的人也撤走了，現在只有前門和成衣廠裡有人。

他無聲無息地使出壁虎游牆功爬上二樓，手指插進一個破洞穩住自己，然後抽出野戰刀，刷刷刷三刀如切蛋糕般切出三道口子，然後將鐵皮扳下來，輕輕巧巧閃入。

他探出身子對她伸手，芙蘿莎左右看看確定無人，向他跑過去凌空跳起來，他拉住她的手，迅速拖進室內，鐵板牆重新折回原位。

他們轉過身，十四條大漢以嘉斯爲首，手中的槍全對準他們，臉上的表情跟吞了整顆雞蛋一樣。

菲利巴得意地從後面擠上前，在地上吐了口菸草汁。

「老子就跟你們說了，狄說會來揪我，就一定會來揪我！」

❦

狄玄武右手按住路易茲的胸口，左手扣住他的肩頭。

「預備？」

「來吧！」路易茲一咬牙。

狄玄武使勁一推，喀嗒一聲，脫臼的關節滑了回去。

路易茲跳起來，爆出一串精彩之至的髒話，不過劇痛的左肩終於好多了。

「這傢伙知道他在做什麼……」他低聲咕噥。

「換你了。」狄玄武對下一個挑眉。

「輕一點！」提亞哥苦著臉在他面前坐下來。

「是不是男人啊你？」路易茲在旁邊酸他。

「我是不是男人，回去問你媽吧！她最清楚。」提亞哥不甘示弱。

「我媽早死了，你連鬼都上過？」

「不然你以爲你媽是被誰爽死的？」

一堆男人的污言穢語加入戰局，每個人彷彿回到自己的更衣室，而不是被困在一間破屋裡，氣氛反倒輕鬆起來。

狄玄武把幾個扭傷的、脫臼的、斷骨的一一喬正，需要固定的就現場找個東西纏一纏。練武的人基本功就是熟知人體各條筋骨脈絡，自醫醫人，所以專治跌打損傷、斷骨錯位的民俗醫館在台灣被稱爲「國術館」不是沒道理的，這也算是一種武林遺風吧！

這間儲藏室不算小，擠了十幾個人依然有走動的空間。沒被固定在牆上的鐵架和重物全都被搬到門後面擋住，只剩下角落一個蛀到快垮掉的木頭櫃子乏人問津。

趁所有人在那裡互噴垃圾話，嘉斯走過來，在剛才路易茲和提亞哥坐過的鐵椅坐下。

「後續的援兵什麼時候會來？」他依然穿著註冊商標的鎧子甲背心，一臉硬漢的模樣。

「不會有援兵了。」狄玄武看了他一眼。

「什麼意思？」嘉斯的下顎線條一緊。

「意思是我們得靠自己，我們就是自己的援兵。」狄玄武看嘉斯的神色就知道他已經多少猜到。

「賈西亞呢？」站在旁邊的菲利巴就沒什麼顧忌了，大聲問道。

其他人聽見，馬上團團靠攏過來。

「被五花大綁，丟在一輛車的後車廂。」狄玄武平靜地說。

「什麼？他被席奧綁走了嗎？那畢維帝先生呢？」路易茲連忙問。

「畢維帝被卡特羅載到一個安全的地方，賈西亞就是在他們的後車廂裡。」

「什麼意思？賈西亞爲什麼會在畢維帝先生的後車廂？」提亞哥瞪著他。

「意思還不清楚嗎？賈西亞那混蛋把我們賣了。」菲利巴啐了一口。

所有人登時譁然。

「什麼？」

「賣掉是什麼意思？」

「那誰要來救我們？」

他們裡面最資深的是嘉斯，一堆問題立刻往嘉斯丟過去，嘉斯只是神色陰沈地坐在那裡，沒有任何回應。

狄玄武明白他的心情。

「賈西亞被席奧收買了，今天的會談只是一個幌子，目的是讓席奧狙殺畢維帝。」他沒有特別提高嗓音，但每個人都清清楚楚聽見他的話。

「什麼意思啊？」

「爲什麼會這樣？」

「所以我們今天根本就不該出門嗎？」

已經譁然的群眾更是大亂。

「通通給我住口！」嘉斯咆哮。

所有聲音霎時噤住。

過一會兒，不知是誰小聲地問一句：「難道賈西亞故意要讓我們死在這裡？」

「眞是這樣的話，老子也不會意外！」菲利巴哼了一聲。

「你說這話是什麼意思？」嘉斯神色不善地盯住他

「他在清算之夜就幹過同樣的事了。」菲利巴看他一眼。「嘉斯，那天晚上你們守在外面，沒看見避難室的情況。我們後哨警衛被困在院子裡，只差那幾公尺就進到避難室了，賈西亞想也不想就要把門關上，任我們死在外面。如果不是狄爲我們爭取時間，幫助我們躲進去，老子現在就不會站在這裡了。」

所有人都靜默下來。現場有一個人是當晚護著畢維帝進避難室的人，這時更是無法抬頭。

「眞的嗎？」嘉斯看向清算夜也在的那個兄弟。

「眞的……」他不太敢看菲利巴。

說眞的，他們這群保鏢平時沒怎麼把看門的警衛放在眼裡，總覺得這些人和僕人的等級差不多，但，今天自己也變成可有可無的人，才明白了那種心情。

「那你回來幹什麼？」嘉斯終於看向狄玄武。

「對啊，你怎麼可以把芙蘿莎小姐帶回來？你知道這樣有多危險嗎？」碩大的吉爾摩從人群後推了出來，跟推土機推開路一樣。

「吉爾摩，是我自己跟著他來的。」芙蘿莎立刻從牆邊直起身，攔在大肉山面前安撫他。

「不行！怎麼可以？這裡很危險，你怎麼可以讓芙蘿莎小姐冒險？你不知道這樣很危險嗎？」吉爾摩大聲嚷嚷，頭顱般大的手掌一把便揪住狄玄武的衣襟，將他提了起來。

狄玄武按住他的大掌，沒有反抗。

「吉爾摩，眞的是我自己硬跟上來的。我知道你在這裡，怎麼能丟下你不管呢？」芙蘿莎的語氣十分溫柔。

「不行，這樣不行，都是你的錯！你應該讓芙蘿莎跟畢維帝一起離開的，你……你……這樣芙蘿莎會有危險的，嗚……嗚……芙蘿莎……」大肉山竟然像個小孩子般哭了起來。

所有人露出一副避之唯恐不及的樣子，紛紛躲開。

「吉爾摩，芙蘿莎能照顧自己，我保證我不會讓她出事的。」狄玄武嘆了口氣，輕拍大肉山的肩膀。

「嗚嗚……你發誓？」

「我發誓。」狄玄武向他保證。

吉爾摩覺得他應該很厲害的樣子……

「那你要保護芙蘿莎喔！」

「我答應你。」他溫和承諾。

大肉山終於破涕爲笑。

「來，到這裡陪我坐著。」芙蘿莎笑著，拍拍身旁的一張爛辦公桌。

嘉斯從頭到尾眼光都沒有從他臉上移開。

「你爲什麼回來？」

「我答應這傢伙，有狀況我會揪他出去。」他聳肩，指了指菲利巴。

這傢伙吐了口菸草汁，笑咧一嘴被薰黃的牙齒。

「媽的，賈西亞出賣我們。」提亞哥好像直到現在才反應過來。「完了完了，沒有援兵我們死定了，死定了死定了——」

「嘿！」狄玄武喝住每個又要亂起來的人。

所有人的眼睛立刻瞄向他，他穩定地迎上每道視線。

在這種風雨飄搖的時候，他冷凝鎮定的眼神有如一只錨，每個人眼光一和他對上，心不由得定了一定。

「我不知道你們是怎麼想的，但我無意讓今天變成我的忌日。如果這是你們的死亡心願，請便！但我認爲能活著走出去還是比較好，你們以爲呢？」他看見幾抹微笑浮現。

「外頭起碼有五十個人，我們只剩下十幾個！我們的子彈都用得差不多了，而且被困在這間該死的水泥棺材裡，除非你是神仙，不然我們哪可能活著出去？」維托瞪著他。

「四十一個。」

「什麼？」

「他們原先有四十八個人，我和芙蘿莎進來的時候幹掉七個，還有四十一個。」他冷靜地說。

芙蘿莎小姐？維托和其他人立刻看向他身後的大美女。

「嗨。」芙蘿莎風采萬千地向所有人揮揮手。

「你想怎麼做？」嘉斯終於問。

「我們從地下室繞到停車場的另一端出去，那邊一個守兵也沒有。」

「那邊一個守兵也沒有是因爲沒有人能活著穿過地下室，地下室裡有流火螢。」嘉斯挖苦道。

雖然他知道席奧的人一定在地下室佈了暗樁，不過——

「什麼是流火螢？」

「你不知道流火螢？」提亞哥被自己的口水嗆到。

「……就當我是一個剛從叢林出來、什麼都不懂的鄉巴佬吧！」

「狄有時候不知道一些我們都知道的事。」菲利巴告訴他們，早已見怪不怪。

「謝了。」他橫一眼補刀的人。

「流火螢是回聲爆炸之後才出現的突變種，好像跟螢火蟲是同一個家族的，不過它體型跟足球一樣大，屁股會發光，嘴巴能噴火。」提亞哥難以相信有人會不知道流火螢。

「會噴火的蟲？」他難以置信。

「流火螢很喜歡停在路燈上，如果你夜裡站在路燈下撒尿，沒看清楚頭頂是流火螢還是燈泡——轟！現成的烤小鳥。」菲利巴說。

他以後一定不在夜晚的路燈下撒尿！

「叢林裡沒有這種鬼東西。」他抱怨。

「所以你眞的是從叢林出來的？」提亞哥的眼睛突出來。

「不早就跟你們說了嗎？」菲利巴現在一副狄玄武代言人的樣子。「流火螢喜歡城市的人工光源啦！所以叢林沒有我不意外。」

狄玄武只能搖頭。

「巴比帶了五個人想從地下室突圍，整個地下室的流火螢將他們燒成灰燼。」嘉斯的下顎緊了一緊。

「好吧！那我們只好想辦法不要被燒成灰。」

瞧他說得很簡單的樣子！有人小聲問：「這傢伙連流火螢都不知道，成嗎？」

我聽得見你的聲音好嗎？

「菲利巴，我需要你。」狄玄武對他勾了勾食指。

「隨時候教。」大老粗菲利巴竟然行了一個非常標準的紳士禮。

狄玄武走到那座乏人問津的爛木櫃前，輕輕鬆鬆把它搬開。櫃子幾乎是整個解體，只剩地上的一大塊底板，狄玄武將那塊木板翻開，一個長約七十公分、寬約四十公分的鐵板門赫然出現在眼前。

他將那個鐵板門掀開，一條黑洞洞的甬道露了出來。

「這條暗道和地下室的通風管並行，一路通到停車場另一端的出口。當年老闆蓋這條暗道是爲了走私黑工幫他做事，所以整條暗道是用水泥做成的，外表看起來就像一般的水泥樑柱，人在裡面爬，外頭完全聽不見聲音。無論地下室有多少流火蟲，我們都可以安全地從暗道爬出去。」

「你怎麼知道這裡有一條暗道？」嘉斯愣愣地看著他。

「現場探勘，再加上給一個地政局老員工足夠的賄賂，你通常會知道一些藍圖裡沒有的東西。」他對嘉斯挑眉。

三十六個小時之內，他只能做到這些事——安排畢維帝的逃脫路線，籌畫困住的人如何脫身。如果有更多時間，他就能做更精細的安排，不過這已經是時間許可內他能做到的了。

「菲利巴，我們有個問題。」他撿起一塊石頭，在地上畫出成衣廠和停車場的平面圖。「這條暗道沿著一樓柱子鑽入地下室，然後在這個地方轉彎，繼續通向另一頭的出口。」他指了指轉彎的地方。「問題出在轉彎這裡。這裡有個鐵柵門，是成衣廠老闆當年爲了防止黑工逃跑而設的，柵門只有從另一頭過來有個鐵鎖。

「柵門是純鐵做的，孔洞太小，我沒有辦法從這一頭破壞鎖頭，我們顯然也不能像老闆一樣，到地下室打開活門去開那個鎖。」

他在那個柵門旁邊畫了一個U型。「不過，當初爲了讓地道通風，這裡有一個U型的通風管正好繞過柵門。這個U型管太窄了，轉彎的角度也太陡，不是每個人都鑽得過去。」他對菲利巴點了點頭。「但你鑽得過去。我需要你繞過去，破壞這個鎖頭，讓所有人通過。」

哈！

「我就想，羅伯和岡薩列茲的槍法都比我好多了，爲什麼你今天叫上我呢？原來就爲了這個！」菲利巴一拍大腿，嘴巴咧得開開。

其他人不解地盯著他們。

原來，狄玄武無意間發現，菲利巴的柔軟度非常好。據菲利巴自己的說法，他脊椎有一節天生變形，這節變形不會對他造成任何影響，卻給了他的身體一個附加價值：如蚯蚓般的柔軟度。

他的身材瘦削，再加上過人的柔軟度，狄玄武認爲若有人能鑽過那個U型通風管，非菲利巴莫屬了。

「爲什麼不讓我去？」一直在旁邊聽的芙蘿莎提議。「我的身材比菲利巴小，柔軟度也很好，我應該更容易鑽過去。」

「我試過那個角度了，相信我，只有菲利巴鑽得過去。」狄玄武搖頭。

芙蘿莎張口欲言，狄玄武立馬銳利地指著她，「閉嘴。」

他可不想在這時候聽她形容自己的身體能彎成多少不同的角度。

「我只是要說『好吧』，不過現在我知道你腦子在遐想什麼了。」她對他拋個媚眼。

狄玄武很無言。

「如果席奧的人也知道這條暗道呢？」嘉斯看他一眼。

「這條暗道從外觀看來就像一條普通的水泥樑柱，我是在勘察的過程發現它和其他樑柱不對稱，沿著地下室走了幾趟才找出它的玄機。

「這座木櫃的積塵已經多年沒被動過，而停車場那一端的出口十分隱密，鎖頭雖然整個生鏽了，但沒被破壞過。我昨天檢查完之後，把兩個端口復原，放了一個記號在木櫃上，而這個記號沒被人動過——連你們在裡面待了這麼久，都沒人想到要去動它。即使席奧的人曾經進入這間儲藏室，我相信他們也沒有發現暗道的祕密。」

「如果昨天有人在監視你呢？」路易茲提出質疑。

「如果有人在監視我，我一定會知道。」他沒有強調，只是單純陳述事實。

而這份絕對的自信讓人再無懷疑。

「所以你昨天去地下室看過了？」提亞哥突然問。

「嗯哼。」

「底下沒有流火螢？」

「嗯哼。」他補了一句：「也沒有那些高彈力鋼絲。」

嘉斯低咒一聲，走開幾步。

他們知道狄玄武昨晚大概八點左右回來的。

把上百隻流火螢引進地下室，再裝上一樓的鋼絲機關，起碼需要七、八個小時。

這附近太空曠，沒有什麼地方能躲人，而任何人都不會在夜裡躲進一個好幾年沒人進過的樹林。

這表示，狄玄武要來之前，席奧的人先撤走，免得被狄玄武發現；等他前腳回到畢維帝宅邸，席奧的人後腳就行動了。

能夠把時間抓得這麼剛好，只代表一件事：有人向席奧通風報信。

除了畢維帝，只有一個人能完全掌握狄玄武昨天的行蹤。

每個人都明白這代表什麼。

即使心裡再不願相信，多微小的可能性都想抓住，終究，他們什麼都抓不住。

「混帳啊，那傢伙……」提亞哥喃喃道。

狄玄武平靜地看著眼前的每張臉孔，「紳士們，我不想騙你們。我昨天只來得及檢查儲藏室到柵門這一段，我沒有時間檢查通道的後半段。我只能告訴你們，我感覺得到風的流動，所以我認爲甬道應該是暢通的，但我不敢肯定有沒有奇怪的生物藏在裡面。當我們爬進去之後，一切就交給命運了。」

每個人互望幾眼。

「他媽的，卡在暗道變人肉香腸都好過落到席奧那幫痞子手中！」路易茲啐道。

他過度生動的描述讓好幾個人瑟縮一下，不過每個人都點頭同意。

「他過不去。」嘉斯往吉爾摩一指。

「沒關係，你們帶著芙蘿莎小姐快逃，我留下來掩護你們。」吉爾摩胸膛一挺，活生生的一道城牆。

狄玄武搖搖頭。「吉爾摩和我從另一條路走。」

「哪一條？」嘉斯問。

狄玄武往自己剛才切開的入口一指。

「你們一出去就會被發現了，從原路出去只有死路一條。」嘉斯銳利地指出。

「我不會留下任何一個人。」狄玄武只是簡單地說。

其他人本來在低低討論從另一端出來之後如何脫身，聽見他的話，又安靜了下來。

他們不是狄玄武的責任。

他們兩方甚至稱不上友好——好吧，是根本就很不客氣。

然而，在最危難的時刻，回來救他們的人是他，不惜冒險也要確保每個人都逃掉的人也是他。

那個應該回來救他們的人，背棄了他們。

嘉斯沒有多說，只是過來捶他一下肩膀，然後是路易茲、提亞哥、維多，然後是其他人……很多話不必多說，捶個肩膀就夠了。

「嘉斯，你以前是做什麼的？」狄玄武忽然問。

「我？我就是做我現在做的事啊！」

「你身上有一種和他們不一樣的感覺，看起來更自制，更受過訓練。你以前是軍人嗎？」

嘉斯頓了一頓，不禁長嘆。

「是。我認識賈西亞的那年剛從『格蘭多生存區』逃出來，那時回聲爆炸剛過不久，附近的幾個生存區陷入戰爭，每天街上都有被機關槍掃射的平民屍體。我已經厭倦替當地政府殺搶奪資源的平民，這些平民並不是壞人，他們只是努力想活下去而已。有一天我起床，再也受不了這一切，直直往軍營外走，再也沒有回去過。」

狄玄武挑眉。「在利亞生存區的生活似乎沒有相去太遠。」

「噢，不一樣的。」嘉斯搖搖頭。「在這裡，我面對的都是黑幫分子，殺了他們也不會有罪惡感。」

「嘿，這完全就是我的想法！」狄玄武指住他。

兩人相識而笑，一股英雄惜英雄的感覺油然而生。

「好吧！我們時間不多，」狄玄武對所有人說：「記住，爬行的時候盡量保持安靜。菲利巴，你有三分鐘的時間破壞鐵鎖，不能再多了。菲利巴爬進去之後，你們等五分鐘再下去。嘉斯，你第一個。

「每個人之間間隔半分鐘，我們必須確保大家有足夠的進退空間，以免前面發生任何狀況來不及應變。我和吉爾摩會在你們都爬下去之後才離開。

「離開通道之後，我相信你們自己逃出去的能力。嘉斯，席奧一定在每個路口佈了眼線，監視我們有沒有做人力調動，不過他們終究不是警察，不能隨便攔下任何車輛盤查。

「你們逃到街上各自散開，『解放』幾台車子，化整爲零回到總部，不要引起任何注意；然後把總部武裝起來，派一支七人小軍隊開兩輛車，沿著格瓦西街繞三個小時，動作不必弄得太明顯，但要確定能讓人看見。」

格瓦西街在離此處約十公里的地方。

「爲什麼是格瓦西街？」有人好奇地舉手。

「聲東擊西。」嘉斯看那人一眼。

狄玄武點了點頭。「我估計外面的人最多再半個小時就會強攻，我們行動吧！」

「是。」嘉斯對他行了個標準軍禮，雄渾地斥喝每個人開始動作。

「俺走啦！」菲利巴對他露齒一笑，俐落地鑽進暗道裡。

❦

領著吉爾摩離開比想像中容易。

狄玄武先從牆上的洞一溜煙鑽下來，輪到吉爾摩時，他坐在洞口猶豫不決。

好高喔！

狄玄武握緊拳頭給他一個兇惡的表情，要他立刻跳下來，吉爾摩心一橫，閉著眼睛往下一跳。

狄玄武一掌拍出，橫向借力化力，吉爾摩滿心以爲會跌個狗吃屎，沒想到在半空中身體浮了一浮，竟然往旁邊飛了幾公分。

就這麼一緩，他龐大的身軀順利落地，雖然有點狼狽，起碼沒有引起一堆聲音。

「噗嗤。」上頭傳來細細的呼喚。

狄玄武嘆口氣。芙蘿莎俐落地跳進他懷裡，得意地一笑，像是在說：怎樣？我身材還不賴吧？

席奧的人幾乎都在前面，少數幾個人在停車場走動，暫時沒有人發現他們。

狄玄武冒險探頭看了一下，確定安全後，要芙蘿莎先鑽進樹林，然後覷了個空子，自己揪著吉爾摩快衝。

吉爾摩這輩子從來沒跑這麼快過。他笨重的身體被狄玄武一拉，整個輕盈起來，他又喜又驚，一下子就撲到芙蘿莎附近。

目前爲止，他們都還在成衣廠的後方，接下來這段會比較麻煩一點。他們必須往左逃進通往公路的樹林，而這一段會曝露在停車場的人眼中。

但，問題很輕易地解決了。

嘉斯他們脫身的方向突然衝出一隻變種野豬。那異豬長得就像隻變種犀牛，鼻梁中央也有一根角，一看就像睡得好好的被吵醒，脾氣暴躁的牠一衝進停車場，就開始撞他們的車輛。

「他媽的！」

「搞什麼鬼！」

「牠把我的引擎踩扁了！」

廠內廠外的人全被引到另一側。

狄玄武會意一笑，向芙蘿莎打個暗號，三人輕輕鬆鬆地消失在樹林裡。

8

賈西亞被摜在地上，眼睛和嘴巴的膠帶被粗魯地撕掉。

他眨了眨眼，讓眼睛適應光線，然後慢慢坐了起來。

他在一個很熟悉的地方，畢維帝的宅邸。

天色業已全暗，庭院內並未開燈，而是亮起一支支的火把。他的四周圍了兩圈人，站在正前方的是他的死仇：狄玄武。

搖曳的火光將他深刻的五官投射成陰影，他的神情顯得淡漠，平添了迫人的氣息。

狄玄武的左邊站著嘉斯塔渥，右邊是卡特羅，其他弟兄在他們身後圍成一圈，後哨警衛圍成第二圈。好幾個人手中舉著火把，每個人的臉孔都被火光照得忽明忽暗。

賈西亞回頭看向主宅。畢維帝站在二樓的落地窗後，看了至交好友最後一眼，然後無聲退去。芙蘿莎對他彎彎手指，嘴型說了聲「adiós」（再見），噙著笑也退了下去。

賈西亞搖搖頭，慢慢站了起來。

他把襯衫拉挺，領帶重新綁好，確定自己的外形整齊乾淨，彷彿現在只有這件事最重要。

「這裡的每一個人你都認識。」狄玄武開口，嗓音淡然低沈。「嘉斯跟你最久，幾乎是你當上畢維帝的安全主管不久，他就來了；卡特羅，或許在你眼中他的重要性不如嘉斯，但是他進來的時間差不多長，還有路易茲、提亞哥、羅伯……這些人少則跟了你兩年，多則跟了你六、七年，每一個人都信任你。」

每個人神色儼然。

「但是有些人不在這裡，」狄玄武續道，「他們永遠不會回來了，例如巴比、桑提諾。」

「克魯茲。」路易茲站上前一步。

「帕布羅。」

「丹尼爾。」

「亞特。」

「馬切羅。」

「卡洛斯……」

一個一個名字被唱念出來，都是在今天陣亡的兄弟。

賈西亞看著每張肅穆的臉孔，突然低笑出聲。

「你覺得很好笑？」狄玄武挑眉。

「你在乎什麼？」賈西亞嘲弄地問。

「你說得對，過半數的人我不認識，我在乎什麼？」狄玄武對他點頭。「我只在乎一件事：今天早上出門之前，每個人都明白自己有可能再也回不來，這是我們選擇的人生，沒有什麼可以悔恨的。

「怕嗎？當然，但我們依然選擇跨出門。爲的是什麼？錢嗎？或許，但更多是爲了自己的兄弟。」他指了指身後的男人。「在這裡的每個人是爲了互相照看彼此的背而踏出那扇門，這些人相信你也會看顧他們，但你讓他們失望了。沒有任何事比被自己人背叛更殘酷的，而你背棄了他們，賈西亞。這點，我在乎。」

每個人的神色越見冷硬。

「不只是今天。」卡特羅的眼神滿是憤慨。「你清算之夜故意讓後哨放空門，差點把我們都害死。在你眼裡我們或許是微不足道的後哨警衛，但我們也是人，也有父母家人在等我們，你晚上難道都不會睡不著覺嗎？」

「放空門是什麼意思？」後頭的岡薩列茲插嘴。

菲利巴雖然親身經歷過，卻不瞭解陰謀的這一段，不禁拉長耳朵。

「清算之夜，後門本來就是要放給席奧的人攻進來的，我們原本都該死在那一夜，如果不是那天狄正好在，現在我們每個人躺在地下餵蟲子。」卡特羅啐道。

後哨警衛全都瞪大了眼。

「他媽的！」火爆的岡薩列茲就想衝過來，旁邊的人趕忙拉住。

「今天你沒有回來，狄先生（Mr. D）回來了。」雙手盤胸的嘉斯往狄玄武一指。「告訴我，爲什麼？」

賈西亞嘿地笑了一聲，搖搖頭。

「那不重要。」

「很重要。告訴我，爲什麼？」嘉斯緊盯著他。

賈西亞沒有說話，只是瞪著狄玄武。

「你看我沒用。我或許是個現成的藉口，但畢維帝僱用我是在清算夜之後，你從那個晚上開始就有這些盤算。」

「賈西亞，告訴我，爲什麼？」嘉斯一句一頓，又沈又重。

「我只是一個弄臣，一隻不起眼的麻雀；只要他活著，我就永遠只能是個弄臣和麻雀！」賈西亞嘶啞地說。

「賈西亞，你這個笨蛋。」狄玄搖頭而笑。「麻雀是永遠不會變鳳凰的。鳳凰永遠是鳳凰變的，麻雀只會從小麻雀變成大麻雀變成死麻雀，麻雀永遠不會變鳳凰。」

「對耶！」後面的吉爾摩突然興奮地捶了下手。「我只聽過變異種的兔子和狗狗，從來沒有聽過麻雀變異成鳳凰耶！你們聽過嗎？」

人群裡響起一陣呻吟聲，他旁邊的人翻個白眼，用力頂他，吉爾摩訕訕地被他們頂回去。

「瞧，連吉爾摩都知道這個道理。」狄玄武露齒一笑。「你以爲殺了畢維帝，你就能取代他？你錯了，你也不過就是從畢維帝的弄臣變成席奧的弄臣，到頭來你依然是隻麻雀；其實，麻雀雖然只是麻雀，並不表示牠們就不重要。你卻爲了這些虛無的念頭，寧可背叛一群對你忠心耿耿的人。」

「那你呢？你又是什麼？」賈西亞嘶聲道。

「我，只是個看戲人。」狄玄武告訴他。

賈西亞死瞪著他。

「殺了他！」有人突然喊。

「對，對，對！」

「一定要爲巴比和其他兄弟報仇！」

激憤的叫囂響了起來，狄玄武舉起一隻手，所有騷動立刻安靜。

「我知道你恨我，不是因爲怕我搶走你的位子，而是恨我一而再、再而三破壞你的計畫，現在我給你一個機會。」狄玄武走上前，直直站在賈西亞前面。「我們比試一場，只有你和我。只要你贏得了我，我擔保你活著離開，沒有人敢動你。」

賈西亞看著他，再看向他背後所有的人。所有人背心一挺，兩手一盤，不必多說。

賈西亞看回身前的男人身上。狄玄武輕鬆地站在他面前，兩隻拇指扣在牛仔褲腰，神情淺淡。

賈西亞二話不說突然出拳！

狄玄武曾和他短暫地對過幾招，知道他的掌上功夫很硬，早已有所防備。賈西亞出拳的那一刻，他立刻舉臂擋格。

他拋開自己慣用的東方武學，完全使用巴西柔術與賈西亞過招。他不只要打敗他，他要讓他敗得心服口服。

賈西亞矮他二十公分，乍看是體型劣勢，但賈西亞行動迅速，拳招一被他格住，立刻順勢欺近，抱住他的軀幹。

巴西柔術的「抱」，跟沒頭沒腦的擒抱不一樣。敵人緊貼住自己的時候，反而是不利於出招的時候，因爲揮拳需要空間，如果上半身被緊緊抱住，就沒有了揮拳的空間。

賈西亞抱住他的那一刻等於抵消他的進一步攻勢，然後以全身的力量一扭，將他帶往地面。

狄玄武讓他將自己帶倒。

賈西亞翻坐在他身上想取得攻擊優勢，狄玄武在他的重心未穩之前突然兩腳勾住賈西亞的雙腳，然後一扭轉，兩人姿勢立刻對調。

賈西亞吃了一驚，但變招迅速，腰部一個借力將身上的他頂開，狄玄武在被頂開的那一刻雙腳再度插入賈西亞腿間，用兩腳卡住他下盤，重新壓回他身上。這下子狄玄武全身的力量等於都在賈西亞身上，要從躺平的狀態起身等於要同時撐起兩人的體重，這對任何人都是困難的事。

賈西亞不愧有兩下子，全身被制住卻不驚慌，而是挺起身抱住狄玄武的上半身，再度抵銷狄玄武出拳的空間。

狄玄武右拳改攻他體側，賈西亞屈起左膝擋在拳頭和自己的肋骨中間，兩人的上半身重新拉開，賈西亞趁勢雙腿一蹬，抵開狄玄武跳站起來。

這幾下扭、絞、絆、摔、挺的換招快得驚人，兩人各陷入劣勢，也各掙脫劣勢，轉眼間又是平分秋色的局面。

「好！」旁觀眾人都是打架高手，不禁喝彩出聲。

兩人舉手護住頭面，互繞了幾圈，賈西亞突然一記傳統的右鉤拳，狄玄武左手拍開他的拳頭，回以一記右鉤拳。這一招快如閃電，賈西亞避不過，鼻血登時噴了出來。

「噢——」旁觀眾人一縮。

賈西亞眼中射出恨意，隨手將鼻血抹掉，從一個巧妙的角度揪住狄玄武的衣襟，再度將他扭摔在地上。

狄玄武並不驚惶，任由賈西亞壓制在他身上。賈西亞揮拳往他臉上擊落，他屈起雙臂擋住頭臉，在賈西亞身體最靠近他的時候，變成他抱住賈西亞。

他的勾抱和剛才賈西亞的方式不可同日而語。賈西亞上半身一被他扣住，肺腔內的空氣全被擠了出來，頓時無法呼吸，他漲紅了臉想推開狄玄武，狄玄武卻像一個鐵鑄的鎖，緊緊鎖住他，讓他甩不開。

賈西亞努力往後縮，想從他的擒抱中脫身。狄玄武屈起腿蹬開他，賈西亞伺機撲回來，再被狄玄武擒抱，然後賈西亞再掙開。

如此幾次下來，賈西亞等於在不斷的進攻和掙脫中消耗體力，而躺在地上的狄玄武完全以逸待勞。

旁觀眾人終於見識到，原來所謂的「屈居劣勢」完全可以轉變成對自身的優勢，不禁大開眼界。

賈西亞再度撲來，狄玄武雙腳夾住他的腰部，在他拳到之時，狄玄武左手勾住他的脖子往自己身上扯。氣喘吁吁的賈西亞現在像一塊蝴蝶餅被鎖在狄玄武懷裡，他不死心地用力掙扎，任何動作都等於同時帶動狄玄武一半的體重，體力消失得更快。

他終於累到動作明顯變慢，狄玄武迅速變招，原本兩腿夾住賈西亞的腰，立刻快速移動到他的頸項絞住。賈西亞一手撐著地面想掙脫，狄玄武拉住他的那隻手讓他摔回地面，然後把手一起夾在膝間，雙腳施力。

這是巴西柔術裡的鎖喉絕技——三角絞，通往大腦的血流瞬間被切斷。

六秒鐘，賈西亞腦袋一暈，戰力瓦解。

勝負已分。

「耶——」

「嗚乎——」

「吼、吼、吼、吼——」

歡呼聲、口哨聲從四周陣陣響起，狄玄武鬆開他站起來，喘了幾口氣。

這一場高手對高手的過招歷時不到十分鐘，卻激烈萬分，只片刻，高下立見。

賈西亞大口大口喘息，翻轉過身子。

腎上腺素在狄玄武血管內奔騰，他很久沒有這樣不用內力，只用最原始的蠻力打鬥，累得也是夠嗆。

「槍。」他隨手一伸，一把槍立刻放進他手中。

他把彈匣退出來，只留下一顆子彈，然後倒轉槍柄，遞到賈西亞面前。

「像個男人，自己結束吧！」

狄玄武看進他眼底。

賈西亞坐在地上，看著那柄槍，然後慢慢將槍接過來。

所有歡呼喝彩立刻中止，每個人肌肉繃起。沒有人知道他是否曾想過用最後一顆子彈放手一搏，或許到了最後的最後，身爲前任老大的榮譽感戰勝了一切。

賈西亞抬頭看著嘉斯，然後一一對上每個人的視線。這些人裡，他們有過爭執，有過歡笑，也有過生死與共。

或許狄玄武說得是對的，他貪求了他不應得的事物，當一隻稱職的麻雀，也能成就一段完美的人生。

但，無論如何，他在一個人生的抉擇點，選擇踏上另一條路。現在去想懊不懊悔已經太遲了，他只是……

他只是該死的希望，他不是一隻麻雀！

「對不起。」賈西亞向所有曾信任過他的兄弟們說，將那顆子彈送進自己的太陽穴。

血澤在他腦後形成一片暗影，每個人看著歪倒在地上的男人，心中沒有一絲喜悅。

狄玄武對地上的屍身點了下頭，「把他埋了吧！」轉身走開。

「嘿！」嘉斯突然喊，「現在呢？」

他緩緩回過身。

所有人聚集在嘉斯身後，目光炯炯地盯著他。

「現在？」狄玄武重複。

「我們的頭頭死了。」嘉斯對地上的屍首一比。「你殺了他，Mr. D。」

「你們想替他報仇嗎？」狄玄武溫和的口氣充滿不祥。

嘉斯對這話嗤之以鼻。「我們需要一個老大，你殺了他，你負責接他的位子。」

「對。」

「對對。」

「對對對。」

一干大漢在紛紛點頭，後哨警衛們在最後面咧著嘴笑。

「你可以當他們的老大。」他告訴嘉斯。

「呿，我不是做老大的料，我只是一個逃兵。」嘉斯食指往他鼻頭一比，有點兇猛。「你，Mr. D，你是一個做老大的料。」

「對。」

「對對。」

「對對對。」

又是一陣附和。

輪到狄玄武嗤之以鼻。

「你們想讓我當你們的老大？你們看看你們自己的樣子。」他指著路易茲的鼻子。「你連晨跑五圈都要休息兩次。你，甚至不敢從二樓跳下來。你，卡特羅的女兒開槍都比你準。你，再一天吃五餐又不運動，我不久就要開卡車載你。你——」

他一個一個指著鼻子點過去，每個他點到的都被說得抬不起頭。

「除了嘉斯和少數幾個人維持定期的體能訓練，你們多數人都疏於練習，體力差不說，連射擊和打鬥技巧都讓我看了想哭。」他走到他們面前，銳利地盯住每個人。「我不帶弱兵。你們如果想跟著我，最好先做好心理準備，從現在開始，好日子沒了！每個人必須每天接受訓練，而且定期接受考核，考核沒通過的人自己滾蛋。」

每個人互望一眼。在他們能回應之前，他繼續說：「席奧幾次把你們打得落花流水不是沒有原因的。他不只比你們更破釜沈舟，他派過來的人都比你們受過更精良的訓練——」

「他花錢買的傭兵。」提亞哥小小聲地說。

「所以呢？你們以後出去身上掛著一塊牌子：『我們不打傭兵』？」狄玄武譏誚的眼神差點把他戳穿。

提亞哥瑟縮一下，其他人用力把他頂回去。

「你們自己就是傭兵！你們應該比傭兵更像傭兵！」他斥責，「一個強將手下不帶弱兵，你們一開始很弱不是問題，讓你們一直很弱就是我的錯。我不想再每次出門都等著抬屍體回來，我要我們出門，讓別人抬屍體回去！」

「是！」所有人被他說得熱血沸騰。

「也不能都只有我們被操得這麼慘。」菲利巴吐口菸草汁，嘴巴咧得開開的。

「什麼意思？」其他大漢看向他。

他怪眼一翻。「狄先生今天挑我可不只是因爲我筋骨軟，我們這班後哨關在休息室裡，被他操了三個月，腳都斷了，背都折了，身手也厲害了。」

卡特羅等人紛紛附和。

原來如此。

難怪後哨警衛這幾個月來走路特別有風，其他人還以爲他們巴上老闆身旁的紅人，自以爲了不起。有幾個曾經對他們出言不遜的，現在不禁一臉訕訕。

「你，是我們的老大，就這樣說定了。」嘉斯兩手一盤，一副不打算再商量的樣子。

「好吧，我會去跟畢維帝談，」狄玄武轉身，緩緩走開。「不過你們最好有所覺悟，接下來要是被操到想回家抱著媽媽哭——去吧！哭完了之後自己滾回來。」

「是！」背後的應聲又響又亮。

⚜

狄玄武在畢維帝門外敲了一敲，沒等他回應便推門進去。

「你做什麼？」畢維帝惱怒地轉過身。

他的外套已經脫下來，正在解袖口的鈕釦。芙蘿莎趴在他的大床上——衣衫整齊啦——百無聊賴地翻著雜誌，兩隻玉足在半空中一晃一晃的。

「嗨。」她拋個媚眼，這個角度讓她深V的乳溝更養眼。

「你的泉晶石呢？」狄玄武單刀直入。

「問這個做什麼？」畢維帝警戒的眼一瞇。

「拿一半出來，還給席奧。」

「什麼？你瘋了嗎？他今天想殺我！」

「他想殺你是因爲你先偷了他的貨。你和他今天的協議並沒有改變，把一半的泉晶石還給他。」他面無表情地說。

「不！」

狄玄武深呼吸一下，走到畢維帝身前幾公分停住。

他身上殘留著惡鬥後的鋒銳，猶如一柄不肯入鞘的刀，刃身嗜血地嗡嗡響，不肯平息。

畢維帝被他渾身的殺氣震懾，竟然動彈不得。

「記得我接下你的工作時，曾說過什麼嗎？」

「哪一段？」畢維帝喉頭動了一下。

「我會排除所有危害你生命安全的人事物。這，就是我在排除危害你生命安全的人事物。」狄玄武的語氣令人發毛，「你偷了一樣你不需要偷的東西，只爲了好玩，如今這東西正在威脅你的生命。如果你不肯還，我會自己拿去還，到那時你連一半都沒有。」

「……」

「還回去！」

他不再囉嗦，直接轉身出去。

他走回走廊尾端的房間，門房在他關上後立即被撞開。砰。

他回過身，芙蘿莎的豔紅身影如一片火焰襲來。

她抓住他的頭髮，兇猛地吻住他。

這個吻紮紮實實，火花四冒。她舌探入他口中和他的糾纏，豐腴的雙乳緊緊貼住他壯實的胸膛，他的一身鋒銳非但沒有嚇住她，反而讓她更興奮。

狄玄武的雙手滑上她的腰箍住，芙蘿莎在他能做下一個動作之前——無論是推開或拉近——突兀地結束這個吻。

「我知道你不想和我上床，你認為我太複雜，要的東西太多，但這些都不重要！」她貼著他的胸膛滑到地上，跪在他身前，仰頭看著他。「你的壓力需要釋放，我們可以不必上床，但讓我幫你做這個。」

她拉下他的拉鍊，將他彈出來的男性納入口中。

他的堅挺在她紅豔的唇間吞吐，無論願不願意，任何人都無法否認這一幕帶來的視覺衝擊。

他的尺寸讓她吞得有些辛苦，不禁發出媚人的輕吟。

有片刻，他粗糙的大掌按住她的後腦，在她的唇間抽動。她的雙頰不久便微微潮紅，努力移動螓首，將他完全納入口中。

他的氣味濃郁，在她口中膨脹得越發厲害，她知道他快要高潮了，吞吐得更快速。

他突然從她口中抽了出去。

芙蘿莎跪在原地，錯愕又氣惱地盯著他。

「這甚至不能算正式的做愛！」她惱道。

「芙蘿莎，離開。」他平靜地注視她，渾不在意自己下身的裸露。

「我走回去只要兩分鐘，他不會思念我太久。」

「離開。」他再說一次。

他們兩個人都明白他在說什麼。芙蘿莎的貓眸一瞇，坐在自己的腳跟上瞪著他。

「這裡是我哥哥的家，你沒有權利叫我走。」

跪坐在一個男人面前，卻能顯得如此傲然，也只有芙蘿莎．畢維帝了。

「畢維帝、席奧和賈西亞之間只有一個共通點，就是妳。」狄玄武平靜地看著她，「席奧或許收買了賈西亞，但不會讓他知道自己的貨藏了什麼，只有妳知道，芙蘿莎，因爲席奧離不開妳的床。妳在床上得知他那匹軍火藏了泉晶石，於是把消息透露給畢維帝，這是他唯一的消息來源。」

芙蘿莎站起身，透明的火紅蕾絲讓她近乎半裸，但兩人都無心於這幕美景。

「是，是我告訴他的。」她承認。

「妳爲什麼想殺了他？」

「我不會殺他，他是我唯一的親人。」

「妳不會自己殺他，但妳不介意他死。爲什麼？」

她聳了聳香肩，嘴角勾起一絲隱約的笑。

「光今天的事還不明顯嗎？畢維帝的熱情衝動和自負是他的魅力所在，也是他的問題所在。他做事從不瞻前顧後，就像一個拒絕長大的小孩，成立畢氏基業是如此，和席奧胡鬧也是如此，只要好玩就行了。在我們還是毛頭小鬼的時候，這些特質很吸引人，但現在？我們已經不再是初出茅蘆的小鬼，我們必須對更多條人命負責。」

「引誘賈西亞叛變是對更多條人命負責？」他難以理解。

她沒有否認，否認只是在侮辱他和她的智商。

「畢維帝的衝動只會讓更多像清算夜和成衣廠的事發生，而我們不斷在爲他的愛玩付出代價。所以，是的，我確實在爲未來的更多條人命負責。」她冷冷地說：「我不會做主動殺他的事，但他若要自取滅亡，我也不會阻止。」

「妳再繼續這麼做，我會殺了妳。」狄玄武直視她的眼睛。「我不想殺妳，但有必要的時候我會。」

「畢維帝對你這麼重要？」芙蘿莎咬了咬下唇。

「他對我就像屎一樣重要，不過我有我的職責，而我向來把我的職責看得非常認眞。」

芙蘿莎瞪住他良久，最後，她掩住自己的臉，無力失笑。

「誰想得到？不過是一個清算夜而已。」她笑著搖搖頭。「一個清算之夜，讓畢維帝得到一張保命符，所有人應該都沒想到會發生這種鳥事。」

生命果然充滿意外。

狄玄武沒有多說。

「或許清算之夜我不該避開，那麼，你就會是我的人。」她看著他剛硬深刻的五官，輕聲地說。

「妳九個月之後還有機會，如果我決定換老闆的話。」

「你離開畢維帝的那一刻，他活不了多久。」她說。

同樣的話，他也說過，只有畢維帝一個人沒意識到。

這性格如同孩子般愛惡作劇的男人，認爲世界之於他只是一場遊戲。他從沒眞正意識到，這場遊戲裡，所有的參賽者都是鯊魚。

或者，他意識到了，他只是不在乎，對他而言越危險的對手越有趣。

「到那時候就不再是我的責任。」狄玄武靜靜重複：「離開，芙蘿莎。」

芙蘿莎盯了他片刻，傲慢地揚起一抹笑，帶起一片香風離去。

❦

狄玄武洗完澡，只穿了一件短褲上床。

才剛閉上眼，就感覺有人摸上他的小腿，他不耐煩地睜開眼睛。

「……」眼前的景象讓他完全失去說話能力。

勒芮絲站在床腳對他微笑。

銀色的月光灑在她一身金棕色的肌膚，讓她泛出如古代女戰神般的美感。

她抬手解開髮帶，讓豐盈的長髮飄落肩頭，愛撫她裸露的香肩。她甩甩頭，深濃的長髮如絲緞般裹住她。

半裸的她抬手將內衣解下來，圓潤飽滿的乳房立刻彈入他眼中。

狄玄武無法出聲，只能夢幻地看著她踢掉內褲，一尊美到令人屏息的金色女神就在他的眼前。

她勾起唇角，神情間滿是自然純眞的魅惑。她沿著他的腳慢慢往他的身上爬，直到她跨坐在他的腰上，柔軟的女性肌膚觸抵著他的灼熱。

怎麼會？

「勒芮絲？」他屏息地低語。

「噓。」

她舉起一隻食指放在他的唇間，然後改用自己的唇貼住。

他的手滑上她毫無瑕疵的蜂腰。

是眞的，她眞的在這裡，在他眼前。

爲什麼？他炫惑地想。

是天機嗎？他那個深通陰陽祕術的師姑，知道他在這時光之外的平行世界太過孤寂，所以將勒芮絲送到他的身邊？

看著她，觸著她，嗅著她，吻著她，他深抑在腦海裡的情緒終於破繭而出。

他從不知道他是如此的思念她，直到此時此刻。

他是如此如此的思念她。

「眞的是妳嗎？」他撫摸她的臉龐，輕聲問。

「嗯。」她點頭而笑。

她的笑容乾淨而純粹，沒有任何算計和陰影。

她不需要刻意嫵媚，從她身上散發出的澄淨氣息，在他眼中就是獨一無二的春藥。

他將她按在胸膛上，深深地吻住她，他們的舌互相交纏，一如他記憶中的滋味。她身上帶著剛沐浴後的泉水馨香，以及叢林的青草氣息。忽然間，他不是在一座人心穢臭的城市，而是回到了叢林。

他緊緊抱住她，讓她上半身的每一寸皮膚和他貼合，近乎貪婪地渴求她的唇與舌，渴望一口將她吞下去。

「噢。」她被他咬痛，輕笑一聲，稍微退開一些輕舔他的嘴唇。

「但……妳是如何來到這裡的？」他迷惑地盯著她。

「我不曉得。」她在他身上坐起來，雙腿間的濕暖和他的硬挺完美契合。

狄玄武沒有辦法再思考，他分開她的雙腿，將自己安置好，用力衝進去。

每每離營數日，重聚時他總是會太過粗野，而她就會發出這種半抗議半舒服的嬌吟，她在他腰上挺動，努力調整身體適應他的入侵。

按捺已久的情慾如潰堤的潮浪，再也壓抑不住，他瘋狂地將她壓在身體底下，放懷馳騁。

「啊……狄……嗯……輕一點……」她在他耳畔軟膩地嬌吟。

他更加受不住，在她腿間用力衝刺。

他從來沒有這般思念過一個女人，他自己都爲這份強度感到震撼。

不只是爲了肉體歡愉，從兩年前在這個世界睜開的第一眼，他便將她深深地銘印心底。

他的前半段生命裡有許多重要的家人，師父，師兄弟姊妹，師叔師伯，但是，在這裡，他的生命裡只有勒芮絲。

尤其在經歷過畢維帝、芙蘿莎這些充滿了背叛算計的人之後，她的純淨更像一股清泉。

在叢林裡看盡人性險惡，勒芮絲並不天眞，但是她純眞。

她的靈魂裡永遠有一塊純淨無瑕的區域，不曾被污染。那處澄淨便如一盞引誘飛蛾的燈，在寂滅虛無中亮起，吸引如他這般蒼桑的靈魂飛撲而至。

他曾以爲他就算失去每個人，依然能自己一個人活下去。

他錯了。他需要她。

他愛她。

他從來不是醫療營的救贖者，她才救贖了他。

「我愛妳，寶貝。」他喃喃吻著她的唇。「我愛妳。」

「我也是。」她貼住他的臉頰輕語。「我好抱歉我一直沒告訴你我有多愛你……」

「我知道，寶貝，我知道。」他深深地吻住她。

高潮的感覺襲來，他立刻放慢節奏。他不想停，不想離開她，他想這樣永遠埋在她的身體裡，吸嗅著只屬於她的體香。

「快來……」她的臀往上挺動呻吟。

「寶貝，我愛妳，我愛……」

狄玄武猛然醒了過來。

月華依然靜靜地照著，屋外細微的蟲鳴聲在暗夜繚繞，卻不是叢林裡的深夜樂章。

他低頭一看，腿間黏膩成一團，下體依然腫脹疼痛。

他粗嗄苦笑，兩手覆住自己的臉。從他十五歲開始有女人之後，就再也沒有發生過這種尷尬事。

他靜靜躺在床上，讓連自己都不知道存在的孤獨籠罩他。

他不知道她是否會等他。離開前，他們說好對彼此都不再有約束。或許羅傑的事讓她明白空等沒有意義，貝托的營區裡又有不少青壯的單身男人……停！狄玄武果決地切斷所有疑想。

他應該起來把自己弄乾淨，然後回去睡覺，但是他一點都不想動。

夢境的感覺是如此真實，他猶能聞到她的體香，手心殘留她的餘溫，唇間依然嘗著她的味道。

他不想把她洗掉。

他靜靜地躺在夜色裡，聽著窗外的蟲鳴，直到疲倦將他拉進一個無夢的睡鄉。

❦

「梅姬！」勒芮絲趕快將梅姬手中的水桶搶過來。「早就跟妳說了，重物讓我來提就好。」

「勒芮絲，已經三個月過去，我早就好了。」梅姬笑嘆，雙腳用力踏幾步取信她。「瞧，一點問題都沒有。」

「這種事很難講，醫生說有些斷過骨頭的人沒有調養好，容易落下雨天痠痛的病根。」勒芮絲提著整桶髒衣服，和她一起走向農園。

初春剛至，即使在一年四季皆翠綠的叢林裡，春天依然留下它翩翩起舞的身影。林間的蝶兒四處飛舞，綠草間的野花探出頭，空氣裡有一種其他季節沒有的生命力。

「艾拉呢？」勒芮絲問她。

梅姬遲疑一下。「她在屋子裡玩。」

勒芮絲沈默片刻。

「她還在生我的氣？」

「她不是在生妳的氣，她只是……」梅姬輕嘆一聲，說出那個大家都避免在勒芮絲面前提到的名字：「她只是很想念狄。」

勒芮絲不語。

梅姬覺得有些抱歉。整個醫療營裡最思念狄玄武的，除了勒芮絲，就是艾拉。當艾拉發現狄不是離開幾天就會回來，當場大哭大鬧發了好大一頓脾氣，最後她小小的心靈覺得都是勒芮絲的錯，勒芮絲沒把狄留下來。

隨著時間過去，小艾拉慢慢接受事實了，只是偶爾還是會鬧點小彆扭。

勒芮絲就像她的第二個母親，所有人都知道她總有一天會釋懷的，但，釋懷並不代表思念就減少了……

「我昨天晚上夢到他了。」勒芮絲悄聲說。

「夢到他什麼？」

這是勒芮絲第一次在狄離開之後主動提起他，梅姬小心翼翼，深怕觸動了她的情緒，她又不說了。

「我夢到他……」她嬌顏微微一紅。「總之，就是夢到他了。」

「能夢到是好事。」梅姬看她的表情就知道這個夢一定「色彩十足」，不禁失笑。

「眞的。這個夢好眞實，即使在我醒來之後，仍然能感覺摸到他的那個觸感——」勒芮絲今天一反常態地說下去：「妳知道嗎？梅姬，我之前一直不敢去想他人在哪裡，可是這個夢讓我相信他還活著。他沒有死在荒蕪大地，他已經在外面的某個地方，而且毫髮無傷。」

「我相信妳。」梅姬堅定地點頭，她眞的相信相愛的兩個人之間，必然有某種感應。

勒芮絲和她互視一笑。只要知道他還好好的，這樣就夠了。

「妳想起來是誰推妳的嗎？」勒芮絲轉了個話題。

梅姬咬了咬下唇。「對不起，我眞的沒看清楚。我只感覺眼角有個影子閃過去，然後整個人就摔下去。或許、或許是我疑神疑鬼，是我自己精神不好摔下去也說不定。」

「不，妳若感覺有人推妳，那就一定是有人推妳。」勒芮絲堅定地道。「對不起，我不該一直反覆問妳，害妳對自己產生懷疑。」

兩個人繞過彎坳，突然停下腳步。

他們的農園！

整片農園如颶風過境，葉菜類的田被翻得亂七八糟！甘蔗、玉米被推倒了一地，小麥田完全被掘了起來。一些果樹類不容易被連根拔起的，也被工具砍得傷痕累累，嚴重些的幾乎攔腰斷成兩半，不知還能不能活。

兩人驚駭地看著眼前的一切，心臟幾乎停止。

「醫生……」勒芮絲嚥了口口水，艱難地吐出聲音：「我們快回去告訴醫生！」

❧

醫生坐在辦公室裡，身前圍著柯塔、魯尼、瑪塔、勒芮絲和梅姬，每個人的神情都十分凝重。

「就算我們想相信梅姬跌下山坳是意外，農園被破壞也絕對不是意外！」勒芮絲非常肯定。

醫生陷入沈思。

「會是誰呢？」柯塔無法理解。「飆風幫的人都死了，貝托的營區和我們一直友好，我想不出來有誰會想破壞我們的農園。」

「會是……喬歐嗎？」魯尼有點遲疑。

「不是喬歐，絕對不是他！」剛來到門外的提默聽見他們的話，立刻走了進來。

十七歲的他漸漸擺脫青少年的毛躁脾氣，開始有了成年人的樣子。

「梅姬出事的那天我不清楚，但這兩天我都跟喬歐一起打獵，如果他曾經離開去破壞農園，我一定會知道。」提默看著醫生。

醫生嘆了口氣。「我也相信不是喬歐。他的性格太直，如果跟任何人有過節，會直接去找對方打一架，不會在背後玩這種手段。如果梅姬被推下去的事和破壞農園是同一個人，那麼這個人非常有耐心，知道做完一件事之後先按兵不動，等我們放下戒心再做下一件，這不符合喬歐的個性。」

提默鬆了口氣。喬歐是他的朋友，他們兩個人經常切磋拳技，喬歐對他的問題有問必答，他不希望別人因爲喬歐曾是飆風幫的人就誤會他。

「無論如何，我們確實是鬆懈了。」醫生嘆息。「以前狄在的時候，他會盯著我們輪班值守。現在他離開了，我們又不再有飆風幫的問題，所以每個人都變得太安逸。」

「我們必須恢復以往的巡邏和值哨。」勒芮絲靜靜地說。

「是的。」醫師看向柯塔。「柯塔，你回去重新分配一下每個人的輪值班表；勒芮絲，從現在開始，離開營區的人都需要結伴同行，絕對不許落單，我們回復到以前狄還在的生活模式。」

「是。」

「提默，你明天跟我一起去找貝托，我會告訴他今天發生的事。」

瑪塔開口要抗議，醫生抬起一隻手。「貝托必須知道這件事。如果有一個用意不善的人潛伏在暗處，我們兩邊的人都必須提高警覺。」

每個人一一應了，分頭執行自己的任務。

所有人心中只有一個共通的疑問：是誰？
這人耐心地等了一年，確定狄不會折回來才對他們發動突襲，他究竟想要什麼？

9

芙蘿莎離開了，於是這女人不再是他的問題。

一直以來他都生活在複雜的世界裡，無論是以前或現在。而他解決問題的方法向來很簡單，直接把根源移除就好。

狄玄武目前只有兩個任務：第一，確定畢維帝還在呼吸。第二，把嘉斯那幫人訓練成一支軍隊。他的手下越強，他的工作就越輕鬆，他也可以不必再二十四小時跟畢維帝綁在一起。

狄玄武一直留著蓋多的老公寓沒退租，空閒時會回去。他和畢維帝說好，每個月他有兩天不定期的假，畢維帝負責在他休假期間不要把自己搞死就好。

這天，他利用其中一天假期出現在一個地方。

砰。

伊果看著突然出現在他桌上的黑色袋子。

他非常、非常緩慢地從正在看的帳冊抬頭。

「嗨。」狄玄武對他微笑。

「這是什麼？」伊果瞇起老眼。

「一百萬。」

「請問你把一百萬放在我桌上做什麼？」伊果非常有耐心。

「我需要你幫我處理。」他笑出一口閃亮亮的白牙。

「該死、該死、該死！」伊果激動地跳起來，在他小小的辦公室內橫衝直衝。「爲什麼是我？爲什麼是我？爲什麼是我？上帝啊！請開示我，是否我做錯了什麼？」

狄玄武受不了地搖搖頭，有必要這麼戲劇化嗎？

「是我的坐向不好嗎？是我的方位有問題嗎？」伊果飆到他面前來。「是不是我的招牌上貼了『黑道專用』這四個字，只有我一個人看不見？爲什麼全世界的黑道頭目都跑來要我幫他們洗錢？我做錯了什麼？告訴我啊，你告訴我！」

狄玄武的第一個反應是告訴他自己不是黑道，不過轉念一想，他現在替一個黑道老大工作，又領了一支黑道軍隊，所以他好像眞的算黑道。

嗯……命運眞是將他引上一條有趣的路，如果被他師父辛開陽知道了，八成會指著他的鼻子笑破肚皮。

玉衡師叔會拍拍他的肩膀恭喜他高升，天權師伯會皺著眉叫他好自爲之，天樞師叔會淡淡說不要做得太過分就好，瑤光會盤起雙臂瞪他，然後嘆口氣叫他多回來吃飯……該死，他想念這群叔伯姑姑們！

不過——

「我不是個頭目。」畢維帝或許是，他絕對不是。

「你當然是。」伊果嗤之以鼻，「鼎鼎大名的 Mr. D。你現在是畢氏的第二把交椅，他的手下敬你如神，連畢維帝何時該走哪條路去哪裡都要聽你的，你當然是個黑道頭目。」

「Mr. D」這個稱呼一開始是嘉斯他們叫的。他的西班牙語雖然說得極純熟，但他身邊的人多少都知道他的母語是英文和中文。當他們叫他「狄先生」時，他們不是用西班牙文「Señor D」，而是用他的母語「Mr. D」。漸漸的，「Mr. D／狄先生」就變成了他的專有名詞，所有畢維帝的人都這麼稱呼他，到最後連外面的人也都這麼叫他。

「伊果，你的消息挺靈通的嘛！」他挑了下眉。

「拜託，全雅德市都知道了好嗎？」伊果又嗤了一聲。「城裡的權力天平發生這麼大的變化，不可能沒人知道。畢維帝城區的一些手下太不像話，被你派人拎回去『管教』了幾次，現在都安分多了，也不可能沒人知道。拉貝諾知道，席奧知道，警治署知道，連街口賣熱狗的小販都知道。你以爲我們這些小老百姓茶餘飯後聊天的話題是什麼？」

好吧！看來他莫名其妙地名聲在外了。

沒差，他聳了下肩。

「走吧，我們得去一個地方。」

「什麼地方？」伊果眼中換上警戒之色。

「跟我來就是了。」狄玄武轉身走出去。

「不去。」

狄玄武回頭瞄他一眼。「伊果，我喜歡你，但我不是一個很有耐性的人。」

伊果對他的背影豎中指。

狄玄武假裝沒聽到他匆匆跟上來之前，跟祕書交代「如果我五點還沒回來就報警」。

他們上了車，伊果抱著自己的公事包，滿心惴惴地坐在他身旁，彷彿那只公事包能幫他擋子彈。

車子駛到蓋多區那個著名的大水塔之後，他繼續往前開，然後再往前開，再往前開——

「嘿！嘿！狄先生，你不應該出來得這麼遠。」伊果終於覺得不對勁了。

他沒回答，車子依然不停，伊果從臉色凝重到臉色發白到臉色發青。

車子終於停在當初他指示卡特羅停的地方，狄玄武先打開車門下來。

「下車。」

「不下。」伊果死死抱著自己的公事包，極力捍衛貞節。

「伊果，下車！」他的語氣顯示他正在失去耐性。

「我知道你要把我拖下車，把我殺了之後埋在這裡，我不會讓你如願的，你要殺我就得在車上殺了我，讓我的血噴滿你的儀表板。」伊果恐懼地抱緊公事包。

這傢伙是怎麼回事？這麼怕死，爲什麼脾氣又這麼臭？狄玄武乾脆直接把他拖下來，順便把自己那袋一百萬提出來，扔在引擎蓋上。

「我要你幫我買地。」

「買什麼地？」伊果狐疑地盯著他，還不確定他會不會把自己謀殺在這裡。

「這片地。」他對眼前的荒地一揮手。

「你們這些人是怎麼回事？我記得上回我向畢維帝說明時，你明明在場，而且你的聽力沒有問題。」伊果沈痛地嘆了一口長氣。「這片地、不、能、洗、錢，偉大的狄先生！巡迴稅務官一查就知道了，還需要我再重複一次嗎？」

「我不是要你幫我洗錢，我眞的要買這片地。」

「眞的？」

「眞的。」狄玄武向他保證。

「你要買這片荒地？爲什麼？你知道這裡已經算荒蕪大地了吧？」伊果難以置信。

狄玄武後來才知道，原來在他抵達利亞生存區的前一天，其實已經走在雅德市的領土上。

根據三十年前訂立的「生存區自治法」，每個生存區周圍五十公里的地都屬於該生存區所有。只是這五十公里幾乎都是荒地，更別說它等於惡名昭彰的「荒蕪大地」的一部分。沒有人會想住在一個緊鄰荒蕪大地的地方，那簡直是找死。

此外，這些荒地也貧瘠到根本無法從事任何經濟種植，要開發荒地除非是從城裡運來植土，但鋪滿整片植土的成本、灌溉渠道的建設、地質改良等等，都讓開發荒地變成一件不符合經濟效益的事，沒有人會幹這種傻事。

狄玄武知道越靠近荒蕪大地的那一頭越乾旱，接近雅德市的這二十公里以內已經能長出稀疏的雜草，更靠城市邊緣之處甚至偶爾會出現薄草地，但整體而言依然十分貧瘠。

「那一百萬能買多大的地？」他指了下自己帶來的錢。

「多大？」伊果臭著一張臉走到引擎蓋前，拿出一綑鈔票往引擎蓋一拋。「這些可以把整片北邊的荒地買下來，你想一百萬能買多大的地？」

「……」狄玄武盯著那堆錢。

那才十萬而已。

這片天殺的地便宜到讓人想哭出來！

「那你就去買吧！」他終於說，「我要你以尚貝堤．溫格爾醫生的名義買下來。」

「溫格爾是誰？」伊果狐疑地盯著他。

「他是一個法國醫生，今年五十六歲，曾經在巴黎的冶金醫院擔任創傷外科主治醫師，目前替無國界醫師組織工作。」

「……你有他的身分證明文件嗎？」

「你說呢？」狄玄武對他一笑。

伊果翻個白眼。「起碼告訴我他是個眞人吧？」

「我保證他是個再貨眞價實不過的人，有一天你們說不定會見面。」頓了一頓，狄玄武深思道：「事實上，你讓我聯想到他，你是脾氣暴躁版的他——不，我更正，你像脾氣暴躁的獾，他則是好心要替你治療卻被你咬的獸醫。」

「呿！」伊果嗤之以鼻。

狄玄武露齒一笑。「剩下的錢你留著，買完地之後，我要你找包商蓋房子。」

「蓋房子？你是認眞的？你眞的要開發這片荒地？」伊果的眼睛差點凸出來。

「再認眞不過。」狄玄武拿起掛在上衣口袋的墨鏡戴上。「我要你蓋十二間兩層樓的木造屋，外圍用堅固的牆圍起來，前後各開一個門，我不要外面的人看得見裡面的情況，細部的安全需求我會再告訴你。」

看他很認眞的樣子，伊果也跟著認眞起來了。在荒地蓋房子，聽起來是個挑戰，而伊果喜歡挑戰。

伊果拿出筆記下來。「如果眞的要住人，我們得申請建築執照、水電執照，拉電話管路，光是和地政局、都發局、水電公司、電信公司糾纏就有得搞。」說到這裡，咕噥兩句。

「慢慢來，你有兩年的時間和兩百五十萬的預算，我會逐步把錢交給你。你可以收百分之三當服務費。」他對伊果挑一下眉。

「嘿，你要庭園造景嗎？」伊果突然想到。

「嗯？」

「狄先生，你不會只要十二間房子和一堵牆蓋在一片光禿禿的土地上吧？」伊果挖苦道。

他倒沒想過這個問題。狄玄武揉揉下巴，現在倒是得好好地想一下。

「想像住在這裡的是你，你想住在什麼樣的社區，就把它搞成那個樣子吧！」他終於決定。

「那表示我們還是需要運一些植土過來，如果要讓庭院植物能夠生長的話，起碼需要三十公分厚，不過只是鋪在圍牆內成本就低多了，嗯，我想想看……」伊果一張紙正面寫不夠，翻過來繼續寫寫寫。

狄玄武看著他微笑。

「看什麼看？開車啊！」伊果爬進車子裡瞪著他。「丟這麼多事情過來，你以為我很閒啊？」

狄玄武笑著搖搖頭，鑽進駕駛座裡。

「伊果，總有一天你會承認，你其實並不討厭我。」

「呿！」屁孩。

❦

將伊果送回他的會計師事務所，時間才下午兩點而已，狄玄武錯過午餐，肚子有點餓了。

雅德市有一種特殊的街頭小吃叫「帕里拉」，外層是類似中式刈包的白色蒸包，中間夾著以香料醃製的牛肉片，與胡蘿蔔、芹菜和玉米粒拌炒，再淋上特調醬汁，好吃到幾乎讓人連舌頭都想吞下去。

每個街角幾乎都有人在賣帕里拉，做法大同小異，但每一家都有自己的醬汁配方。

車子沿著長街開下來，路邊一間烘焙坊把剛出爐的麵包擺到店門口吸引顧客，裡頭就有剛做好的帕里拉蒸包。

烘焙坊老闆搬了一張長桌出來，架上炭火鐵盤，桌面擺上醃好的肉片和各式材料，看來是要現場開賣了。

狄玄武被勾起食慾，把車子往街邊一停，下了車走過去。

帕里拉的薄肉片炒起來很快熟，不一會兒便香氣四溢，有四、五個客人已經先排隊等候。

老闆炒好了第一份牛肉餡，夾進蒸包裡，帕里拉就這樣完成了。

狄玄武一走近，排在最前面的兩個年輕人看見是他，連忙說：「啊，狄先生，你也要買嗎？你先、你先。」

饑腸轆轆的狄玄武也不跟他們客氣，掏出一張鈔票遞給老闆。

「不用了，狄先生，你拿去吃。」老闆神色有點彆扭。

狄玄武堅持要付錢，老闆只得收下。

他拿著帕里拉站在路邊吃了起來，吃完一個還不太過癮，回頭再買一個。

這時老闆的女兒已經出來幫忙，看見是他，清麗的臉龐罩上層寒霜，將父親剛遞進他手裡的帕里拉搶回來。

「這位先生先來的。」老闆女兒綳著俏臉，將帕里拉交給旁邊的客人。

狄玄武看她一眼。

「沒關係，沒關係，狄先生先拿。」客人連忙說。

「你先來的。」老闆女兒堅持。

狄玄武無所謂，等下一份。

下一份做好，老闆正要塞進他手裡，女兒不由分說地伸手過來搶。

「我們不賣你！」

這次，狄玄武的手收緊，她沒能搶回去。

「我不喜歡我的食物被別人搶走。」他的語氣平靜，一抹殺氣掠過那雙深不見底的黑眸。

老闆女兒被他看得背心一寒，手連忙鬆開。

狄玄武接過自己的食物，將一元紙鈔往桌上一放，走回路邊繼續吃。

他不是開玩笑的。他殺了飆風幫那群人，有很大程度是因爲他們一再從他眼前搶走他的食物。有些人有起床氣，他有「餓肚子氣」；只要他的肚子一餓，任何人敢動他的食物都只有死路一條。

吃完了兩個帕里拉之後終於有點飽足感了，他覺得有點渴，走過馬路到對面的商店買了一瓶啤酒出來。

「你和他們一樣糟。」一句低低的控訴在他身後響起。

狄玄武不理她，輕輕一扭便把瓶蓋扭開，仰頭喝了起來。

他記得她。她叫蘿倫娜，是畢維帝的小情婦。

後來畢維帝跟她幽會，他沒再跟了。他唯一做的改變是不准畢維帝再找上烘焙坊，而是讓嘉斯他們把蘿倫娜接到畢維帝的香巢。

固定到一個地方見一個女人是很蠢的事，擺明了告訴敵人只要潛伏在那裡就可以等到人。他原本預期畢維帝會對他的干預火冒三丈，沒想到，當他解釋過安全疑慮之後，畢維帝竟然毫不猶豫地同意了。

老實說，他認爲畢維帝同意的原因不是擔心自己，但這不關他的事，總之他的目的達成就好。

「他們都說，你來了之後，畢維帝的手下比以前規矩多了，你比賈西亞更好。」蘿倫娜臉色蒼白，一雙陰鬱的眼睛顯得特別大。「我跟每個人說他們錯了，你和他們沒有什麼不同，你們都是一樣的惡魔！」

狄玄武瞄了她一眼，只是繼續喝啤酒，不予置評。

「你看見他對我做了什麼，但你從未試圖阻止。」蘿倫娜的眼中閃出淚光。「你甚至讓他派人接我去……你和他們一樣都是魔鬼！」

狄玄武把最後的啤酒喝掉，將空瓶往十公尺外的垃圾桶一拋，空心進籃得分。

「我認識一個五歲的小女孩，漂亮極了，可愛到讓人想一口吞下去。」狄玄武看了眼街頭的景致。「不過她的身世不像她的外表那麼可愛，她的母親被兩個惡棍強暴才懷了她。我看過她母親在半夜被惡夢驚醒的眼神，我把其中一個強暴她母親的惡棍雙手雙腳撕下來，另一個惡棍一刀穿心。」

狄玄武把墨鏡戴回鼻梁上，轉身看她。「蘿倫娜，我看過妳的眼神——妳並沒有那麼不情願。」

蘿倫娜一張臉刷地雪白！

狄玄武不再和她多說，上車離去。

❧

既然假已經請了，他索性把這個月的兩天一起用掉。

他在街邊用公共電話打回去，不管那一端的畢維帝有多不爽，而後回到蓋多的爛公寓。

他喜歡這間公寓，骯髒破舊，沒有人會進來偷東西。一來是因爲沒什麼東西可以偷，二來是附近的人都知道這是誰的地方，敢闖空門的人除非想死。

房東太太看到他回來高興得要命，立馬請他過來幫忙修東西。

對安珀太太來說，他不是什麼威名在外的新頭目、人人敬畏的「狄先生」，他就是簡簡單單的「狄」，跟她租房子、幫她修家具的好孩子。

狄玄武隔天幫她把家裡所有能修的東西都修了，安珀太太弄了一頓豐富的早午餐請他。塡飽肚子，他下樓坐在他大門台階的老位子，開始削木屑。

一道影子擋在他身前，圖畫紙塞到他膝上。他把木頭放下，拿起那張圖端詳。

這圖畫得眞好！他不太常看漫畫，但畫這圖的人將來一定能成爲極好的漫畫家。

一個高大強壯的巨人——狄玄武假定那是他——雙手插腰，仰天呼吼，他的腳旁有一堆倒下來的壞蛋，眼睛通通都畫成XX，舌頭吐出來，表示被打昏了。

在圖畫紙角落有一個同樣一身肌肉的大漢，懷裡抱著一個女孩，身邊站著一個女人，一家三口都在拍手。

無論是背景、人物、動作線條都畫得活靈活現，畫這張圖的人將來不當漫畫家就太可惜了。

「妳畫的？」他問站在他面前的女孩。

十二歲的妮娜點點頭。「清算夜不久就畫好了，我一直想送給你，不過你很少回來。」

「謝謝。」狄玄武把畫交給她，「妳忘了簽名。」

「啊？」

「所有的畫家都要在自己的圖畫上落款，這樣妳將來變成名畫家之後，這張畫就會價值連城了。」狄玄武向她解釋。

「不可能的。」妮娜有點不好意思地推回去。

「妳一定要幫我簽名。」狄玄武很堅持。

妮娜遲疑了一下，終於接回去，從口袋裡抽出一支筆，在他的身旁坐了下來。狄玄武拿起木頭繼續削，眼角餘光注意著她。

她瞪著那張畫好一會兒，筆抬在角落的空白處。過了半晌，她飛快畫一個簡筆的Q版自畫像，把畫遞給他。

「好了。」

狄玄武看了那個可愛的自畫像一眼。「雖然很可愛，但這不是簽名，我還是想要妳的簽名。」

妮娜瞪著他，狄玄武對她點點頭，最後，她終於提起筆，在自畫像的角落慢慢地一豎、一斜、一豎……「刻」下四個字母。

「我寫字很醜，看吧！現在畫面被破壞了。」她僵硬地把畫作遞給他。

他接過來，對著那張畫滿意地微笑。「我會找人把它裱框起來，掛在我房間最顯眼的位置。」

「眞的？」她有點開心。

「眞的。」他對她點頭。

他拿起木頭重新削了起來，她沒有立刻離開，陪他又坐了一會兒。

「妳不會寫字？」他漫不經心地說。

妮娜的肩膀立刻僵硬起來。

「對！我很笨，怎樣？」

「我可不會這麼說。」他聳了聳肩。「我有一個妹妹，叫安（N），小時候我們一起上學，老師教的字我和其他弟弟一下就學會了，但安不管怎麼學都學不會。」

「因爲她也是笨蛋！」妮娜重重地說。

「噢不，安是我見過最聰明的女孩，她長大之後念了醫學和生物學的雙博士學位，閉著眼睛都能背出一堆理論把我們打趴在地上。」狄玄武把腿上的木屑拂下去。「她小時候也跟妳一樣，以爲自己很笨。她告訴我，不知道爲什麼，老師用講的她都懂，可是只要寫成字，那些字就會扭成一團，她怎麼看都看不出來那些字長什麼樣子；後來她師父——就是類似她父親的人——帶她去檢查，才發現她有一種叫作『讀寫障礙』的毛病。」

「你亂掰的。」妮娜聽都沒聽過這名詞。

「我發誓不是。」狄玄武舉起握著小刀的手，對天發誓。「這是一種學習障礙，有人看不懂字，叫『失讀症』；有人沒辦法寫字，叫『失寫症』；有人是既不能看也無法寫。可是這毛病跟智商一點關係也沒有，有些讀寫障礙的人甚至是天才。」

「我不信。」但她的表情漸漸透出一絲興趣。

「安就是有讀寫障礙但智商很高的孩子，後來她師父讓她接受治療，她的學業表現馬上就把我們拋在後面，連車尾燈都看不到，最後甚至變成一個雙學位博士。」

他們的師長是南集團的「七星」，頂頭上司是全世界最富有而神祕的南先生，錢向來不是問題。南先生找了全球頂尖的讀寫障礙專家，專門針對安設計了一系列的課程，隨著她的學齡成長而逐步調整，每年投下去的資金都足以作爲一般學校一整年的費用。

這項投資最後證實是值得的，安後來成爲一個成就斐然的生物醫學科學家。

雖然妮娜沒有像安那樣的經濟支持，不過只要接受適當幫助，讓她能應付日常的讀寫應該不是太難的事。

「……安也住在雅德市嗎？」妮娜的表情依然帶著懷疑。

「不，她住在另一個世界裡。」

妮娜翻個白眼。這不是白說嗎？

「不過我有個同事叫嘉斯塔渥，他在來雅德之前曾經替布爾市的一個有錢人工作。那個有錢人的女兒也有跟妳類似的問題，她後來在布爾市的一間專門學校就讀。」狄玄武對她點頭。

「……我知道嘉斯塔渥，我爸爸提過他。」頓了一頓，妮娜小小聲說。

「那妳就知道，我沒騙人。」他把台階上削好的木屑撥攏過來。

「沒有嗎？」

「沒有。」

「眞的？」

「絕對。」

「是嗎？」

「是的。」

「沒亂蓋？」

「我發誓。」

「確定？」

「夠了喔！」某人耐心告罄。

妮娜嘻嘻一笑，站起來跑掉。

是不是小女生都這麼古靈精怪？想到將來艾拉長大也會變這樣，他不禁頭痛了。

他把木屑拿回家，生火泡了杯咖啡，自己隨便弄個三明治當點心。

吃完了飯，他出門逛逛。

蓋多區雖然簡陋殘破，街角擺滿了流浪漢使用的廢鐵桶，處處髒亂不堪，但它還是有個小公園的。

那公園位於蓋多區的正中心，離他的公寓大約兩條街，旁邊有鐵網圍成的小小足球場是當地青少年最常佇足的地方；公園裡還有一個面積不小的水塘，據說是引地下水源的活水，難怪從沒有發臭乾涸。

他走到公園旁，在鐵網裡踢足球的青少年看見他，熱情地邀約：「狄先生，一起來踢球。」如果是其他時候，他說不定就同意了，不過今天他被一個怪老頭引去注意力，他對小朋友搖搖手，往那個怪老頭走過去。

那老頭看起來六十多歲，瘦瘦的，中等身高，頭上戴著一頂漁夫帽，滿佈皺紋的臉上有根大鼻子特別顯目。

人老到一個程度之後五官看起來都大同小異，狄玄武對他的長相倒是沒多大興趣。比較吸引他注意的是，這老頭拿著一根釣桿，竟然在水塘裡釣魚。

雖然水塘聽說是活水，但除了看人家往裡面吐口水、尿尿之外，狄玄武還真沒見過有人在這裡釣魚。

「這裡有魚嗎？」他不可思議地走到水塘邊。

那老伯腳邊有水桶、餌箱、釣具、小板凳，各式道具一應俱全，可不是馬虎的。

「當然有魚，你不曉得這個池塘是活水嗎？」老阿伯對他怪眼一翻。

「這裡是蓋多區，如果公園的池塘有魚，早就圍滿一堆等著抓魚吃的流浪漢。」

「你看過哪個流浪漢有我這樣的配備？」老阿伯驕傲地往自己腳邊一指。

「……好吧，你有理。」

不過狄玄武沒走開，他盤起雙臂站在老頭子後面，擺明了要等老阿伯釣幾條魚來瞧瞧。

老阿伯看他那態勢，也有些牛性子，「怎麼？你不信這裡有魚？」

「不信。」他乾乾脆脆地說。

「要不要打賭？如果真被我釣起一隻魚呢？」

「我請你喝啤酒，喝到你高興爲止。」

「好，你說的！」

老阿伯轉身回去認眞地釣魚。

一分鐘過去，兩分鐘過去……五分鐘過去……

「就跟你說這裡沒有魚吧？」狄玄武終於開口。

「閉嘴。」老阿伯沒好氣。

一分鐘過去，兩分鐘過去……五分鐘過去……

釣桿動了一下！

兩個人精神一振，都緊張起來。

「你要趕快收線。」

「牠餌還沒咬緊，現在收線就讓牠跑了！」

再幾秒鐘。

「再等下去，牠吃完餌就跑了。」

「等牠咬緊一點再說。」

再幾秒鐘。

「趕快收線！」性急的觀眾忍不住想動手。

「走開，你會讓牠跑掉！」

「你再不收線牠才會跑掉！」

「喂喂，讓開讓開——」

「繼續收，繼續收，不要停啊！」

「噯，你這小子怎麼這麼吵？給我走開一點！」

啊啊啊！線繃得太緊了——

啪！

圓弧形的釣線硬生生在他們眼前斷掉，飄在水面的那半截「咻」地一聲鑽進水裡，轉眼不見去。

一老一少兩瞪著水面，好像那根釣線會自己再浮起來。

「哈，你輸了，給我請客！」老阿伯立刻揪住他衣領。

「我記得我們的約定是你要把魚釣上來。」狄玄武不認帳。

「不！我們的約定是這裡到底有沒有魚，你剛才親眼看到了，這裡明明有魚！」老阿伯勝利地說。

「拜託，那東西從頭到尾都沒露出水面，你怎麼知道那是魚？說不定是尼斯湖水怪。」

「所以你現在是想賴帳就是了？」老阿伯憤怒地揚起老拳。

狄玄武重重嘆了口氣。

願賭服輸。

「好吧，我請。」

❦

場景乖乖換到蓋多區一間酒水品質狄玄武勉強信得過的小酒吧。

老阿伯的釣魚裝備擺在角落，頗擔心了一下會不會被人偷走，直到酒吧老闆向他保證絕對不會有人偷，他才放心地和狄玄武一起坐在原木吧檯前。

他把漁夫帽摘下來，用酒吧老闆提供的濕巾舒服地抹抹臉。狄玄武遞給他一瓶啤酒，兩人碰了下瓶子，仰頭喝一口。

「老了，」老阿伯嘆道，「如果是在我年輕的時候，這點太陽根本不算什麼。現在？在太陽下站個半小時就不行了。」

在狄玄武的世界地圖裡，這裡是玻利維亞的南部，典型的南美洲氣候，再加上這個世界的氣溫本來就比較高，在四月裡，白天的氣溫動輒逼近三十度。

「喝吧！今天你拗到啤酒喝，明天就沒這麼好運了。」狄玄武和他碰了下酒瓶。

「嘿嘿，年輕人就是輸不起。你叫什麼名字？」

「狄。」

「啊，不會是那個鼎鼎大名的 Mr. D 吧？」老阿伯眼睛一瞇。

「少來。」

「我說，看你年紀輕輕、好手好腳，爲什麼這時間不去幹正經事，跑來看一個老人家釣魚？」老阿伯灌一口啤酒，舒爽地哈了聲氣。

「我休假，不過一會兒要銷假回去上班了。」狄玄武把手中的啤酒幹掉，示意老闆再給他一瓶。

「你呢？堂堂的拉貝諾爲什麼不舒舒服服地坐在家裡吹冷氣，跑來蓋多的一間破公園釣魚？」

老阿伯——拉貝諾——看了他一眼，喝光手中的啤酒，跟他一樣又叫了一瓶。

「你這小子眞滑頭，原來早把我認出來了，故意不說。」拉貝諾嘿嘿笑。

到底是誰滑頭了？變身僞裝跑到人家地頭上踩盤子的可不是他。狄玄武非常無言。

拉貝諾悠哉地喝著不必付錢的啤酒，「最近城裡來了個人，名頭越來越響，一個人在清算夜打退了席奧半支軍隊，又從一間破工廠救走十幾條人命；剷掉賈西亞，坐上畢氏的第二把交椅，我總得來看看他到底是什麼三頭六臂吧？」

「現在你看到我了，有何貴幹？」他啜著啤酒，一邊欣賞牆上老闆收集的美女畫報。

「沒什麼貴幹。搞了半天你也不過一顆腦袋，雙手雙腳，沒什麼特別的。」拉貝諾聳了聳肩。謝了。

「所以你不是來殺我的？」狄玄武瞟他一眼。

「我爲什麼要殺你？」拉貝諾怪道。

「據我所知，席奧開了價要我脖子上這顆腦袋，難保你不會跟著有興趣。」

「你打算做跟賈西亞一樣的蠢事嗎？」

「聯合席奧一起壯大？不。」

「那我就沒有理由殺你。」拉貝諾聳聳肩。

「所以你也是在意的？」

「廢話。現在大家日子都過得下去，要是席奧併吞掉畢維帝的勢力，或畢維帝併吞掉席奧的勢力，結果只可能有一種：他們會想繼續併吞我的勢力，那，場面就會變得很難看了。」拉貝諾瞇著眼睛打量他。「你打算讓場面變難看嗎？」

「相信我，我對你們三邊的勢力一點都不感興趣。席奧和畢維帝是你的問題，你自己去想辦法應付他們。」狄玄武仰頭喝掉半瓶啤酒。

一講到這兩人的名字，拉貝諾嘆了口氣。

「我做錯了什麼？你告訴我，我做錯了什麼？」他非常懇切地詢問狄玄武。「我在雅德市成家立業幾十年，日子過得好好的，然後，豹幫的人來了，我有和他們計較過嗎？沒有。我說：『嘿！現在世道太亂，我瞭解每個人都想活下去，反正這裡的錢夠大家賺。』既然我們都不是什麼好東西，壞人更應該要團結啊！只要他們不來招惹我，我就不去招惹他們，大家相安無事的不是很好嗎？連席奧幹掉他的老大，我都說：『只要你自己有本事，不干我的事。』

「然後回聲爆炸發生了，彷彿這樣還不夠糟似的，畢維帝的人來了。哈！這下子兩幫人就像被扔在同一個袋子裡的鬥雞，非得鬥個你死我活！」

拉貝諾沈痛地嘆息，「最先來的是我，我都沒吭聲了，我不知道他們兩個臭小子到底在爭什麼！」

「你也知道煩？你既然已經約束過他們一次，爲什麼不再站出來講講話？你知道看兩個成年人像十歲小孩一樣吵架是多痛苦的事嗎？」狄玄武喃喃抱怨。

「我幹嘛約束他們？你以爲我愛管閒事嗎？」

「你之前做過一次，再做一次會怎樣？」他非常不爽。

拉貝諾翻個白眼。「那一次是因爲他們影響到我的『運輸事業』，警治署長也被他們搞得一肚子火。爲了大家有飯吃，我不得不出來講話，你以爲我愛啊？」

兩個人拿起啤酒灌了一口，一想起那兩隻鬥狗都是滿肚子鳥氣。

「爲什麼席奧和畢維帝兩個人吵得天翻地覆，卻沒人要來跟你吵？」狄玄武蹙眉。

拉貝諾嘆了口氣。「那是老子有先見之知。席奧來了之後我就知道，只關在雅德做生意是不行的，所以我一部分的生意早就轉移到布爾和比亞，甚至到另外一個生存區了。」

原來如此。產業外移，分攤風險，果然高明。狄玄武點點頭。

「說眞的，外面到底還有幾個生存區？我們利亞生存區能到得了的又有幾個？」他不禁好奇。

「往南邊三百公里有一個『齊瓦生存區』，開車大概兩天可以到——」

「三百公里要開兩天？」他插嘴。

「嘿，這三百公里不是普通的三百公里，相信我，需要兩天。」拉貝諾對他點頭。「齊瓦再過去四百公里有一個『洛美諾生存區』，然後我們往西可以通到『馬魯生存區』，那裡有港口。雖然它在一千公里以外，離我們最遠，但這段路反而是最平靜的，荒蕪大地上沒什麼怪物。我們目前爲止比較容易通商的應該就是這三個生存區，其他的若不是太遠，就是太危險了。」

「格蘭多生存區在哪裡？」他想起嘉斯說自己是從那個生存區逃出來的。

「噢，在東邊那一帶，你怎麼會知道格蘭多生存區？」拉貝諾好奇地看他一眼。

「我有個朋友說他是從那裡來的。」

「那他應該是在回聲爆炸不久就離開了吧？現在就不可能了。」拉貝諾搖搖頭。

「爲什麼？東邊沒有其他生存區了嗎？」

「當然有。但大爆炸過後不久，中南部出現一條鴻溝，幾乎把我們的大陸切成兩半。鴻溝裡面住滿了噬人獸和突變怪物，回聲爆炸把鴻溝裡的怪物燒死了一大半，我想你朋友應該是趁那個時候跨越的，不過那也很厲害了。隨著時間過去，鴻溝裡又充滿了飛禽走獸，我們和東邊從此斷絕聯絡。你知道爲什麼你剛才問的三百公里要走兩天嗎？」

狄玄武搖搖頭。

「因爲那條鴻溝有些不規則的裂縫延伸到西部來，利亞、齊瓦和洛美諾三個生存區之間各有一條裂縫經過，偶爾會有噬人獸從比較淺的地方跑上荒蕪大地，所以我要出貨時，都會聘最優秀的流動掮客，只有他們能安全通過這三個生存區的荒蕪大地——對了，聽說你和畢維帝是簽合約的，合約中止你就不爲他工作了？」

「如果我們沒續約的話。」

「或許將來我可以僱你幫我走鏢？我相信你應該通得過這兩處荒蕪大地。」

「如果價錢合理的話。」他聳了聳肩。

老少兩人握了握手，就這麼說定了。

「現在還有空運和海運嗎？」既然馬魯生存區有港口，應該還是有海運的才是。

「你這小子眞的什麼都不懂耶！」拉貝諾驚訝地看著他。「大爆炸讓高空中充滿某種鬼電子或鬼離子的，那種科學名詞我記不住。總之，飛機要是飛到超出某個高度，所有儀器通通失靈，馬上掉下來，現在頂多只有低空飛行的輕航機能用。」

這應該是一種日冕物質拋射現象，跟閃焰一樣都屬於太陽風暴的一環。這些事在他的世界其實並不罕見，事實上，在一九八九年，加拿大魁北克就曾經因爲一場太陽風暴而造成發電廠全部斷電，兩分鐘內就掃平了六百萬人的用電區域，而那甚至只是一場「稍微活躍一點」的太陽風暴而已。

但理論上，日冕物質拋射不應該這麼久還一直如此活躍，只能說，發生在這個世界的事已經超乎他能理解的範圍。

如果被丟到這個世界來的是一個科學家，他應該會認爲自己進入一個全新的研究領域，無異於天堂，但對狄玄武來說，他只有一個感想——

這眞是個他媽的鬼世界！

「既然低空還可以飛，那你買幾架輕航機不是比較快？」他瞄老頭子一眼。

「你想點實際的好嗎？我每一批貨那麼多，你是想要我養幾百台輕航機？」拉貝諾怪眼一翻。

「輕航機在一些小型的區域運輸或許有用，量多一點的就不行了，況且，低空是異鷹和噬人禽的領域，隨便一隻都跟輕航機一樣大。在天上只要遇到一隻，你就吃不了兜著走，遇到兩隻夾擊更是死路一條，如果不幸墜毀在荒蕪大地或鴻溝裡，下場跟在半空中被吃掉也差不多。」

這果眞是個他媽的鬼世界！

「我猜航運也差不多？」

「相信我，你不會想遇到異鯨和異鯊。」拉貝諾搖搖頭。「近岸的漁業、航運或許還行，但沒人會傻到開進海中央。」

所以，各洲之間的旅行是眞正的斷絕了。

「我們這塊大陸到底還剩多少生存區？」狄玄武蹙著濃眉思索。

拉貝諾想了想，「回聲爆炸前我聽說的是十五個到二十個之間，現在只可能更少，不可能更多，所以我估計差不多有十幾個。」

「每個生存區有多少人？」狄玄武的眉心依然深鎖。

「不一定，十幾萬、二十幾萬、三十萬。我們利亞生存區算是人數多的一個。」

假設以二十個生存區，平均二十萬人來算——

「你是說，整個南美洲只剩下四百萬人？」狄玄武駭然。

「差不多，亞洲人口比較多，或許倖存者的人數會多一點。」

狄玄武靜了下來，久久無法出聲。

在他的世界裡，南美洲的人口是四億。

四億和四百萬……這是何其大的差距！

溫格爾醫生曾說整個北美盡毀，只有德州可能有生存區，所以算下來整個美洲的總人口可能不超過五百萬。

其他幾大洲即使有更多的倖存者，也不會超出這個數字太多。

他曾經想過，這個世界的人口或許剩下不到十分之一，約在六、七億人左右，他萬萬沒想到情況遠比他估得更糟。

全球五大洲加起來，總人口數很可能只剩不到一億，而這還是樂觀的看法。如果以各洲人口比例來說，倖存者總數很可能只在四、五千萬之間。

也就是說，全世界的人加起來，只等於他時空裡的一個韓國。

七十五億，與五千萬。

這是多麼驚人的對比。

驀地，他搖搖頭笑了起來。

「你笑什麼？」拉貝諾怪道。

「我只是在想，人類文明出現在地球幾萬年，一直以來我們都是優勢種族，不斷侵略和滅絕其他物種。我想，人類一定沒想到，有一天我們也會變成瀕臨絕種動物。」他依然搖頭輕笑，舉起啤酒向老天爺致意。

「可不是嗎？」拉貝諾嘆息。「你知道那個很有名的魚缸理論吧？就是一個魚缸裡如果魚太多，魚會一直死掉，到最後只剩下這個魚缸能容納的數目爲止？」

見狄玄武點頭，他繼續說：「幾年前有一個生物學家在電視上說我們人類就像是自然界的病毒，不斷繁殖，侵吞所有資源，到了一定程度大自然就會反撲。大爆炸和回聲爆炸只是自然界反撲的一種方式，地球會將人類毀滅到它能接受的數目爲止。」

「說得很中肯啊！」

「是很中肯。」拉貝諾點點頭。

「然後呢？」

「然後？一堆暴民衝到他教書的學校，把他的辦公室給砸了。」拉貝諾聳聳肩。「那個時候回聲爆炸剛過，大家不太有心情聽這種話。」

兩個男人互望一眼，一起爆出大笑！

狄玄武拚命拍桌子，拉貝諾邊笑邊喝啤酒，結果一半的酒全潑在自己身上。

「人類……人類從歷史裡學到的最大教訓，就是人從歷史裡學不到教訓……這傢伙顯然也沒學到教訓。」狄玄武笑到喘不過氣。

在這種時候搞眾人皆醉我獨醒，簡直活該！

兩個人又笑到差點斷氣。

拉貝諾深呼吸幾下順順氣，把最後的一點啤酒喝完。

「好吧，狄先生，謝謝你的啤酒，很高興認識你。」把漁夫帽戴回頭上，拉貝諾站了起來。「我老人家年紀大了，該回去睡個午覺。」

「祝你好眠。」他笑。

「不要隨便做會讓我殺你的事。」

「不要隨便殺我，你會後悔的。」

一老一少互相握個手，拉貝諾拿起他的釣具，悠哉游哉晃出酒吧。

10

「嘿，狄，你有幾分鐘的時間嗎？」卡特羅在道場門口等他。

主宅旁有一間作爲傭人房的側屋，在狄玄武的要求下，一樓被改爲練武健身的道場，所有保鏢定期在此接受戰技訓練。

如他所言，從他接管的第一天起這班傢伙就被操得慘兮兮，沒過過一天好日子。不過大家心知肚明，這種操練是爲了他們自己好；他們把自己變得越強，橫著被抬回來的機率就越低。

一班硬漢咬緊牙關，倒也挺過來了，現在每天不進來練個兩下都會覺得全身不對勁。

狄玄武的訓練以巴西柔術爲主，結合綜合格鬥技。他要畢維帝僱兩個武術教練，替沒有武術基礎的保鏢打底；而本身已經有基礎的，例如嘉斯那些人，他會視個人情況做不同程度的訓練。

每個月的第三個周日是戰技考核日，嘉斯那些程度高的負責校驗程度低的，而他則親自校驗嘉斯這些A段班的學生；越是核心保護畢維帝的人，標準越嚴苛。

三個月過去，成果相當明顯。體能不好的人開始變強壯，身材走樣的人開始有腰身，一些只打過街頭架的人現在出拳都有模有樣。

明天又到了戰技校驗日，今天一早就有人陸續進道場做體能訓練。狄玄武第三度把提亞哥打趴在地上，決定讓他們自己去練習。

「什麼事？」他隨手拿過一條毛巾擦汗，走了出來。

過去一個星期，卡特羅有些陰陽怪氣的，自己繞到狄玄武面前又嘀嘀咕咕地轉走，也不知在搞什麼鬼。狄玄武懶得理他，等他自己想說再說。

「妮娜告訴我，你們兩個談過了。」

「什麼？」狄玄武萬萬想不到他一開口提的竟是他女兒。

「妮娜。」卡特羅耐心地重複：「她說她和你談過了。」

「……我們談了什麼？」

「她說，你跟她講了有一間特殊學校的事。」

噢，他終於想起上次休假那短短十分鐘不到的對話。

那算什麼「談」？

「然後呢？」狄玄武不曉得他想幹嘛。

卡特羅瞪著他，嘀嘀咕咕繞幾圈又轉回他面前，狄玄武最近幾天看他這副鬼樣子都看得習慣了。

「聽著，我很感謝你對我們家做的事，但你若可以不要干預我如何教育我女兒，我會非常感激。」卡特羅瞪著他。

「那是一個月前的事，你現在才來找我抱怨會不會太遲？」

「妮娜先跟薇拉說，薇拉又想了一下才來跟我說。」

「然後你想了一下來跟我說？」

「嘿！這不好笑，ＯＫ？」卡特羅瞪著他。

這整個對話都莫名其妙！

「聽著，你如何教育你女兒本來就是你的事，我一點都不想管。」他在自己耐心消失之前說。說完，轉身走回主宅。

走到一半，他停下來。

「你爲什麼跟在我後面？」他回頭瞪著卡特羅。

「你爲什麼要跟妮娜說布爾有一間專門學校？」卡特羅瞪著他。

「因爲布爾有一間專門學校。你若跟我說你肚子餓，我也會告訴你奇普街和第三大道交叉口有一攤帕里拉很好吃。」

他轉頭走開。

走到一半，他停下來。

「你爲什麼還跟在我後面？」他回頭瞪著卡特羅。

「現在妮娜吵著要去上那間專門學校，薇拉想了一陣子也覺得應該送她去讀那間學校。」卡特羅瞪著他。

「那就送她去讀那間學校！」關他屁事？

狄玄武一肚子氣走開。

走到一半，他停下來。

「你爲什麼依然跟在我後面？」他回頭瞪著卡特羅。

卡特羅瞪著他。「你以爲我沒想過嗎？你知道那間專門學校的學費有多貴嗎？他們一個學期要五千元，一年要一萬塊。妮娜現在才十二歲，就算我們讓她念到高中畢業，那還要六年，更別提後面還有大學學費。我應該怎麼做？把她一個小女孩丟到另一個城市，我和薇拉在這裡努力打工存她的學費嗎？她才十二歲，我們怎麼放心得下！如果我們全家跟她一起搬過去，可我的工作在這裡，我只懂得做這行，在布爾市我能幹嘛？我辛辛苦苦幹了這麼多年，也就夠存點錢買房子，裡面還有一大半是你給的，我們拿著這筆錢去布爾租房子，然後坐吃山空嗎？」

「卡特羅——」狄玄武額角的青筋開始爆突。「我認爲有一件事我們應該說清楚。我可能無意間讓你以爲我們是非常好的朋友，而我很喜歡管你們家的閒事，我、們、不、是！我不在乎你女兒要去哪裡念書，我不在乎你要住在哪裡，那跟我一點關係都沒有，走開！」

他轉頭走掉。

這一回卡特羅沒有再跟上來。

「唷！好朋友吵架啦？」活色生香的芙蘿莎倚在門杜旁。

她不知何時來了，一襲絲滑的緊身衣將她映成一道性感冶豔的風景。

狄玄武現在沒心情看風景。

「妳來做什麼？」他步伐不停，直直走進大廳。

「既然你替我哥哥工作，你應該記得畢維帝的版圖有一半是我的吧？我也有公事需要處理。」芙蘿莎跟在他背後進來，一前一後登上圓弧型的樓梯。

「妳什麼時候走？」

「嘖嘖嘖，眞傷感情。」

一上到二樓，開放的交誼區坐了一個英俊到讓人以爲是假人的男人，狄玄武很難想像世界上還有男人比畢維帝更像一隻耀眼的孔雀。

大肉山吉爾摩依照他訂下來的規矩站在角落，所有訪客都不得無人在旁監看。

「他是誰？」他蹙起濃眉。

「我的新男友。」芙蘿莎在他背後輕語。「你不肯上我的床，我只好找個人塡補空位，不過還是隨時歡迎你擠上來喔。」

「芙蘿莎親親。」那男人馬上站起來，笑容燦爛得讓人想掏出墨鏡戴上。

「派崔克。」芙蘿莎笑得十分甜膩，立刻迎上去熱烈地擁吻。

他翻個白眼，直接轉向日光室。

不久，芙蘿莎清脆的高跟鞋跟了上來。

「放心，如果你改變主意，我的床永遠有你的位子。」她依然在他耳後輕笑。

「謝了，我怕擠。」

他敲了兩下門，然後直接進去。

畢維帝坐在沙發上不知在跟誰說電話，看他們進來，草草中斷談話把電話掛上。

電話在這裡是很有趣的東西。雖然電信網路是在大爆炸前就鋪好的，有些爆炸太嚴重的地方連地下的纜線都燒掉，所以電信網路只有區域型的恢復。在鄰近的幾個生存區之間或許還能互通，再遠一點就得碰運氣了。所以，打長途電話很像買彩券，電話通了有人接了，才知道有沒有中獎。

「嗨，你們來了。」

每天的第一次見面，畢維帝永遠表現得像是他們初次相會，手伸得長長的一路抱過來，既熱誠又親切。狄玄武常覺得，若是換到不同的時空裡，畢維帝其實很適合開公關公司——或牛郎店。

「你在跟誰說話？」他問。

「噢，只是一些生意上的回報。」畢維帝不在意地揮揮手。「你還記得今天是警治署長的生日吧？拉貝諾和席奧都會出席今晚的生日宴。過去八個月以來，這是我們三個第一次在同一個地方出現，我猜有不少人非常擔心。」

芙蘿莎倩笑一聲，挭到哥哥身畔坐定。

「你泉晶石還給席奧了吧？」狄玄武濃眉微蹙，想起了這事。

「還了。」畢維帝翻個白眼。

「你派誰去還的？」他的眉皺得更深。他知道畢維帝不是自己去還的，而他的手下若有人去還，他會知道。

「一個認識的人。」畢維帝攬著妹妹坐得更舒服一點。

「哪個認識的人？」他越避重就輕，狄玄武越狐疑。

「你也認識的人，伊果・魯茲。」畢維帝嘆了口氣。「你不信任的表情眞是非常傷人。」

狄玄武的神情封閉起來。「你派一個平民幫你送五千萬的珠寶給一個殺人不眨眼的黑道老大？」

「他是我的會計師，本來就負責幫我處理跟錢有關的事。」畢維帝不是頂在乎。「我不能自己送回去，太沒面子了。我的手下又太珍貴，尤其你現在把他們訓練得這麼好，不能冒險讓他們被席奧扣住。派伊果去是最好的，席奧就算殺了他，對我們也不會有任何影響，頂多我再找一個新的會計師。」

一個女僕進來替他們送茶水點心。芙蘿莎接過自己的胡蘿蔔汁，像隻貓咪一樣蜷在沙發上啜飲。

狄玄武等到女僕替他和畢維帝倒好茶，退了出去，他拿起茶啜了一口，把杯子放下才開口。

「畢維帝，記得我接下你的工作時跟你說過什麼嗎？」

「噢，可惡！」他每次用這句話當開場白都沒好事。「你又要幹嘛了？」

「我說，替你工作不能危害到我關心的朋友。你猜怎地？」狄玄武對他笑出一口白牙。「那份名單上最近多了一個新名字，叫作伊果・魯茲。」

「鬼才知道！你他媽的跟我的會計師變朋友幹嘛？」畢維帝被他的鯊魚笑弄得一個哆嗦。

「現在你知道了。」狄玄武斂去笑容，眼神變得極端森冷。「不要再做任何會害伊果涉入險境的事，我替你訓練人手就是用來做這些事的。這次算不知者不罪，如果你再傷害到我的朋友，我們的合約直接中止。」

「遵命，令人敬畏的狄先生，您今晚會賞光出席吧？」畢維帝挖苦道。

「我會和你一起去，但嘉斯負責今晚所有的安全佈署。」狄玄武對他的尖刻恍若未聞。

「這樣好嗎？」芙蘿莎側目了一下。

「我已經訓練了他幾個月，所有安檢他都懂，他需要一次單飛的練習。」

他不會永遠跟在畢維帝身邊。無論嘉斯願不願意，他得明白自己是最好的繼任人選，現在他需要的只是培養出獨當一面的自信心。

「我不知道我該把自己被當成一個『練習目標』的事作何感想。」畢維帝的語氣更酸。

「怎麼，你要扣我薪水？」狄玄武挑了下眉。

芙蘿莎噗地一聲笑出來。

「隨便你，別把我搞死就好。」畢維帝翻個白眼。

「只有你能把你自己搞死，畢維帝。」他毫不客氣地說。

❦

狄玄武曾經出席過無數次這樣的場合。

他的人生讓他必須時時穿梭在戰場廢墟、街頭暗巷之間，也必須陪他的老闆參與無數場這樣的上流社會晚宴。

穿著制服的侍者高舉托盤，在賓客間穿梭。一身燕尾服的貴賓偶爾取一杯香檳、拿一份小點，在恬適的氣氛中閒聊一些政治問題。各色貴婦佳麗身穿足夠窮人一年開銷的高級訂製禮服，成為黑色燕尾服間的亮麗風景。

華麗的大廳在各個角落綴以淡雅清香的水仙花，落地窗以昂貴的綢緞簾幕掩上；挑高的牆面懸掛著當代名家作品，正好和四處擺置的古董雕塑相映成趣。

現場聘來了一組古典樂團演奏輕音樂。

衣香鬢影，杯觥交錯，樂聲繚繞，那彷彿是前一世的人生了。

那確實是前一世的人生。

從進入這個世界開始，他每個階段都在戰鬥、戰鬥、戰鬥——叢林，怪物，荒蕪大地，飆風幫。

即使站在這個高雅世故的世界裡，他依然在戰鬥。這回戰鬥的不是怪物，而是人心。

一名侍者從他身旁經過，他隨手從托盤上取了杯香檳，慢慢游走在雅德市的精英分子之間。

他今天穿的手工訂製西服是畢維帝送的，完全服貼他傲岸挺拔的身材。

走在人群間的他，總會惹來一些女士的眼波，卻在和他不經意對上時略微倉皇地轉開。

他就像一隻誤入舞會的豹子，性感英俊卻又危險無比。

當畢維帝發現他竟然想隨便套件外套就來參加署長的生日宴，馬上暴走——殺手來暗殺他，他都沒暴跳得這般厲害——他畢維帝的安全首腦怎麼可以穿廉價西裝出席署長宴會？他的裁縫師十八道連環 call 被喚來，立刻趕工，幫狄玄武趕出一套禮服，所有費用他買單。

狄玄武聲明在先，任何人敢叫他穿燕尾服，他會把那件衣服塞進對方的喉嚨裡，最後他們折衷以一套黑色西裝達成協議。

「這不是鼎鼎有名的狄先生嗎？我相信我們還沒正式見過。」一位風度翩翩的白髮紳士擋住他的行進路線。

今天的壽星，警治署長托魯斯，對他微笑。

身邊幾個圍著署長的賓客都停下來，署長微抬了下手臂，所有賓客立刻會意地散開。

「爲什麼每個人都要在『狄先生』前面加一個『有名的』？」他香檳換了一手拿，握住托魯斯伸出來的手。

六十七歲的托魯斯高眺修長，面貌英俊，看起來就像個高貴的皇族。在雅德市，他的身分也幾乎如皇族無誤，據說連市長和生存區的巡迴法官都不得不買他的帳。

他可以毫不留情地命令警察攻進一間蓋多的公寓，只爲了抓到兩個未成年毒蟲，不在乎過程中死掉多少平民；但當他臉上掛著親切的笑容，在電視上用這副笑容對著鏡頭說話，每個人只會感到如沐春風，相信他眞的無比遺憾。

「或許因爲它是事實。」托魯斯親切地微笑。「我一直期待有一天能見到你本人。我想，整個雅德市欠你一個道謝。」

「哦？」狄玄武在那張笑顏後看見一個厲害傢伙。

「狄先生，你的出現阻止了一場可能爆發的災難。席奧和畢維帝總是讓警方頭痛不已，如果不是你約束了其中一方，我們今天很可能看不見這樣的畫面。」托魯斯往角落一比。

狄玄武順著他比的方向看過去，畢維帝和席奧站在那裡，身邊圍著其他賓客；雖然他們大多數時間都只和其他人說話，偶爾還是交換兩句。

「我一直以爲『約束其中一方』是警察的工作？」狄玄武收回視線。

「你想得太簡單了，孩子。」托魯斯露出和藹的笑容。「這就像一對夫妻在街上大打出手，身爲警察，我們只能維護治安，不讓他們傷到街坊鄰居，卻無法解決他們夫妻之間的問題。我們總不能把兩個人都抓起來殺了吧？」

狄玄武覺得「把兩個人都抓起來殺了」是個不錯的主意，不過他懂什麼？當然是署長的意思爲大。

不曉得托魯斯有沒有意識到，當他說這段話時，他用的不是一個「治安維護者」的角色，而是一個生意人。

「無論如何，很榮幸認識你，署長。」他的香檳杯微微一敬，明顯的告退之意。

托魯斯眼中閃過一絲不悅，隨即用風度翩翩的笑容掩飾。

「榮幸的是我。將來你若有任何需要，請務必告訴我，雅德市欠你一個人情。」

狄玄武轉身走開，沒把這句話放在心上。

他倒是在人群中看到一張熟面孔。他露齒一笑，悄悄走到那人身後才突然出聲：

「眞沒想到會在這裡見到你，伊果。」

伊果．魯茲一口香檳險些嗆進鼻腔裡。

「哼，我可一點都不意外見到你。」

「爲什麼一個平凡的會計師能受邀到警治署長的生日晚宴呢？」他笑得白牙閃閃。

「因爲除了你們這些見不得光的黑道客戶，我還有一些正常、正當、正直的企業客戶。」伊果怪眼一翻，往宴會廳的另一個角落走去。

「你要去哪裡？」狄玄武在他身後喚道。

「到酒吧點一杯烈酒，順便躲到角落，免得讓人看到我正在跟我見不得光的黑道客戶說話。」伊果的臉很臭。

狄玄武笑了起來，悠哉游哉地跟在他身後。

用「獾」來形容伊果眞是再貼切不過了，一身棕膚黑衣的伊果，頂著一頭愛因斯坦式的亂髮，表情活像被誰欠了三千萬，眞是再像一隻壞脾氣的獾不過了。

伊果到酒吧拿了威士忌，兩人從旁邊的樓梯繞上二樓平台，然後站在平台邊緣，俯視下方的富麗氣象。

「畢維帝說他派你去還了個東西給席奧。」他偏眸看伊果一眼。「席奧有沒有爲難你？」

「請定義『爲難』。」伊果的眼中掠過一絲陰影。

「伊果，席奧有沒有傷害你？」他的語氣變沈。

「如果你是指他有沒有打斷我的任何一根骨頭，答案是沒有。如果你是指我是否極端恐懼，全程都以爲自己無法活著走出去，是否擔心席奧知道我是畢維帝的會計師後再無寧日，是否想到我的父母家人會受到連累，答案是——是的，我受到很深的傷害，而且再也沒睡過一天好覺。」

狄玄武安靜片刻。「這種事以後不會再發生了。」

伊果看他一眼，沒說話。

「我已經警告過畢維帝，他不會再動你。」他舉起香檳杯啜了一口。

伊果嗤了一聲，也不曉得是什麼意思，不過臉上的表情放鬆了一些。

「工程進行得如何？」狄玄武轉個話題。

「你要的那種太陽能模組，布爾市的一家工廠有生產，不過你指定的型號太貴了，價錢壓不下來。」

伊果報了一個價給他，他濃冽的劍眉立刻蹙起。

「或許我們可以先不做這一塊……」伊果剛開口，就被他打斷。

「不，我要它！」狄玄武盯著下方的浮華世界。「我們唯一的水電是從城裡拉過來的，如果將來發生什麼事，他們只要直接斷水斷電，我們就陷入完全無助的局面。我要確保那個社區有另一套備用的發電系統。」

伊果思索了一下，說：「如果是這樣，你並不需要每間房子都鋪設太陽能板。」

「哦？願聞其詳。」

「社區最大的房子是那間道場，可以當避難室。」伊果邊想邊說。「如果真的發生狀況，人們一定是退到避難室。你只需要在那間大房子鋪設獨立的太陽能模組，把備用水塔接好，你們依然可以在裡面運作，而整個成本會降低很多。」

狄玄武考慮了一下他的提議，可行。他終於點頭。

「先照你的方法做，將來有需要我們再擴建設備。」

他們繼續站在平台上喝著小酒，伊果瞄了瞄他雄姿英發的模樣，心裡的老母雞忍不住發作。

「我可不可以知道，你蓋的那個社區打算容納多少人？」

「老實說，我也不曉得。」

「但裡面會有年輕女人吧？」

「伊果！」他壞壞地笑出來。「你不會是思春了吧？我一直沒問，你有老婆和小孩嗎？」

「呿！」伊果懶得回答這種沒營養的問題。「我是看你老大不小，也該有個女人了。」

「你們這些人是怎麼回事？老是在擔心我有沒有女人。」卡特羅擔心，伊果也擔心。

伊果立馬變身暴躁獾。「男人要有女人和小孩，心性才會定！」

「又是這一套。如果女人和小孩能解決所有問題，世界上就不會有離婚了。」看伊果又要暴跳如雷的樣子，他嘆了口氣：「有，我有想要的女人，不用擔心。」

伊果的視線落回下方。芙蘿莎穿著一件月牙色絲質禮服，深V的領口一直開到肚臍上方，露出所有該露的又藏住所有不該露的，一堆年輕人正圍在她身旁，被她迷得頭昏腦脹。

「……不會是她吧？」

「你不喜歡她？」狄玄武看他一眼。

「她太危險了，你也很危險，你們兩個危險加上危險，等於一座火藥庫。你需要一個跟她完全不一樣的女人，一個能把你拉住的女人。」伊果說。

狄玄武把杯中的酒喝光，隨手放回經過的侍者托盤上。

芙蘿莎正好抬起頭，她的笑容先是消失了一下下，無比專注地盯著他，然後才慢慢漾出性感嫵媚的笑容，對他舉了舉酒杯。

身旁好幾個男人對他射來極度不友善的目光。

「不，她不是我要的女人。」狄玄武將目光移開，隨意瀏覽。

「那就好。」伊果鬆了口氣。

「伊果！」狄玄武又綻出壞壞的笑容。「你要是再不克制一點，我會以爲你眞的關心我。」

「呿！」屁孩。

暴躁獾嘀嘀咕咕地撇下他走開。

伊果空下來的位子不消多時便被另一個人佔據。

狄玄武一看，呻吟一聲。「怎麼回事？今天晚上每個人都覺得有必要過來跟我說話嗎？」

「年輕人，你搞清楚，老子跟你說話是看得起你。」拉貝諾指住他的鼻子。

狄玄武搖搖頭，對侍者招一下手，一杯香檳立刻送進他的手裡。

「有何貴幹？」

「你最近沒做會讓我殺你的事吧？」拉貝諾啜著自己的威士忌說。

「你最近沒試著殺我吧？」

兩個答案都是否定的，所以兩個男人握握手，暫時達成和平協議。

他們一起站在平台上，像剛才他和伊果一樣，看著下方的花花世界。

「你想過下面這些人的總身價是多少嗎？」拉貝諾啜了口威士忌。「全雅德市十分之九的財富都聚集在這間屋子裡。」

狄玄武皺眉看了他一眼。「我不懂你們。全世界只剩下五千萬人，通通被關在小小的生存區裡，你們要這麼多錢做什麼？拿來買私人飛機、歐洲城堡、加勒比海的度假小屋？」

「你應該問的是，如果不要錢，我們還能要什麼？」拉貝諾說出他的哲理。「幸福美滿的人生？功成名就的事業？下一個災難來臨，這些都可能消失。所以，能真真實實握在手中的錢才是最重要的，物質才是一切。」

他一語道破了末日之世的悲涼。

當窗外隨時可能跳進一隻噬人獸將你心愛的人吃掉，愛與關懷變成一種奢侈，摸得到、看得到的物質實在多了。

即使在場的人擁有十億、百億的身家，全世界可能甚至沒有這麼大的市場讓他們花掉這些錢，但這些錢是他們握得住的，讓他們覺得人生還有一個目標。

人類眞是一群可悲的混蛋。

「你看看那兩個人。」拉貝諾往畢維帝和席奧的角落一指。「他們不久以前還誓言割斷對方的喉嚨，現在已經能坐在同一張桌子聊天了。你以爲是對人類的共通關懷讓他們坐下來的？不，我敢打賭，無論他們在聊什麼，絕對都跟一大筆錢有關，而且絕對沒好事。」

狄玄武順著他指的方向看過去，濃峻的眉微微一蹙。

畢維帝和席奧身旁的人變少了，只剩下兩個一看就是保鏢的人站在不遠處。

此刻他們竟然頭靠頭，談得非常熱切的樣子。拉貝諾說得對，這兩隻黃鼠狼湊在一起絕對不會有什麼好事。

「我不在乎。」他聳了聳寬闊的肩，把目光轉開。

「你誰都不在乎，是吧？」拉貝諾只是一笑。「嘿！他們都說你是從叢林出來的，是眞的嗎？」

「拉貝諾，如果我告訴你，我就得殺了你。」

「切！」屁孩。

拉貝諾沒好氣地端著自己的威士忌走開。

他在二樓又待了一會兒，樓下的嘉斯看到他，跟他打個pass，一切平靜。他點點頭，決定先離開。

他把喝完的香檳放到侍者托盤上，從側門樓梯下去。

不知不覺間，竟然也拖到九點。他在側門站了一會兒，望著籠罩在黑夜裡的庭園，空氣中的草木暗香讓他精神微微一振。

他寧可在這種森冷幽暗的情境，也不想回到室內的輕歌慢舞、金碧輝煌。

有人接近！他頸後的汗毛豎起來。

「你也出來透透氣？」一陣熟悉的馨香飄入鼻間，他緊繃的神經微微一鬆。

芙蘿莎。

他看她一眼就知道她醉了。

她步履有絲踉蹌，狄玄武趕快將她接住，免得她出糗。她順勢枕進他的懷中，在他頸間深深嘆了口氣。

「我喜歡你的味道……很乾淨、很男人的味道……聞起來很舒服。」她喃喃道。

「沒有酒量就不要喝這麼多。」他蹙眉。現在回想起來，好像真的很少見她喝酒，頂多就是香檳而已。

「人偶爾都需要醉一下，像你這麼清醒有什麼好？」她低聲輕笑。「扶我到花園坐一坐，我還不想進去。」

狄玄武不能就這樣丟下她，只好將她半攙半扶地拖到一張長椅前。

芙蘿莎揪住他的衣領，硬將他一起拉坐下來。沒想到她喝了酒，力氣反而變大。狄玄武陪她坐了幾分鐘，開始考慮先讓人送她回家。

對了，她不是有一個男朋友嗎？男朋友就是在這種時候用的。

「妳的派崔克呢？」

「怎麼？你吃醋了？我說了他的位置可以隨時讓給你。」她倚在他肩頭嬌笑。

「我需要他當車夫。」

她聳了聳肩。「我叫他滾了。他在床上老是用同一種姿勢，無聊得要命。」

狄玄武無言。

她倚在他的肩頭，望著天上的一輪冷月。這間飯店是雅德市最頂級的飯店，位於市中心，光是附屬的宮廷庭園便佔地超過五百坪。園內隔著一段距離只亮一盞宮燈，讓整片庭園籠罩在幽暗的微光裡，別有一番情致。

「你女朋友叫什麼名字？」她看著天上的月亮問。

「不關妳的事。」

「所以，眞的有一個女朋友？」

「不關妳的事。」

「我問卡特羅，卡特羅只說你提過有一個女朋友，然後就死活都不肯說了。」她略微撐開一絲距離，對他皺眉。「爲什麼你這人又冷又硬，脾氣臭得要命，偏偏你的朋友都對你這麼死心塌地？你到底有什麼魔力？」

「他們喜歡聽我講笑話。」他冷冷地說。

她噗嗤一聲笑得前仰後合，倚回他肩頭微微發顫。

過了好一會兒，她才輕嘆一聲：

「爲什麼你不喜歡我？」

沒回應。

「我知道你覺得我太會算計，不是什麼良家婦女，可是，我也不是一直都這樣的呀。」她睏頓地閉上嬌眸。「我也希望我能當一個平平凡凡、快快樂樂的家庭主婦啊。」

「不，妳一點都不希望。」

他中肯的回答讓她噗一聲又笑了出來。

「好吧！你是對的。」她用力推他一把。「我昨天看電視看到這句台詞，笑得快瘋掉。地球都快毀滅了，誰有時間在那裡打掃煮飯生小孩？簡直是浪費生命！」

他眼睛一翻，一點都不意外。

「你知道你爲什麼不喜歡我嗎？」她又倚回他肩頭，嗓音低低柔柔。「因爲我讓你想到你自己，我就是天平另一端的你——去掉那些自制力、道德良知和正義感，我就是你，而你不喜歡這樣的自己。」

或許。

狄玄武從來沒有想過這件事，但現在他稍微想了一下，發現她說的可能是眞的。

「你們都覺得我很能照顧自己，一個人也可以活得很好……」她軟軟地說。「你知道嗎？我從十三歲就開始照顧自己，還要照顧畢維帝……爲什麼你們從沒想過，我也想要一個伴侶照顧我？」

他沒出聲。

她疲倦地閉上眼睛。「我想要一個男人愛我……不是任何一個人，是我要的那個人。我終於遇到和我天造地設的男人，但他不肯把目光放在我身上……狄玄武，爲什麼呢？這個世界上沒有比我更適合你的女人了……其他女人只會是一時的玩具，但我會是你最堅強的伴侶……只要你愛我，我也會愛你的……」

她倚在他肩頭睡著了。

他等了片刻，確定她眞正睡著之後，對隱在暗處的保鏢打了個手勢，那保鏢終於敢走出黑暗。

狄玄武交代他們送她回家。

看著她柔若無骨地被抱進車裡，這是他第一次感覺到她的脆弱。

不，他不會愛她，因爲她也不會愛他。他們只會互相利用，直到榨乾彼此最後一絲利用價値爲止。

芙蘿莎，妳無法愛任何人，除了妳自己。

這就是我們兩個最大的差別。

11

狄玄武找不到伊果。

這是很罕見的事。

他們每個月約好的聯絡時間，伊果通常會待在辦公室等著接他的電話。即使有事外出，伊果也一定會告訴他的祕書他去了哪裡、何時回來。

然而狄玄武兩天內聯絡了他兩次，他的祕書非但不知道他在哪裡，更說這已經是伊果第三天沒有進辦公室了。

狄玄武知道那頭暴躁獾有多熱愛他的工作，他沒事絕不會不進辦公室。

事情不太對勁。

他去問他第一個想到的人。

「伊果在哪裡？」他連門都沒敲，直接推門進去。

「我正在處理重要的貨，你介意嗎？」正在講電話的畢維帝露出惱怒的神情，遮住話筒。

「伊果在哪裡？」他再問一次，語氣與眼神一樣冰冷。

「我哪裡知道？他只是替我管帳的而已，我又不是他媽！」畢維帝不耐煩地揮揮手，回頭繼續講電話。

狄玄武冷冷注視他好一會兒，轉頭離開。

「嘉斯！」他踏進道場，對剛踩上拳擊台的嘉斯往外一比，自己先走出去。

「算你運氣好。」嘉斯對今天的對手猖猖一笑，把拳擊手套脫下來交給旁邊的人。

他的對手送他一根中指，旁邊的人立馬戴上手套，跳上拳擊台接手。

「老大，什麼事？」嘉斯走到庭園的石磚道上。

自特訓開始不久，身邊的這幾個人就從「狄先生（Mr. D）」直接進步成「老大（Boss）」。在他們的心裡，畢維帝是付錢的僱主，但狄玄武才是他們的Boss。

「我需要你幫我做一件事。」狄玄武直接說重點。「畢維帝的會計師，伊果．魯茲不見了，我需要知道他人在哪裡。」

嘉斯遲疑了一下。「這是畢維帝先生交代的事嗎？」

「不，這是我交代的事。」狄玄武直直看著他。

「我知道了，我會自己帶幾個人出去找他。」嘉斯點點頭。

「他的祕書最後一次見到他是四天前，他每天一定都會進辦公室，所以無論發生了什麼事，都在他那天下班到他隔天上班之間。」

「我會查查看他家裡有沒有他的消息。」嘉斯點了點頭。

狄玄武拍拍他肩膀，轉身走回主宅。

時間並沒有拖太久，當天下午，嘉斯打電話叫他到後哨警衛處。狄玄武人到之時，嘉斯已經帶著一個小弟在那裡等著他。

那個小弟不屬於總部的編制，而是畢氏其中一個城區分部的人。這分部總共有二十七名成員，之前好些人吃霸王餐、嫖霸王妓，頗爲魚肉鄉里了一陣子；狄玄武知曉之後，派人抓回來一個個「管教」一番，現在他們一看到狄玄武就發抖。

「把你告訴我的話跟狄先生說！」嘉斯推了那小子一把，差點讓那小子趴在地上。

「是。是。」小弟嚅嚅地說：「我們只是照畢維帝先生說的話做……」

「我叫你說這個嗎？」嘉斯在他後腦巴了一下。

「到底什麼事？」狄玄武冷冷地道。

「就……畢維帝先生交代卡奧一些事情，我們也不曉得是什麼。四天前，卡奧帶著我和另一個兄弟去那個叫伊果的會計師家裡，只有卡奧進去跟那個會計師說話。他們講了大概半個小時，那個會計師就臉色很難看地帶著公事包跟卡奧一起出來，不過他自己開車走了。卡奧和我們回到分部，然後……我就不知道了，那個時候大概晚上八點多吧！」小弟囁嚅道。

「卡奧呢？」狄玄武面無表情地問。

「今天早上在街頭跟一個地痞流氓打架，捱了兩槍，現在還在醫院動手術，院方說不確定撐不撐得過來。」嘉斯的臉色很難看。

「畢維帝何時去找卡奧的？」他竟然不知道這件事，表示這過程中出了問題。

嘉斯微微流出愧色。「他沒去找卡奧，署長生日宴的那天，卡奧是其中一個保安人員。我們離開時，畢維帝將卡奧拉到一旁說話。因爲當天沒有其他狀況，所以我沒有特別跟你提。」

「嗯。」只能說，畢維帝比他們想得更滑溜，完全知道如何避開狄玄武的耳目。

無論伊果發生了什麼事，絕對與畢維帝脫不了關係。一股冰冷的怒火在他心頭燃燒。

「謝謝，你做得很好。」他對嘉斯一點頭，冷漠地走回主宅。

❦

吉爾摩扛著醉翻過去的畢維帝進門，打開電燈，冷不防被坐在黑暗中的男人嚇了一跳。

「抱歉，狄先生，我沒有看見你坐在這裡。」吉爾摩看清是誰之後鬆了口氣。

「他怎麼了？」狄玄武冷冷地問。

「喝醉了。」芙蘿莎擠過吉爾摩身畔，親切拍拍大肉山的肩膀。「吉爾，你帶他回房，你自己也早點休息，不要累壞了。」

「好的，芙蘿莎小姐，妳也晚安。」吉爾摩憨憨地扛起癱軟如泥的老闆往樓上去。

狄玄武的神色森寒得足以讓地獄結冰。

「我們今天在『海瑟夫人之家』和幾個夥伴談生意，他玩得太盡興，沒到明天中午八成醒不過來。」她微啞地笑著，拔掉一只蕾絲手套，火紅的禮服如手套般緊裹她的嬌軀。

「海瑟夫人之家」是雅德市一家高級妓院，號稱「所有你看得見的女人都提供服務」。室內裝潢很奇特地走家居風格，但舉凡沙發上看書的女人，正在彈琴的女學生，櫃檯小姐，趴在地上擦地板的清潔女工，乃至於廚師、幫傭，全都是妙齡女子。

迥異於一般妓院以每個應召女郎的身價來收費，海瑟夫人之家只收一次高昂的入場費。一旦踏進去之後，所有屋裡看得見的女人都提供性服務，不限人頭次數。你隨時看上哪個女人，把她拉到任何一個角落就可以做起來。現場並提供美酒餐點，堪稱是男人最極致的夢幻豔窟。

「別誤會，我對女人不感興趣，所以今天晚上只有男人享樂而已，我只能在旁邊吃東西，眞是無聊死了。」芙蘿莎把另一手的絲質手套拔下來，隨便往地上一扔，食指誘惑地畫過他的胸膛。「怎麼啦？心情不好？」

「我不禁注意到，每當妳出現在畢維帝身旁，就會有讓我心情不好的事發生。」他抓住她的手無情推開。

芙蘿莎絲毫不以爲忤。「那你最好早點習慣，因爲我出現在他身旁的時間比你久。」

「伊果在哪裡？」他冰冷地問。

「噢，原來是為了那個小老頭。」芙蘿莎聳了下香肩，走到他剛才坐的沙發坐定。「你為什麼會認為我知道？」

「芙蘿莎，不要讓我問第二次。」他輕柔地說。

「你這人脾氣很糟耶！這是求人應有的態度嗎？」她咬著塗有蔻丹的指尖，狡黠地笑。「如果我告訴你，你要如何報答我？」

狄玄武甚至懶得說話，只是淡漠地盯住她。

她嘆了口氣。「畢維帝和席奧達成一項新的協議。他們兩人都同意他們浪費太多時間在對付彼此上，他們其實大可合作。席奧知道有一批貨要從齊瓦生存區運過來，是比亞市一間軍火工廠訂的原料。那批原料市價大概三千萬，席奧跟畢維帝約好，由畢維帝負責攔劫，席奧負責銷贓，得手的錢兩人五五分。」

原來這就是生日宴那兩人突然變得如此熱絡的原因。拉貝諾說的沒錯，他們找到共同的目標，而且絕對沒好事。

他繼續等她解釋為何會扯上伊果。

「畢維帝在比亞市的人脈不足，所以他聯合當地的一個老大動手。搶到之後，他才發現一個問題——那批原料不是那間軍火工廠下的單，而是某個城市的某個黑道老大訂的，委託軍火工廠幫他製成武器。」她的笑容有點涼薄。「席奧陰了他一把，沒跟他說貨的來源。現在，畢維帝發現他惹到一個他沒有必要惹的勢力，而他需要一個人幫他解決這個問題。」

「伊果？」狄玄武的語氣無比譏誚。

「嗯哼。」她聳了聳肩，把一雙玉腿收回身體底下。「那個老大丟了一幫貨，非常火大，祭出重金在附近幾個生存區懸賞所有相關者的人頭。畢維帝派伊果去跟那個老大協商，貨在他這裡，只要老大願意付一千萬，他可以把貨還給對方。」

「他回頭向要他人頭的人勒索贖金？」狄玄武以爲他不可能再聽到更蠢的事，他錯了。

「沒辦法呀！」她笑得百媚橫生。「我說了，他是連同比亞市的一個老大一起犯案的，本來他說服席奧一人一千萬，現在席奧可以不用管，可比亞市的老大沒那麼容易善罷干休。他堅持他已經完成他的部分，他要他的一千萬，畢維帝總不能自己掏錢來付吧？」

「讓我搞懂，妳那個愚蠢的哥哥搶了某個老大的貨，藏著那批貨不還，然後叫一個無辜的會計師去找那個誓言把每個人殺光的老大說：『給我一千萬，不然貨不還給你』？」

「我告訴過你了，畢維帝就像個長不大的孩子，他覺得這整件事很有惡趣味。其實他根本不缺這筆錢，他答應和席奧合作只是不想被席奧看扁，我警告過你他遲早會被他的玩心害死。」她聳了下肩。

「伊果不可能答應這種事！」他瞇起長眸。

「噢，他確實不想答應，不過，如果有人找到你家，威脅殺光你的父母妻小，你通常會不得不屈服。」她甜甜告訴他。

「我已經警告過畢維帝，叫他不要動伊果。」

他從頭到尾沒有提高聲音，沒有動怒，他只是非常、非常、非常冰冷，冰冷得如同一尊沒有溫度的雕像。

「這要怪你自己。」芙蘿莎突然冷笑。「你以爲他爲什麼要跟席奧和解？不是因爲他怕了席奧，而是席奧開始讓他覺得無趣。現在他找到一個新玩具，就是你。」

芙蘿莎站起來，圍著他繞圈圈。「他覺得你更有趣！你看似冷漠，卻能讓一群漢子死心塌地爲你賣命；你能眼也不眨地殺掉一幫人，卻對你在乎的人有著異乎尋常的保護慾；你對街頭廝殺無動於衷，卻能因爲一個混混搶了國中生的午餐而將他揍成爛泥。你是一個矛盾的綜合體，畢維帝從未見過像你這麼有趣的人。」

芙蘿莎停在他前面，豔麗臉龐掛滿陰毒的笑。「畢維帝找到新玩具了——你，就是他的新玩具。他現在對你做的一切，都是他曾對席奧做過的事。他刺激你、挑釁你，想看看你會有什麼反應，因爲他覺得你很好玩。」

她貼近他的臉。「所以，你想怪就怪自己吧！誰教你這麼吸引人呢？」

「那個黑道老大是哪裡的人？」他柔聲問。

芙蘿莎豔光四射地坐回沙發上，一隻玉腿抬到椅面，將她沒穿底褲的裙底風光曝露在他的眼前。

「在這裡和我做愛，做完我就告訴你。」她已經興奮潮濕，空氣中俱是她動情的香氣。

狄玄武大踏步走向她。

芙蘿莎不由自主地屏住氣息。她終於還是得到他了。

她要他。

她要他的男性深深刺進她體內，瘋狂撞擊她，在她腿間留下他灼熱的液體。

她要感覺被他充盈、飽到發脹的那種疼痛，要享受他粗長的每一寸在她體內滑動的快感。

她要他知道他們兩人一旦結合之後會有多契合！

她要他，她不允許他拒絕……

「啊——」

芙蘿莎尖叫一聲，整個人臉朝下被壓進沙發裡。她想反擊，但雙手迅速被折到背後，一隻膝蓋無情地壓在她的背上。

她痛苦大叫，死命想掙開，她背上的男人猶如一座山，力量超乎他的體重應該有的重量。她被很多人壓制在下面過，但從未像現在這樣完全無法掙脫。

他甚至不是全身壓在她背上，他只是用一隻膝蓋和一隻手就制住她。

此刻，他的另一隻手壓在她的後腦，將她整張臉按進柔軟的椅面，有片刻她完全無法呼吸。

她再掙扎一次，背後的男人絲毫未受影響，任憑狂風暴雨也推不動、撼不動。

她的肩帶因爲用力掙扎而滑脫，一只雪嫩的乳房彈跳出來，但無人有心情欣賞這一幕。

「我已經警告過妳，不要挑戰我的耐性。」一記陰狠的嗓音貼著她耳後吐出。

「我什麼都沒做！」她大叫。

「妳的問題在於，妳一直以爲自己能操縱我，像妳操弄任何男人一樣。」身後如惡鬼般的男人低語。

「芙蘿莎，我，不是任何男人。」

「欺、欺負一個女人算什麼英雄好漢！」她在嗆咳之間勉力開口。

她的臉又被壓進椅面，足足三十秒。當他終於讓她抬起，她又嗆又咳，妝全花了，淚水受到刺激迸了出來。

「妳以爲我不知道？每一次畢維帝做出衝動的事，妳都在他身邊。妳說得不錯，他就像個過動兒，任何事都有可能引起他的玩心，但唯有在身旁有人將他的注意力轉到特定目標時，他才會專心一意盯著那個目標。」他噴在她耳後的呼吸都冰冷得不像活人。

「無論他做了什麼事，那都是他自己的決定，你不能把一個成年男人的錯歸在我身上！」她喘息。

她的臉又被壓進椅面，這次足足一分鐘。當她重新抬起頭，她覺得自己的命已經去了一半。

「告訴我那個老大是誰，否則我殺了妳。我從不做空洞的威脅。」他在她耳後低喃。

她相信他說的是眞的！

芙蘿莎從未感覺如此靠近死亡。她相信在這一刻，狄玄武真的對她動了殺機！

她心中又氣又苦，只想站起來大聲尖叫，摧毀身旁所有的一切。

「狄、狄先生……芙蘿莎小姐……」吉爾摩無助地站在樓梯底端。

「吉爾摩，救我！」她再也不顧顏面地尖叫。

「滾開！」狄玄武怒吼。

吉爾摩覺得他剛剛被一隻雄獅咆哮了。

龐大的他手足無措。一邊是他敬若天神的狄先生，一邊是他的芙蘿莎小姐，他該怎麼辦？他該怎麼辦？

「吉爾摩，救——」這聲呼救的下一半被壓進椅面

吉爾摩慌了。「狄先生，你你、你不要傷害芙蘿莎小姐，我、我去叫嘉斯！」

大肉山慌慌張張衝出去。

狄玄武放鬆鉗制，讓她呼吸。

「那個老大是誰？」

「讓我起來！」她用力扭動身體尖叫。

這一次他讓她起來。

她縮在沙發前的地板上，將滑脫的肩帶拉回肩膀，全身發抖，臉上全是淚痕。

「是誰？」狄玄武無情地問。

「拉貝諾！」她撿起一只抱枕用力丟在他身上。

她身前的男人停了兩秒，轉身離去。

芙蘿莎滑到地上，把自己蜷成一團，像個小女孩般撕心裂肺地哭泣。

❦

「我說過，不要做會讓我殺你的事。」拉貝諾坐在書房裡，望著對面的年輕人。「這就是會讓我殺你的事。」

他的書房和他本人的氣質十分相襯，寬敞的空間擺滿了紅木家具和古董，一整面牆的書櫃大多是一些歷史典籍。

書房裡，最顯眼的是他們現在對坐的這張紅木大書桌，古拙樸實，有著因年代久遠而加深的色澤，和主人老成持重的氣息互相呼應。

某方面這裡更像一個大學教授而不是黑道老大的書房。

「伊果在哪裡？」狄玄武兩手在小腹上交疊，神情安閒。

「你為什麼認為我有義務回答你？」拉貝諾拿起威士忌酒杯啜了一口。

狄玄武嘆了口氣，決定和他說之以理。

「拉貝諾，伊果和這整件事一點關係都沒有，他是無辜的。」

「我們兩個對『無辜』的定義非常不同。」拉貝諾放下酒杯，銳利地盯著他。「我認為在我丟失了一批貨之後，一個男人跑到我家跟我說，付他老闆一千萬，他老闆就把貨還給我，這離『無辜』非常遙遠。」

「伊果只是一個平凡的會計師，畢維帝用他家人的生命威脅他，他不得不來找你。」

「如果他只是一個平凡的會計師，他就不會有畢維帝這樣的客戶。」

有理。狄玄武被將了一軍。

「他還活著嗎？」

「我依然沒有義務回答你這個問題。」拉貝諾靠回椅背，跟他對視。

他們之間的距離不到兩公尺，卻有如劈開中南美洲的那道鴻溝。

「拉貝諾，我認為我們陷入一個兩難的情況。伊果是我的朋友，如果你殺了他，我就必須殺了你。」他的嗓音很平靜。「你知道事情就是得如此處理，無關乎個人意願。但，我不想殺你。你在雅德市受到多數人的敬重，目前為止依然是最大的幫派領袖，那兩個白癡是因為有你的存在才沒有將雅德市變成地獄。我殺了你，等於幫了他們一個大忙，所以我眞的、寧可、不要幫他們這個忙。」

「我現在是不是應該害怕得發抖？」拉貝諾嘲弄道。

狄玄武只是平靜地看著他，「你知道，只要我想殺你，你一定會死，無論我得付出多大的代價。」

拉貝諾終於嘆了口氣，用一副跟十歲小孩講道理的口氣解說：

「你說得對，道上有道上的規矩，無關乎個人意願。讓我告訴你關於這批貨的事——席奧以爲這批貨是我的，所以拐畢維帝那小子去搶，打的八成是我會幫他殺了畢維帝的主意。畢維帝以爲這幫貨屬於比亞市的一間軍工廠，所以他搶了。但他們兩個白癡的情報都搞個半調子，那批軍火原料不是我的，是我東部客戶的。」

「你在東部有客戶？」狄玄武的眉挑高。

「當然有。東部的幾個生存區正在內戰，他們需要大量軍火。在他們自己的地盤能買的幾乎買完了，其他置身事外的生存區不願跟他們有瓜葛，所以他們找貨源找到西部來。」

「你不是說東西岸已經斷了聯絡？」狄玄武的眉挑得更高。

「顯然需求創造市場，他們找出了一個方法。」拉貝諾攤了攤手。「他們派船隻沿著海岸繞過整個南部，到西岸馬魯生存區的港口來。只要船隻不要開得離海岸線太遠，理論上不至於遇到變種海怪。其中一個軍閥找到一家願意冒險的流動掮客，和我接上頭，當然，他必須付出比天價還天價的數字，而且曠日費時，但，這年頭錢不就是拿來這樣用的？」

「你是說，在這種世道下，人類對抗變種生物與噬人獸還不夠，還有一群人在搞內戰？」

「我告訴過你，人需要一些東西握在手上才覺得人生有意義，不是錢就是權。西部的人要錢，東部那些混蛋要權。」拉貝諾一副見怪不怪的樣子。「我們應該慶幸太陽閃焰送我們那道鴻溝，所以戰火不會燒到西部來。」

所以他錯了。

這世上確實存在著可以花掉幾億、幾十億、幾百億的市場，叫作「戰爭」，他實在該給人類多一點「信心」。

「幹！這種人讓他們死光吧！我們需要他們做什麼？」他低咒一聲。

「嘿，我就是這樣想的，所以一接到他的匯款，我立刻訂了一批原料——你瞧，那批貨不是我的，是我客戶的。如果我收了錢不交貨，問題會落在我的頭上，所以我必須解決製造問題的人。」拉貝諾對他一指，「你說我受人敬重，沒錯！但你知道我為什麼受人敬重嗎？就是我從不去搞別人，但我也從來不讓別人搞我。

「畢維帝搶了這批貨的事傳遍了利亞生存區。目前為止知道這批貨跟我有關的人不多，但遲早消息會傳出去，流言永遠傳播得比蟑螂更快。當所有人都知道之後，如果我不做任何處置，我等於把自己送到一堆鯊魚面前，請他們吃掉我。

「如果我非但不做任何處置，還把我抓到的畢維帝代表，送還給畢維帝的安全首腦，我根本不必等別人來殺我，自己拿把槍往腦子一轟得了。」

狄玄武不禁揉了揉眉心。這事比他想得更複雜。

這不單只是經濟上的損失，還包括生意信用、道上規矩，與個人原則問題，東西兩岸都牽涉在其中。

席奧和畢維帝這兩個蠢蛋！他們不知道自己捅到什麼樣的馬蜂窩！

現在他相信拉貝諾絕對不肯善了了，即使拉貝諾自己願意，都沒有空間讓他善了。

「你說錯了一件事，你並不是把畢維帝的代表送還給畢維帝的安全首腦，」他努力思索，慢慢地說：「你是把一個被夾在戰火中央的無辜者，送還給他的朋友。」

「你跟我玩這種文字遊戲沒有意義。」

「我明白你必須處理那兩幫人，我不知道你打算如何做，我也不想知道。但我可以向你保證，伊果和我都不會成為其中的一部分。」狄玄武直勾勾盯住他。「我已經不再是畢維帝的安全首腦。」

驚訝之色在拉貝諾臉上一閃而逝。

他們兩人都明白，少了他卡在中間對局面的影響。

狄玄武雖然不是任何一幫的老大，從他竄出的這短短幾個月，他所站的位置已足以牽動整個雅德市的勢力版圖。這個事實不容任何人爭辯。

好一會兒，書房裡的兩人都沒說話。

「那個會計師眞的這麼重要？」拉貝諾終於問。

「不，那個會計師只是平凡人，重要的是我跟畢維帝有約在先，而他破壞了這個協議。」

他必須讓所有人明白，破壞了跟他的協議將承擔後果，這是另一個道上的規矩。

「嗯。」拉貝諾慢慢點頭。「從何時開始？」

「理論上從這一刻起，我和他的合約已經不存在，不過我會回去交接清楚。在明天天黑之前，我和畢維帝的人再也沒有任何瓜葛。」

「你確定？」

「伊果在哪裡？」

拉貝諾又端詳他半晌，終於對敞開的門縫做了個手勢。

不一會兒，紅木大門推開。狄玄武不必回頭就聽見兩個腳步聲，一個厚重，一個虛浮，但他還是回頭一看。

伊果的左眼腫到只剩一條縫，西裝外套不見了，襯衫皺巴巴的。除此之外，他的外表並未受到太大傷害。

伊果驚懼的眼神在看見他的那刻楞了一楞，然後明顯鬆了口氣。

狄玄武對身旁的空位一點頭，伊果看拉貝諾一眼，慢慢走到他身旁坐下。

「他們有沒有傷害你？」狄玄武問伊果。

伊果還未回答，拉貝諾先不爽地叫起來。

「客氣一點，問這種話是不信任我嗎？他人都在你面前了，還想怎樣？」

「你十分鐘前才威脅要殺我。」狄玄武看他一眼。

「你十分鐘前也威脅要殺我！」

「是你先的。」

「我先又怎樣？你這小子不懂得敬老尊賢嗎？」拉貝諾一拍桌子，驚弓之鳥的伊果彈了一下。

「伊果，你有沒有受到其他的傷？」狄玄武不想再理那臭老頭。

伊果趕快在拉貝諾叫人把他們兩個都轟掉之前搖頭。

「看！」拉貝諾勝利地說。

「我只是問問而已，你可不可以不要這麼敏感？」這老傢伙是經前症候群嗎？

「我很好，真的！我很好！」伊果覺得他如果再不出聲，這一老一少可能會把桌上的東西都掃到地下，然後扭打起來。

狄玄武看了他半晌，終於點點頭。

「這種事不會再發生了。」

「這話你說過。」伊果苦笑一下。

「我不會讓畢維帝再碰你。」

「這話你也說過。」伊果還是苦笑一下。

「這次不一樣。」狄玄武靜靜地道：「他如果再出手，我會殺了他。」

伊果愕然。他這話是什麼意思？畢維帝是他的老闆。

「所以，你是認眞的？」拉貝諾瞇了瞇老眼。

「現在只剩下一個問題，你打算怎麼做？」狄玄武沈著的目光回到他臉上。「我先說我打算怎麼做。我打算帶伊果離開，而且我不希望你的人跟上來，如果他們跟上來，我會殺了他們。」

「看，他又在威脅我了。」拉貝諾向伊果告狀。

伊果遲疑一下，不由得點點頭。「嗯，這次眞的是你先威脅他。」

「你在開玩笑嗎？你現在是跟誰同一邊的？」狄玄武不可思議地瞪住他。

「我跟你們兩個都不同一邊！」伊果立馬強調自己的清白出身。

狄玄武簡直不敢置信，拉貝諾笑得整排牙齒都露出來，對伊果豎個大拇指。

「請你不要這樣笑，很詭異。」這種視覺效果令人難以承受。

拉貝諾咳了兩聲，重拾威嚴。「人不是你想帶走就能帶走，我必須考慮一下值不值得讓我這麼做。」

伊果的神情火速緊繃起來。

又來了！他們又回到原點。狄玄武重重嘆了口氣。

「拉貝諾，從一個非常遙遠、非常廣義的角度來看，你可不可以說我們兩個勉強有一點點些微的可能性算是『朋友』？」

拉貝諾揉揉下巴，想了一想。「我不知道。我不喜歡交朋友，你也不喜歡交朋友，不過……可能勉強些微很遙遠廣義的角度來說，或許是吧！」

「現在，你朋友告訴你，你抓了一個被黑道老大脅迫的無辜老百姓，他要把這人帶走，而且他不再替黑道老大工作，你相不相信？」狄玄武瞪住他。

這一次，拉貝諾足足考慮了五分鐘。

他不是裝模作樣，他是眞的在思考。

最後，他終於說：「我要你承諾，你會完全脫離畢維帝，不再跟他的人有任何牽連。只要你做得到，我可以讓你把人帶走。」

「成交。」狄玄武主動伸手。

拉貝諾越過桌面和他握了一握。

「滾吧！」

❧

畢維帝伸了個懶腰，金棕色的健壯胸膛從床單下露出來。

一件睡袍扔到他臉上。

他皺著眉把睡袍拿開，睜眼看看是誰那麼大膽，敢打擾他的美容覺。

「噢，狄，早安。」他露出迷人的廣告明星笑容。「你爲什麼這麼早出現在我房裡？我們今天有行程嗎？」

站在床尾的男人一身黑，黑色牛仔褲，黑色套頭衫，黑髮黑眼。他們半年前第一次見面時，他穿的就是這一身黑。

大半年過去，軍刀般銳利傲岸的氣息從未稍褪過。

他的神情讓畢維帝頓了一頓，開始察覺出氣氛不對。

「我推薦嘉斯接手。」狄玄武低沈地開口。「我訓練了他三個月，他已經能獨當一面，交給他應該沒問題。」

「什麼事交給他接手？」畢維帝警覺地下了床，隨手將那件睡袍套上，在腰際打了個結。

「我們的合約在你違反的那一刻正式失效，從現在開始，我不再爲你工作。」他的語氣冷靜無波，猶如在交代一件例行公事。

「喂，慢慢慢！」畢維帝燦爛地笑起來，彷彿他剛才聽到多不合邏輯的話。「我記得我僱用你一整年，現在才剛過半年沒多久，你不能就這樣走掉。」

「伊果。」他平靜地吐出這個名字。

畢維帝頓了頓，然後戲劇化地嘆了口氣。

「狄，你得講道理才行。他先是我的會計師，然後才是你的朋友。無論他爲我做什麼工作，那都是我和他之間的事，與你無關。」

「再見。」狄玄武直接轉頭走出去。

「你給我站住！」畢維帝在他身後大喝。「我花了一百五十萬，你以為我會讓你只幹一半就這樣走掉？」

他停下來，回眸看一眼前任老闆。「我的規則說得很清楚，非出於我的過失而合約中止，恕不退款。」

「你在開玩笑嗎？你真的要為一個微不足道的會計師，放棄一百五十萬的年薪？」

「重點不是哪個會計師，而是你違反了我們的約定，我不喜歡有人違反我的規矩。」他聳了聳肩，轉身繼續走出去。「我永遠都可以找到下一份工作，你好自為之。」

「我不會就這樣善罷干休的，你聽到沒有？」畢維帝惱怒地大喊。「沒有人可以平白拿我一百五十萬，還想毫髮無傷地走開。」

狄玄武沒有理他，頭也不回地踏出這座宅邸。

「莉蒂亞，住手！」勒芮絲衝到異松下大叫。

莉蒂亞停下破壞太陽能板的動作，看著樹下聚集而來的一群人。她的眼底有一抹瘋狂的神色。

「妳爲什麼要這麼做？」勒芮絲仰頭對她大喊。

莉蒂亞不回答，舉起木棒繼續敲打他們的太陽能板。

這批太陽能板是兩年前狄玄武從鎮上拖回來的，後來他找了醫療營附近的一株異松，由柯塔他們幫忙搭了一個斜面的平台，讓太陽能板能盡量不被樹蔭遮蔽地吸收日光。

剛才他們在醫療營突然聽見巨大的敲打聲，所有人衝出來看。莉蒂亞拿著一根木棍，不知何時爬上了他們的太陽能板平台，正在破壞他們的發電設備。

勒芮絲心頭發急。如果太陽能設備被她破壞了，他們再也生不出另外一組。

提默趁著沒人注意，悄悄溜到異松下，一溜煙爬上去。這兩年來他照著狄玄武教他的練氣法門天天練氣，不知不覺間，體力大增，行動也變得越來越輕盈。

「你們不值得有這些好東西！你們不配！」莉蒂亞憤怒地大喊，用力一棍敲在太陽能板上。太陽能板的設計能對抗冰雹等撞擊，十分堅固，但不表示它不會破。所有醫療營的人在下面看得膽顫心驚，不曉得有多少片已經被她損壞了。

「莉蒂亞，住手！」醫生走到樹下，一手遮在眉上，仰頭對她喊。

「不准上來！」莉蒂亞用木棍瘋狂地指著他們。「你們要是上來，我就把所有東西通通砸了！」

醫生看見提默從樹幹背面正在往上爬，於是退後一點跟莉蒂亞說話，盡量誘開她的注意力。

「莉蒂亞，告訴我妳要什麼，我會盡一切力量幫助妳。」醫生放緩了語氣。

「我什麼都不要，我只要你們通通都死掉，跟羅納一樣死掉！」

「羅納？這跟羅納有什麼關係？」勒芮絲錯愕地道。

「羅納愛我，他要娶我，有朝一日他會讓我成爲這座叢林的皇后……」莉蒂亞露出泫然欲泣的神情。

「但是你們殺了他！妳的男人殺了他！你們該死，通通該死！」

「妳瘋了嗎？妳還記得羅納是如何折磨每個人嗎？他是我們掙脫不了的惡夢，狄來了，殺了他救了每個人，妳怎麼能還思念被他統治的生活？」勒芮絲萬萬想不到他們會再度被羅納的鬼魂糾纏。

「不！不！是你們帶來我掙脫不了的惡夢，如果羅納還活著，現在我會是他的妻子，我會是飆風幫的女王！都是你們的錯！」莉蒂亞的神色又狂亂起來。

「莉蒂亞……我的寶貝，妳下來吧！」她的父親艾頓走到樹下，近乎呻吟地哭喚。

莉蒂亞看見父親，神情動搖了一下。

「爹地，你怎麼會在這裡？你應該在營區的……」

「我今天來看醫生。莉蒂亞親愛的，千萬不要做傻事，快下來吧！醫生他們都是好人，有話妳好好跟他們說，他們一定會原諒妳的。」艾頓懇求地看著醫生，和後面聚集過來的每個人。

醫生點點頭安撫。「當然，艾頓，你不用擔心。快點讓莉蒂亞下來，免得她受傷了。」

「莉蒂亞是個好女孩，她只是需要一些藥物……回聲爆炸以前，她定期在吃藥，控制得很好，她從來沒有傷害過任何人。」艾頓掩面哭泣。

「我想……有可能是她。」梅姬走到勒芮絲身旁，小小聲地開口。

勒芮絲看她一眼，無需問太多。梅姬說的是，從背後推她下山坳的人有可能是莉蒂亞。從她的外表看不出來她的精神不穩定。在所有人眼中，她只是個內向害羞的女孩。她和飆風營裡許多女人一樣，都曾經在床上伺候過羅納。或許在她封閉扭曲的世界裡，她將英俊邪氣的羅納視爲她的白馬王子，有一天他終將和她一起統治這片叢林。

狄殺了羅納的那一刻，她的幻想世界毀滅了。這兩年來欠缺適當藥物，她的精神狀況惡化得越來越嚴重，終於導致她做出這些傷人害己之舉。

勒芮絲心中不能說不憐憫。

她上前一步，仰頭輕柔地開口：「莉蒂亞，我知道妳很傷心，但一切都會沒事的。妳的朋友和親人都在這裡，醫生也在這裡，我們會保護妳，妳不必傷害任何人。」

「不，她！」莉蒂亞憤怒地用木棍指著梅姬。「那個下賤的女人想搶走我的羅納，但羅納識破了她的用心，將她趕回醫療營，她卻想藉由生下那個骯髒的小鬼來控制羅納。她以爲這樣羅納就會讓她取代我的地位，她錯了，羅納沒有上當！」

梅姬臉色慘白，身體晃了一晃，旁邊的柯塔趕快扶住她。

「事實的眞相不是這樣的。」勒芮絲生氣地道。即使她有精神問題，也不能如此說梅姬！

「莉蒂亞，午餐時間快到了，妳父親餓了，妳應該也很累了吧？下來跟我們一起吃午餐，任何事我們都可以好好談。」醫生努力緩和莉蒂亞的情緒。

「不，不，不！你們只是想騙我下去殺了我，我不會上當的！」莉蒂亞高高舉起木棍。「在我死掉之前，我要把你們的東西都毀掉，你們不配擁有這些！羅納死了，你們爲什麼還活著？你們爲什麼還活著？」

她奮力砸向太陽能板。

提默的腦袋從平台另一邊冒出來，莉蒂亞微側過身，角度正好看見他。

她尖叫一聲，舉著木棍往提默頭上砸下去，勒芮絲、梅姬、醫生……平台下的每個人都大叫。

提默不暇細想，一手抓住莉帝亞的腳踝，氣凝丹田，運轉全身，然後流到他的手臂，用力往旁邊一扯。

「啊——」莉蒂亞尖叫一聲，從二十公尺高的平台飛了出去。

「莉蒂亞——」所有人再度尖叫出聲。

砰通。

莉蒂亞瘦弱的身軀重重撞在地上。

提默臉色雪白，看著下方毫無反應的身體。

醫生飛快衝過去，摸向莉蒂亞的頸脈，勒芮絲撲過來跪在他們旁邊。

「莉蒂亞，莉蒂亞……噢，我的孩子……」艾頓全身癱軟，甚至找不出一絲力氣爬向地上的女兒。「我的莉蒂亞，我的寶貝……」

所有人被這慘烈的一幕嚇呆了。

莉蒂亞的脖子歪成一個奇怪的角度，雙眼無神地盯著前方。不需要醫生診斷，每個人都知道這代表什麼。

醫生嘆了口氣，輕輕向勒芮絲搖了搖頭。

提默不知何時爬了下來，臉色灰敗地站在樹下，彷彿這一刻死掉的人是他。

「噢，提默。」勒芮絲走過去，緊緊抱住他。「這不是你的錯……你只是在自我防衛。」

他讓勒芮絲抱住他，眼睛完全無法從莉蒂亞失焦的雙眸移開。

他殺人了。

他殺了一個脆弱無助的女人。

「勒芮絲說得沒錯，這不是你的錯。」柯塔走過來擋住他的視線，不讓他再盯著莉蒂亞的屍體。

醫生沈默地站起來，對其他人點了點頭，立刻有人回醫療營取來白布和擔架。

勒芮絲強忍住淚水，緊緊抱住提默。提默終於將臉埋進她的髮間，一瞬間，彷彿變回那久已不見的脆弱男孩。

在死了這麼久之後，羅納的鬼魂依然糾纏著他們。

勒芮絲發誓，這是最後一次。

她絕對不讓那個惡鬼奪去更多條人命，毀掉他們好不容易得來的平靜生活！

他不配！

12

狄玄武在一個月後聽到畢維帝的死訊。

當時他坐在門前削木屑，東尼小子過來找他聊天。他沒有裝電視，所以市井新聞都來自這個很呱噪的小夥子。

發生地點在一間烘焙坊的後門。

汽車炸彈。

據說車子抵達時一切正常，爆炸是在離去之時發生的。

有一輛貨車剎車不及，撞上一輛保鏢車。所有人下車和那貨車司機理論時，留在車上的畢維帝被引爆的炸彈炸死。

爆炸威力如此之強，警方沒能找全畢維帝的屍體。

狄玄武得到進一步的消息是警方找他約談。

他暫時還不是嫌疑人，只是眾多警方必須約談的人之一。

理所當然他們沒能從他這裡問到什麼，倒是讓他套出更多細節——炸彈是以遙控引爆，警方後來大規模搜索該區，在對面頂樓找到一個被丟棄的遙控裝置，殺手已無蹤，所有線索就這樣斷了。

狄玄武搖頭而笑。

他早就警告過畢維帝，到一個固定的地方見一個固定的女人是不智之舉，顯然在他離開之後，畢維帝不知如何說服了嘉斯，他們又回到老樣子。

記得離開畢維帝的那一天，他將所有手下召集起來，告訴他們畢維帝破壞了跟他的協議，所以他們的合約不再存在。

看著每個人震驚的神情，他淡淡地說：「我從不認爲畢維帝會乖乖遵守他的協議，爲什麼你們這麼意外呢？」

所有人霎時無言。

最後他只是要嘉斯接手，然後在一群依依不捨的手下目送下離開了。

即使有人不願意他走，這也不是他們能決定的事。畢竟，先毀約的是他們的老闆。

嘉斯後來和提亞哥來找他喝過兩次酒，不過他們只談些風馬牛不相及的事，絕口不提畢維帝。

爆炸發生後，有兩個保鏢當場死亡，嘉斯和吉爾摩受到程度不一的灼傷。

基於情誼，他去醫院探視了一下。

病床上的嘉斯顯得有些沮喪，他沒有虛言安慰。這是嘉斯自己必須學會的教訓，下一次可能就沒那麼好運了。

這次的爆炸事件，警方約談了許多人，朋友、敵人、親人、情人……不過都查不出什麼消息，最後只能不了了之。

無論幹這票的人是誰，都沒留下太多證據。

畢維帝的死變成一樁懸案。

整個雅德市都知道一定是席奧派殺手幹的。他和畢維帝幹了一票，但畢維帝自己黑吃黑，沒把貨交給席奧分贓，席奧不甘受到損失，必然會加以報復。他們從以前就是夙仇，這並不是祕密。

畢維帝死後，芙蘿莎繼承哥哥的一切，接掌整個畢氏事業，成了唯一的領導人。

狄玄武一點都不懷疑芙蘿莎會是個比她哥哥更稱職的頭頭。

再隔一個月，他聽說席奧在比亞市跌了個大跟頭。

細節他不清楚，也沒費心去問，總之，那個跟頭似乎讓席奧想拓展到比亞市的生意線完全斷絕，這一傷大概不花點時間回復不了。

總之，這些都與他無涉。他依然遵守合約協議——即使另一方已經死亡——在解約後三個月內不接受相同的委託。

這段時間，他每天到處閒晃，幫房東太太修東西，偶爾打打零工。

這些「零工」包括：幫拉貝諾跑了四趟比亞市的鏢，兩趟齊瓦生存區的鏢。他的收費標準是標的物總值的百分之三，這幾趟鏢讓他收入九十多萬。

這樣算一算，他跑鏢的收入都比當合同保鏢的收入更好。

拉貝諾請他下個月護送一批軍火到馬魯港，他很認眞在考慮。雖然路程遙遠，來回就要一個多月，不過他還沒去過馬魯生存區，他很好奇那裡是什麼樣子。

他和拉貝諾還是會去蓋多區的水塘釣魚，釣完兩人相約去喝啤酒。

猜猜怎地？拉貝諾一隻魚都沒釣上來過，這水塘根本沒魚。

再猜猜怎地？他輸了！那水塘還眞給拉貝諾釣起一隻魚，他很認眞地懷疑拉貝諾作弊。

總之，他只好又請喝啤酒。

「既然你能對付那兩幫人，幹嘛不乾脆把他們清一清？」他終於問。

這是畢維帝和席奧各自出事後，他第一次跟別人談起這件事。

誰知拉貝諾突然從椅子暴跳起來，指著他鼻子破口大罵。

「你這小子是以爲我是神還是阿拉？你以爲安排這些我容易嗎我？你什麼都不想知道就給我閃一邊去！」拉貝諾氣呼呼衝出門走了。

這麼慘烈啊？狄玄武看著他的背影，聳聳肩繼續喝啤酒。

他確實不想知道。

從他踏入畢維帝的世界開始，他就什麼都不想過問。

他的不想過問不是自以爲清高。他比誰都清楚，在這個世界上，幫助一個壞人活下去等於傷害許多好人。

他從來不是什麼道德良知的先驅，對他來說，他必須先能活下去，才有時間兼顧別人。所以，如果他必須選擇，他會從眾多之惡中選擇比較不惡的那一條，但歸根究柢，這依然是一條惡。眞正的英雄連一個好人都不願犧牲，但對於他，如果犧牲十個無辜的百姓可以救下一座小鎭，他會毫不猶豫選擇犧牲那十個人。

這是現實問題。他不覺得有必要美化自己。

他的不想過問，是因爲他眞的對這幫人的鳥事不感興趣。

如果他願意過問的話，或許他會提早知道畢維帝打算劫鏢，或許他會阻止，或許畢維帝現在依然活著，不過這些都不關他的事了。

無論如何，日子還是要過下去。

「我們得決定太陽能板的位置。」伊果走到工地中央，指了指左邊那一頭，「城裡的水電管線會從大門過來，所以太陽能板最好也鋪在大門附近，這樣整個社區的水電管路都可以集中處理。」

「圍牆距離裡面的建築物有多遠？」狄玄武摸摸下巴，考慮起來。

「最近的地方是兩公尺，最遠的是五十公尺。」伊果把藍圖攤開，研究了一下。

「太近了，我要圍牆與建築物的距離不少於十公尺。如果圍牆的位置拉得夠開，我們就把道場往大門口移，把太陽能板鋪在它的屋頂。」

他們又討論了一些細節，伊果把他的要求一一記下來，改天得去和承包商討論。狄玄武並不直接和工人們接觸，伊果就是他的代理人。

整個社區正在成形之中，建材和施工機具堆滿一地。四棟屋子的骨架已經搭好了，其他幾棟也都打好地基，只有遲遲未決的道場最後才要動工。高達四公尺的圍牆已經先搭好其中一段，其他部分等內部完工後才會進行。

狄玄武漸漸對未來的新家有了點概念。

「你知道，畢維帝死了。」伊果突然開口。

「他已經死了一個月了。」

他們兩人從來沒有談過這件事。

「現在回想起來，我生命中最大的災難是他帶來的，最大的痛苦也是他帶來的，但我發現，我竟然不能說自己討厭他。」伊果望著前方。

「我明白。」他靜靜地說。

「哦？」伊果有些驚訝。

「他或許危險，但他並不是個討人厭的傢伙。」畢維帝這一生玩世不恭，殘酷自戀，但他的性格並不讓人討厭。

「他就像一個……」伊果在腦中搜尋適當的形容詞。

「拒絕長大的男人？邪惡版的彼得潘？」他憶起芙蘿莎對她哥哥的形容。

「對。」伊果彈了下手指。「這個說法眞好，他有一個成熟男人的外形，但他的內在好像拒絕長大。他開的玩笑往往很致命，奇特的是，當他道歉的時候，你會相信他眞的不是想害你，他只是覺得好玩而已。」

「你想念他？」狄玄武看他一眼。

「呿，我又沒有被虐狂。」伊果擺擺手，隨即嘆了口氣，「或許吧！我也不知道……我只是覺得……我也不曉得我覺得什麼。」

或許有點遺憾吧！

雖然這男人明明就不是好東西，有許多人被他傷害過，他活著也會繼續傷害更多人，但，伊果確確實實爲這「邪惡版彼得潘」的死感到一絲遺憾。

「他總歸得死的。」狄玄武沈靜地說。

伊果有些驚訝地看他一眼。

「這個世界太冷血了，沒有彼得潘存在的空間。所以，他總歸得死的。」他說完，兩人都沈默下來。

或許在其他世界，畢維帝的性格能大放異彩，他可能成爲一個偉大的演員，人人崇拜的電影明星，或一個成功的公關公司老闆，但不是在這裡。

在這裡，他注定了死路一條。

「畢維帝的律師來找過我。」伊果忽然說。

狄玄武沒有搭話，等他自己說下去。

「你知道烘焙坊包爾家的女兒吧？」見他點了點頭，伊果繼續道：「畢維帝把他所有的事業留給芙蘿莎，但把名下的現金和一處房產給了那女孩。上個星期他的遺囑執行律師聯絡我，他有幾個現金帳戶在我這裡，依法我必須把所有帳戶和密碼列出來交給他們，他們才能執行遺囑。」

「那就給她啊！」

「芙蘿莎會把她生吞活剝。」伊果嘆息。

「芙蘿莎不缺這些錢。」他皺起眉頭。

「重點不是錢，是那處房產。那是他們從小到大的家，畢維帝的父親留給他的；那女孩要是敢收下這間房產，芙蘿莎會把她撕了。」

狄玄武的眉心皺得更深。

伊果輕聲嘆息。「那可憐的女孩，她承受得已經夠多了……某方面我認爲她是愛畢維帝的，雖然她可能永遠不會承認。」

蘿倫娜愛不愛畢維帝他不知道，但他很肯定，畢維帝愛她，這是一種男人的直覺。

在畢維帝作惡多端的一生中，蘿倫娜很可能是他唯一愛過的女人。

「這裡是五十萬。」狄玄武把支票交給他。「把該付的付一付，剩餘的錢我會再給你。」

伊果明瞭那段致哀的時間已過，他們又回到現實。

「你……還行吧？」

「什麼意思？」狄玄武瞄他一眼。

「咳。我明白你目前待業中，如果軋不過來不用急著給我，那一百萬我還沒花完。」伊果不想傷了他的自尊心。

「伊果，錢是我最不必煩惱的事！」狄玄武啼笑皆非。

「爲什麼你……啊不不不，不用告訴我，我完全不想知道你的錢是怎麼來的，啦啦啦啦啦！」伊果趕快捂著耳朵走開。

狄玄武翻個白眼，轉身走回車上。

送伊果回到辦公室，狄玄武繼續往前開。經過那間烘焙坊門口時，他思索片刻，把車子停了下來。

「抱歉，我們今天不營……」烘焙坊老闆包爾看見推門進來的人是誰，臉色立刻一變。

「蘿倫娜呢？」他不拖泥帶水直接問。

「她現在不太方便。」包爾面色很難看。

「我要見她，請她出來。」

「你現在不是什麼大人物，我不必聽你的。」包爾瞪著他。

狄玄武嘆了口氣，突然迅雷不及掩耳揪住包爾的衣領，將他半個身子拖過檯面，和自己致命冷靜的雙眼對視。

「包爾，叫她出來。」他十分溫和地說。

包爾一張臉漲得通紅。「你、你……畢維帝害得她還不夠嗎？你知道這讓我們家族多蒙羞嗎？現在畢維帝死了，求你行行好，不要再來騷擾我們了！」

「你是指，你的女兒因為你管不了自己對撲克牌的熱愛，被迫陪一個黑道老大上床而讓你蒙羞嗎？」

包爾的臉漲得更紅。

「放下我父親。」一把清冷的嗓音在他身後道。

狄玄武鬆開包爾。

蘿倫娜明顯瘦了一大圈，比起數月前那個精神健旺的她，他眼前的蘿倫娜就像自己昔日的鬼影。

「到外面談。」他頭往店外一點，自己先開門出去。

包爾在店內爆出一長串西班牙語，蘿倫娜顯然對父親的激動無動於衷，慢慢跟在他身後飄出店外。

「妳是病了，還是悲傷過度？」他看著她雪白的雙頰，濃眉一蹙。

「不關你的事！」她的眼神透出絲絲敵意。

確實不關他的事。「畢維帝的律師和妳接觸過了嗎？」

「他們為什麼要和我接觸？」

「畢維帝的遺囑將所有現金留給妳，還有一棟房子，有沒有人告訴過妳這件事？」

好一會兒，蘿倫娜說不出話來。

「……他為什麼要這麼做？」

「誰知道？或許他眞的有點喜歡妳。」他微微嘲諷。

「我不要他的錢！」她激動起來。

「別傻了。」狄玄武永遠搞不懂這種愚勇是哪裡來的。「妳需要錢，養小孩也需要錢，如果妳父親容不下妳，自己獨立生活更需要錢。別以為『我不要他的錢』講起來多悲壯多清高，妳不要也不過是落入更不值得的人手上。」

「你……什麼、什麼小孩？」

「妳全身瘦到沒幾兩肉，只有小腹明顯微凸，有多難猜？」他看多了他那些師姑師母師叔母變大肚婆的模樣。

她忽地垂下頭，失去光澤的長髮遮住她的臉孔。

「我確實懷孕了，三個月。」她忽然說，一雙充滿悲哀的眸子望回他的臉上。「我父親說我讓我們家蒙羞，他希望我到比亞市將孩子拿掉，然後住一、兩年再回來，我拒絕了。」

「我建議妳接受畢維帝的現金遺產，但別要那間房子。」他教她，她聰明的話最好聽進去。「拿到錢之後，無論妳想留在雅德市也好，去比亞市也好，那筆錢可以幫妳重新站起來。我會跟畢維帝的律師談，確保他們把錢交給妳。」

「爲什麼你要替我做這些？你不是一點都不在乎嗎？」蘿倫娜瞪著他。

狄玄武頓了一頓。「或許我沒有那麼不在乎。」

伊果的話某方面觸動了他。

或許在他內心深處，他終究認爲他對畢維帝的死有責任。

也或許蘿倫娜讓他想到梅姬。當年的梅姬需要的，也只是一個人在旁邊扶她一把。

無論出於哪種心情，狄玄武只知道，做這件事會讓他心裡舒坦一點。

「……知道了。」蘿倫娜咬了咬下唇。

「蘿倫娜，妳的人生還很長，這只是其中一段，不是結束。」他淡淡地道。

蘿倫娜低頭看著地上，一顆水珠自她臉上滴落。

他把墨鏡戴回臉上，轉身離去。

❦

「嗨，老大！」維托看到是他，興高采烈地迎出來。

「維托，我已經不是你的老大了。」

「啊，對！一時改不了口，狄先生。」維托嘴咧得開開的。「你來看嘉斯？他剛出院，芙蘿莎小姐讓他多休息幾天，不過吉爾摩回來了，他的傷勢沒嘉斯嚴重。」

「我要見芙蘿莎，她在嗎？」

「在，你在這裡等一下，我進去幫你通報。」維托轉頭走進宅子裡。

狄玄武讚許地點點頭，如果維托直接讓他進去，有人就要少一層皮了。

安全首則第一條：無論訪客是誰，只要不是事先登記的客人，一律需經請示才能進門，管他是署長市長或是親娘來都一樣。

這些人到底學會了教訓。

芙蘿莎同意見他。

他踏進日光室裡，心頭不禁有些感觸。他離開這裡才兩個月，感覺卻像許久以前的事。

畢維帝的影子依然留在豪宅的各個角落裡，恍惚間，彷彿他隨時會出現，依然是那張過度燦爛的笑容，每次都像初次見面一樣的熱切。

狄玄武終於願意承認，在心底很遙遠的一個角落裡，他是羨慕畢維帝的。

畢維帝的玩世不恭讓他活著的每一分鐘都充滿愉悅，在末日的這一頁歷史裡，他留下一道很鮮明的色彩，沒有人能取代。

「好久不見。」芙蘿莎端著一杯葡萄汁，慢慢迎了上來。

一身黑衣素裙依然讓她看起來嫵媚多於哀傷。

想起他們最後一次見面的情景，芙蘿莎心中又酸又怨又愛又恨。

同樣一身黑衣，他看起來英武昂藏，但她明瞭這股清傲可以在多短的時間內爆發成腥紅的殺傷力。

「恭喜，妳終於得到妳想要的一切。」他平靜地祝福。

「你爲他叫屈嗎？別忘了，你才是從他身邊走開的人。」她偏了偏頭。

他不多廢話，直接切入正題。「畢維帝留給蘿倫娜的現金，我知道他的律師已經把帳戶清冊帶走了，我要妳交給蘿倫娜。作爲交換，她同意放棄畢維帝的那處房產。」

芙蘿莎盯住他，貓眸慢慢地瞇了起來。

「你爲什麼這麼關心她？」

「那不是妳的錢，芙蘿莎。」他提醒她。「妳不需要這些錢，但這些錢可以改變她的人生。」

「你依然沒有回答我的問題，爲什麼你這麼關心她？」她慢慢將雙臂盤起來。

「她的家庭已經容不下她，她需要一個全新的開始。」

這依然不是她在問的問題。

芙蘿莎死死瞪了他一會兒，突然說：

「不要告訴我你也愛上她了？」

「不關妳的事。」

「噢，我的天哪！你眞的愛上畢維帝的小蕩婦了？」她不可思議地叫了起來。

「妳嘴巴客氣一點。」他警告道。

狄玄武的百般迴護只更加肯定了她的猜測。她倒抽了一口氣，所有冷豔高貴、清靜自持全丟到窗外，憤怒地將那杯葡萄汁往牆上一扔。

「我的天！爲什麼男人總是愛上那種小老鼠般的女人？她們讓你覺得英勇嗎？你像是拯救一個落難公主的英雄嗎？畢維帝吃她那套，連你也吃她那套！你們男人到底有什麼毛病？你的腦子燒壞了嗎？」

芙蘿莎氣得跳過去揍他。

狄玄武伸臂擋開她，不過效果不彰。他既要同時保護自己，又得避免傷到她，這可不容易，芙蘿莎是個巴西柔術高手！

他被打得手忙腳亂，在屋子某個角落的吉爾摩聽到動靜，火速衝過來，沒想到一衝進日光室，卻看到偉大的狄先生和芙蘿莎又打在一起。

吉爾摩呆掉。怎怎怎、怎麼辦？狄先生又跟芙蘿莎打起來了！狄先生爲什麼老是跟芙蘿莎打起來？

他慌慌張張大叫：「我、我去叫嘉斯！」

「吉爾摩！」狄玄武大喝，「你給我待在那裡不准動！」

大肉山馬上「一二三木頭人」僵掉。

「妳給我冷靜一點！」他咆哮，運起內力硬生生將她的雙手箍住，鎖在身體底下。

芙蘿莎陷進沙發裡，雙手被制，氣得繼續用腳踢他。「你這個混蛋！你跟畢維帝一樣，你們都是蠢蛋！」

他大喝：「我跟她一點關係都沒有！」

「眞的？」她稍微安靜下來。

「不關妳的事！」看她又要抓狂暴走的樣子，他立刻改口：「眞的！」

好漢不吃眼前虧。

芙蘿莎用力推開他，吐出一口長氣。

該死，被她踢到的那一下眞痛！

「爲什麼男人都喜歡那樣的女人？」她跳起來走來走去。這次不是像剛才的怒火，而是完全無法理解，好像這個問題多困擾她似的。

「不是所有男人都喜歡那樣的女人，我就不是。」他沒好氣地道。

「所以你女朋友不是這種柔弱無助型的？」她瞇了瞇眼。

「勒芮絲？」他荒謬地說：「不！」

「她叫勒芮絲？」她嗤哼一聲。「真是個蠢名字！沒有任何一個有尊嚴的南美女人會取這種名字。」

「妳給我閉嘴！」他覺得「勒芮絲」這名字好聽得很，不曉得她在酸什麼。芙蘿莎也不是多標準的南美名字好嗎？

「你憑什麼在這裡一副代言人的樣子，替那隻小老鼠伸張正義？」她瞇眼瞪他。

「她懷孕了，妳的姪子。既然妳間接造成妳的姪子沒有父親，我想妳或許願意從心底挖出一絲微薄的善意，確定它有長大的機會？」他挖苦道。

芙蘿莎眼中微微閃過一絲訝色，隨即回復冷豔的臉容。

「坐。」

她往對面一比，自己在以前畢維帝常坐的位子坐下。

狄玄武看了她一眼，慢慢在她對面坐定。

呆在門口的吉爾摩終於鬆了口氣。他們中間隔著一張好大的大理石几，應該沒那麼容易打到對方了。不過爲了以防萬一，他悄悄走到角落看著。

「我可以給你你要的，但你也必須給我我要的。」她又變回那個冷豔自持的芙蘿莎大小姐。「畢維帝死後將所有公司股份留給我，不消我說你也知道，我們的股東從雅德、比亞，到布爾都有，黑白兩道兼具。

「我必須讓這些股東相信，『公司』在我的主持下一切順利，甚至會變得更利潤可期。這段時間我親自跑了許多地方，現身參與一些事務，只爲讓更多人明白一切都在我掌控之中。我比以前更需要高規格的保護，這也是爲什麼我選擇搬回畢維帝的宅邸，最好的人都在這裡。」

她盯住他，豔紅的嘴角輕勾。「我要你回來接手你的舊工作。只要你同意，我也答應你今天的要求。」

狄玄武長眸一瞇，慢慢靠回椅背。

「想想看，這是你最好的選擇。」她使勁說服他。「如果不回來替我工作，在雅德市你還能選擇誰？席奧是絕對不可能的，清算夜過後雖然他對你有興趣，可是經過這麼多事，他不可能再回頭僱用你。你可以替拉貝諾工作，不過，你眞的要從頭開始嗎？

「我所有的手下都是你一手訓練出來的，你們互相瞭解，你不需要任何適應期就能直接進入狀況。

「無論是替拉貝諾工作，或去其他城市，你都得從頭來過，甚至連根拔起，而我有種感覺，你並不想連根拔起。」

「對！狄先生可以回來帶我們——啊，對不起。」興奮過度的吉爾摩趕快捂住嘴巴。

「看，連吉爾摩都這麼開心。」她對吉爾摩嫣然一笑，回過頭來。「這是個很實際的生意提議，你不必從頭和新同事搏感情，嘉斯他們通通在等你。我接受你立給畢維帝的老規矩，而且，我加碼到兩百萬一年。」

狄玄武的神色難測，其實心裡在仔細考慮她的提議。

「你的一切都在這裡，你的老朋友在這裡，連你的房間都沒人動過。所有對你感興趣的人都在等你三個月期滿，但我和他們不同，你的前一個合約就是和我哥哥立的，你繼續替我工作並不違反與他的合約精神。我可以立刻拿出兩百萬的現金，擺在這張桌子上。」

狄玄武不得不刮目相看。她是一個成功的生意人，充滿說服力，提出的條件讓人難以拒絕。他只是很好奇她爲什麼如此肯定他不想到另一個城市重新開始，她知道什麼？

狄玄武莫測高深地打量她，她只是微笑，任憑他打量。

「狄先生，你回來吧！我們眞的很需要你，嘉斯也很需要你。」吉爾摩眼巴巴地說。

「哦，吉爾摩。」芙蘿莎回頭給他一個親小狗狗般的飛吻。

「你們兩個到底是怎麼回事？」他從很久以前就想問了。

她和畢維帝對吉爾摩特別好。如果說畢氏兄妹只是對「智力上受到挑戰」的人特別有同情心，打死他他都不信。

「吉爾摩是我小時候的鄰居，以前常常被其他壞小孩欺負，都是我和畢維帝保護他，後來吉爾摩越長越大，就變成他保護我們了。對不對，吉爾摩？」她對大肉山甜甜一笑。

「對！」吉爾摩露出憨憨的笑容。

原來如此。

在芙蘿莎的心裡，樸拙的吉爾摩只怕比畢維帝更像她能放心信任的兄弟。

「兩百二十萬，現金，事前付款，條件照舊，期間若非因我的過失而導致解約，恕不退款。」他開出一口價。

「成交。」她伸出手。

「別急，對妳有一條附加條款。」他對她笑得特別和善。「謝絕職場性騷擾。」

「……」

❦

「……你說什麼？」

「我沒有辦法幫你跑馬魯港的那一趟，你另外找人吧！」

「我有聽到這一段，我沒聽清楚的是下一段。你說，你不能接我的鏢是因為你找到新工作了？」

「嗯哼。」

「當芙蘿莎的保鏢？」

「嗯哼。」

電話那端爆出一串十分精彩的髒話。

既然狄玄武沒有母親，只有師母，他很好奇他師父如果知道有人要操他老婆，他老婆的媽媽，他老婆媽媽的媽媽和所有他老婆家的女人，會有什麼反應？

「你到底是哪顆腦袋有問題？你的老二跟席奧一樣黏在那女人身上扯不掉？」拉貝諾是個挺老式的男人，若非他眞正動怒，他很少說這種粗話。

「拉貝諾，我的老二好端端在我身上，感謝你對它的關心。」

「你忘了你承諾我什麼？你會離畢維帝的人遠遠的，不再和他們有牽連，你現在是打算違背對我的承諾就是了？」

「我並沒有違背對你的承諾，畢維帝已經死了，芙蘿莎算新的局面，你不能不讓我找工作糊口。」他的語氣轉硬。

電話那端又爆出一陣髒話。

「我已經說了，我這裡用得上你，是你自己堅持那三個月無聊的自我隔離期，現在你突然又找到新老闆！」拉貝諾完全被激怒。

狄玄武嘆了口氣。「拉貝諾，你不需要我，你很清楚。你的組織就像一部潤滑流暢的機器，每顆螺絲釘卡在哪個位子都已經卡得好好的，你眞的要丟一顆多餘的螺絲釘進去，讓整台機器故障嗎？」

電話那端沈默下來。

「幫你跑鏢也就算了，我是個亡命之徒，你的手下不介意在荒蕪大地上聽更有經驗的亡命之徒調派，但空降到他們之間又是另外一回事。你我都知道，你那裡沒有位置給我，我也不需要。」

電話那端繼續沈默。

他們兩個人都明白他說的是事實。

「頂多我請你喝兩個月啤酒。」他決定再加碼。

「媽的，隨便你！」

崆。他被掛電話了。

狄玄武做個怪臉，把話筒掛回公用電話。

他坐上自己的車，就著腦袋裡的地址，十分鐘後開到力瑪區的一扇紅色大門前。

不一會兒，門打開，卡特羅看見是他，巨大的笑容立刻躍上他的熊臉。

「嘿，羅伯在電話裡才告訴我，你要回來了，你又變成我們的老大了，哈哈哈哈——」

狄玄武一個閃身避開他的熊抱，順勢將手裡的箱子塞進他懷裡。

「這是什麼？」卡特羅把箱子打開，頓時嚇了一大跳。

「五十萬。把房子賣了，帶妮娜和薇拉到布爾市去。」他簡單地說。

卡特羅呆呆盯著那箱錢，再呆呆盯住他。

「五十萬再加上賣房子的錢，夠你支付妮娜所有的學費、買間房子、做個小生意，重新開始。」他淡淡道：「如果你不知道要做什麼，跟薇拉去賣帕里拉吧！布爾市的帕里拉恐怖極了，以薇拉的手藝，閉著眼睛做都能大賺一票。」

「我不懂……」卡特羅錯愕地盯著他。

狄玄武看著街上來來往往的行人，這是一個不錯的區域，起碼卡特羅挑房子的眼光不讓人擔心。

「離開，卡特羅。」他看回熊漢臉上，語氣十分平靜。「我無法一直保護你，而你若出事，沒有人能保護妮娜和薇拉。」

卡特羅的臉色一變。

不曉得是不是這幾個月來的驚濤駭浪讓他變靈光了，他低頭思索了一下，似乎明白了什麼。

他抬起頭，若有所思地盯住狄玄武。

「離開比較好嗎？」

「嗯哼。」

「……好，我會和薇拉商量。」

「不必商量，這個星期就走。」狄玄武把墨鏡戴上，轉身往外走。「現在是暑假，正好夠你們搬過去把新家安頓好，準備妮娜九月的新學期開學。賣房子的事我會讓伊果幫你處理，到時候再將錢匯過去給你。」

身後突然傳來一陣急促的腳步聲，他才剛走到車門旁，一雙強壯的手臂突然從背後硬抱上來，將他整個人舉高。

狄玄武額角的青筋抽了一下，然後手開始癢了。卡特羅在他動手之前趕快鬆開，給他一隻熊能漾出的最燦爛的笑容。

「你說謊。」卡特羅指著他鼻子，邊後退邊說：「我們確實是非常好的朋友，你也確實很喜歡管我們家的閒事。」

狄玄武翻個白眼，上車開走。

13

一年後

「嘉斯！」

狄玄武走出靶場大門，對守在停車場的手下揮了下手。

嘉斯離開提亞哥那幾個人，大步走過來，身上的鎧子甲被午後的烈陽照映，閃閃生輝。

「他們快試完這批武器了，今晚我們不留在比亞，直接回雅德。半個小時之內就動身，叫其他人準備好。」他交代下去。

「好。」嘉斯轉頭走回去。

「我說眞的，太陽曬在鐵甲上，你再穿在身上，不燙嗎？」狄玄武不禁在他身後評論。

嘉斯給他一根中指，頭也不回地走向提亞哥他們，他笑了起來。

他們所在之處是比亞市郊最大的一間靶場兼軍火試驗場。

比亞市得天獨厚，城市的東邊是一座小山，與另一側的荒蕪大地形成屏障，因此利亞生存區的三座城市裡，比亞算是安全度最高的一個。

由於它的軍火工業發達，人民收入高，政治民風最穩定，「生存區巡迴主管機關」的總部都設在這個城市裡。

當然，有人的地方就有江湖，再穩定美好的地方都免不了有黑道。不過比起其他兩座城市，比亞市已經是附近幾個生存區裡最適合生活的都市，因此它的移民政策也最嚴格。

「羅立奎火器試驗場」就位於東邊的山腳下，佔地兩公頃。在回聲爆炸之前，這裡是一處礦場，後來因爲太多變異獸逃進礦坑裡，比亞當局爲了安全問題，下令將各個坑道口炸斷封死，於是不怕死的羅立奎家族廉價標下這座廢棄的礦場，將坑外的大片土地改爲軍火試驗場。

事實證明，他們的大膽獲得回報。現在，「羅立奎」已經是許多軍火商試驗武器的標準場地。

過去一年，芙蘿莎不知如何說服了拉貝諾，讓她也分一杯羹。

以前畢維帝不爲了好玩而去劫其他人的貨時，他們也會做些正經的走私生意。畢氏有自己的管道，現在既然拉貝諾有武器和原料需求，何必捨近求遠？畢氏就能成爲他的供應商之一。

爲了表示對拉貝諾的誠意和歉意，芙蘿莎甚至在第一年以市價的五折提供貨源。於焉，畢氏成爲拉貝諾的供應商之一。

這個價格雖然讓畢氏幾乎沒有賺頭，卻卡穩了軍火事業的一個角落，也成功化解了拉貝諾和他們之間的樑子。

後來狄玄武得知，席奧的供應商路子被切斷，是因爲拉貝諾出了雙倍價格把他供應商的貨都買斷，所以當芙蘿莎提議用半價和拉貝諾合作，她等於分攤掉拉貝諾的成本，難怪兩人一拍即合。

從頭到尾損失最大的是席奧。

長久來說，拉貝諾終究會放他一馬，這只是一個略施小懲的手段。席奧有機會慢慢把丟掉的版圖找回來，只要他別再做什麼蠢事。

不過，芙蘿莎向拉貝諾靠攏這件事，於席奧無論是在利益或尊嚴上都是一大打擊，學不學得乖就看他自己了。

「老大，那個……咳，有幾個弟兄跟甘比諾的人到後面去了。」提亞哥走過來，有點吶吶的。

「他們去那裡做什麼？」狄玄武的微笑消失。

基本上，只要他一露出這種沒有表情的表情，所有人的頭皮都硬起來等。

「就是……你知道的，甘比諾的人嘴賤嘛……所以維托和吉爾摩他們就跟那些傢伙到後面比畫兩下，切磋切磋。」他們也沒想到狄先生會這麼早出來啊！

他凌厲的眼神投向嘉斯，嘉斯聳了聳肩，「別說。我也想去，但我必須在外面待命，只好不去。甘比諾的人噴的那些垃圾話，怎麼沒臭到讓自己的嘴巴都爛掉，我也很懷疑。」

甘比諾就是他們這次驗貨的當地老大，他養的一批手下對於芙蘿莎有一個「名震江湖」的安全首腦頗不以爲然，不過狄玄武沒把這些小丑的言語放在眼裡。顯然在他陪芙蘿莎進去之後，維托他們沒有這種定力。

「算了，你們給我等在這裡。」他揉揉眉心，大步走向後面的辦公區。靶場門口的停車場是給訪客停的，辦公區後方的小空地則是員工自己的停車場。

他一繞過辦公區的建築物，就看見小小的停車場裡圍了十幾個人，兩派人涇渭分明。旁邊甘比諾的手下大概有七、八個人在觀戰，他自己這邊有五個人。

他們清出一塊場子，在地上畫了一個直徑約一公尺的圓圈。目前吉爾摩跟一個對手正站在那個小小的圓圈裡，一對一勁量。

只見圓圈中央的兩條大漢，慣用手都帶著一隻拳擊手套，你先打我一拳，我再打你一拳；小小的圓圈內沒有任何迴避的空間，看起來兩人都互捱了幾拳。

「維托，吉爾摩，桑多士，該走了！」狄玄武懶得理他們戰況如何，直接吹一聲口哨，說完轉身就走。

吉爾摩較量到一半，聽到老大有令，「哦」了一聲馬上要踏出來，想想不對：先離開圈子的人輸耶！他惡狠狠盯了對手一眼，要對方先出去。

對手哪裡理他？他只好無助地看向維托。

「喂，聽說你是他們老大？」甘比諾那一邊觀戰的人裡，有一個雙臂紋滿刺青的男人，滿臉橫肉，盤起來的手臂都比女人的腰還粗。

「你聽得沒錯。」狄玄武停下腳步回頭。

「既然這麼厲害，要不要下來比畫兩招，讓我們也見識一下？」那人挑釁道。

「對啊！」、「來啊來啊！」他身旁的人都鼓噪起來。

維托幾個人不甘心地看著他，分明不想就這樣棄賽。

狄玄武評估一下戰況。在他自己的人這邊，布魯諾鼻青臉腫，而甘比諾的人無傷，場中央是吉爾摩和他的對手。

看這態勢，布魯諾先輸了一場，換吉爾摩上；看樣子吉爾摩會贏，不過他們還是零比一，佔輸面。

「放心，我們只玩文打，不會傷到你的——起碼不會傷得太重。」那雙臂滿是刺青的男人嗤笑一聲，甘比諾的人轟然大笑。

「我沒玩過這種街頭拳賽，文打是怎麼比？」

「文打就是你打我一拳，我打你一拳，誰先跌出圈子外誰就輸，換下一個上場，先輸滿三個的那方算輸家。」

「如果出人命，對兩邊的老闆都很難交代吧？」

甘比諾的人更是好笑。

「街頭文打是不成文的習俗，只要沒有作弊，連警察都不管。幹我們這行的人還怕死嗎？放心，要是出事，我們幫你扛！」雙臂刺青的男人拍胸脯保證。

狄玄武想了想，聳聳肩，重新走回來。

「好吧！」

維托幾個人樂了，這下子有戲好看！

他對吉爾摩做個手勢，要吉爾摩把手套脫下來給他。他接過手套後把吉爾摩擠開，自己面對那個已經打過兩仗的敵手。

「你要不要換手休息一下？」

「你是白癡嗎？都已經說了先出圈子的人先輸，是你自己把他推出去的！」對手腫著一雙眼睛對他大笑。

狄玄武一拳揮出去。

磅！

他的對手往後飛。

那是真正的往後「飛」——雙腳離地，身體騰空，整個人呈一個完美的拋物線直接往後飛出去，重重砸在十公尺外的一輛員工汽車上。

對手軟軟滑坐在地上，胸膛對著每個人，但他們看見的是他的後腦杓。

他的腦袋整個轉了一百八十度。

「……」

「……」

「……」

「……」

「……」

甘比諾的人駭然無聲。

「抱歉，我生疏了，下一位？」他一一看向每個人。

每個目光被他對到的人都驚恐地退一大步。

噗嗤！

雖然知道不應該，但是布魯諾忍不住捂著嘴吃吃笑。

「沒人？那我算你們棄賽兩場，我贏。走吧！」

狄玄武拋開所有裝模作樣，臉色冰寒地將拳擊手套一扔，大步走出去。

每個手下乖乖跟上去。

抱歉！是你們自己要跟 Mr. D 挑戰的，下次學乖了吧？

❦

狄玄武注意著車窗外的景象，偶爾閉目養神一下。

比亞市回到雅德市的這一段路還算平安，只除了進入雅德市前一百公里有一小段曝露在右邊的荒蕪大地裡。

據說三個市政府曾商量，在城市間修築一條公路，但再如何安全的地段都有可能受到陸空兩方的突變種攻擊，所有旅人都必須看情況和天色機動調整。理論上，根本沒有一條可以稱之爲安全的路，修築公路只是讓人們走在固定路線上，如此更容易引來變種怪。

最後，三個市政府合力在最常走的幾條路線上定點設置路標，指引一個大概的方向，所有人一旦上了路就各安天命吧。

他替拉貝諾跑了幾趟鏢，對這些路線算是熟門熟路了。之前曾有兩次遇到變異種，其中一次甚至遇到兩隻從鴻溝闖出來的噬人獸。幸好當時都有足夠的軍火和人手，他不必再單打獨鬥。

當拉貝諾的人發現他們一群人合力才幹掉一隻噬人獸，而他自己獨力就幹掉一隻時，對於由他領頭的這件事就完全沒有意見了。

其實，荒涼貧脊的曠野別有一種美。

甚至連那些變異種，狄玄武都能漸漸欣賞屬於牠們的獨特美感。

達爾文的「演化論」與「物競天擇」，在這個世界裡完美地印證了。許多獸類會產生突變以適應這個蠻荒新世界，唯獨人類沒有突變種。

人體撐不下去就直接死掉，沒有任何變異的機會。這很殘酷地說明了在自然法則裡，人類是各物種裡最脆弱的一環。

縱觀人類歷史，他們是靠著高度智慧去開發出各種生存道具，讓大自然來適應人類的存在，而不是人類去適應大自然。有一天，當自然界決定反撲，這種毫無適應力的物種只有大量滅絕一途。

當其他物種因突變而興盛時，人類卻從食物鍊的頂端跌至底層。身為人類的一員，他不知該對此事有什麼想法。

只能說，上帝有一副十分詭異的幽默感。

「你在想什麼？」坐在他對面的女人饒有興味地盯著他的表情。

「上帝。」

「噗，你信上帝？」芙蘿莎差點被一口香檳嗆到。

「我也信媽祖。」他冷冷地說。

「噗——」這次真的灑出半杯香檳，芙蘿莎趕快把香檳放進置杯架。「我沒想到你真的很會說笑。」

「妳為什麼繼續跟席奧上床？」他突然問。

這是讓他很難以理解的事。他知道他們兩人見面的次數不多，但席奧確實依然是她的入幕之賓。

「怎麼，吃醋了？」她媚惑地眨了下眼。

「安全疑慮。」他冷冷道。

「我告訴過你他在床上很勇猛。他越惱我，在床上的花招就越多，截至目前爲止他依然是唯一一個讓我連續高潮一整個小時的男人。」她抱住雙臂，愉快地打個哆嗦。「一個男人在他那個年紀，還有這麼強的性能量太難得了，我當然不能錯過。不過……我有種感覺，你到了他那個年紀應該也不會輸他。」

「……」狄玄武永遠搞不懂這個女人。

幸好，搞懂她不是他的責任。

磅——

突然如其來的劇震讓所有人都失去應變力，狄玄武的第一個反應是撲向對面的芙蘿莎。

他們的車子飛了起來，在空中翻滾，最後跌落在地面上，繼續翻滾、翻滾、翻滾——

啪啷！金屬重重的撞擊聲、細碎零件脫落的聲音、人的呼喊聲、尖叫聲、某種大型引擎的怒吼聲……

他在極短的一瞬間瞄見窗外有幾輛加大型悍馬，車身塗成沙黃色。他們前面還有一輛前導車已經不見了，跌進一個巨大的沙坑裡。

他們著了道兒了。

在天旋地轉之間，他的腦子盡可能運作。

他們的車子一落地，巨無霸悍馬將他們重重再撞出去，猶如拿他們的車身玩撞球。

在一團變形的鐵塊間，他只能用自己的身體蓋住芙蘿莎。

磅——

他終究是凡人之軀，下一次的撞擊，他失去意識。

叮鈴鈴。

叮鈴鈴鈴。

叮鈴鈴鈴鈴——

狄玄武猛然驚醒。

他坐在牛皮沙發椅上，飛快地左看右看。

光滑如鏡的地板，熟悉的客廳和家具。他左手邊的石几上，一部電話正叮鈴鈴地響著，吵醒了睡夢中的他。

電話響了半天沒人接，自己停了。

他在師父家裡，在安全的地方，在他從小長大的家。

沒事，他做惡夢了！

他頭重腳輕地將臉埋進手中，深深吐了口氣。

這個夢太眞實了，眞實到他以為自己再也醒不過來。

「你幹嘛一副見了鬼的樣子？」辛開陽從書房走出來，嘴角很罕見地沒叨著東西。

吃飯時間快到了，他是奉師娘之命，周末回來吃飯的。

一看見師父，萬般情緒衝上他心頭，他突然跳起來，跑過去緊緊抱住師父。

辛開陽倒是被他嚇了一跳。

玄武從小就是個獨立的孩子。他五歲時被他們夫妻收養，卻是在待了半年之後才漸漸對他們放下心防，後來他們才知道原來他偶爾會夢魘。

等他終於接受他的新家之後，若是夜裡做惡夢了，他會悄悄溜到他們房裡，鑽在辛開陽身旁，像一隻尋求庇護的小獸。沒有窩在他們夫妻中間，是因爲當時若妮已大腹便便了，玄武看她的表情就像看著一顆隨時會爆炸的定時炸彈。

自進入青春期開始，玄武已經很久很久沒有這樣抱住他，辛開陽不禁心裡一突。

「嘿，小鬼，怎麼回事？」他的語氣帶笑，話中卻出現顯而易見的關切。

這聲「小鬼」讓狄玄武覺得親切無比。小時候做惡夢，師父總會這麼低聲問他：小鬼，怎麼回事？他只會搖搖頭，然後讓師父將他攏緊，陪他度過平安的一夜。

「沒事，我做惡夢了。」

「都這麼大了還會做惡夢？」辛開陽笑了起來，一口亮閃閃的白牙被黝黑的皮膚映得更加好看。

「已經好久沒做過，可是這次，感覺好眞實……」他一想起來餘悸猶存。「我夢見我掉到一個異世界，裡面都是變種怪物。有一群人躲進叢林裡生活了八年，我誤打誤撞闖進去之後，跟他們生活了一陣子，後來又離開他們去找文明城市。我答應叢林裡的人，一找到文明城市就會回去接他們。」

「後來找到了嗎？」

「找到了，可是跟我們這裡也差不多，到處都是黑幫、戰爭和腐敗的政客，有人的地方就有江湖。」

「這種夢有什麼好怕的？虧我噹了你這麼多年，你這點功夫雖然連老子的車尾燈都看不到，好歹折個天下第二也是可以的，應付那些跳樑小丑更沒什麼問題，你平時的工作不就專門幹這種事嗎？」辛開陽很臭屁地說。

您還真敢提……您把南先生、天權天樞玉衡那些師叔伯擺哪裡？據他所知，南先生很可以「噹」得起他師父的。

「不是啦！師父。」狄玄武悶了起來。

讓他夢魘的點是，他發現他再也回不來了……

叮鈴鈴鈴。

叮鈴鈴鈴。

叮鈴鈴。

狄玄武慢慢恢復意識。

但他的外表並未顯露出來。

多年刀頭舔血的生涯，讓他在昏迷醒來的第一刻先保持靜止。他讓腦袋繼續垂著，運息檢查自己的傷勢。

脈象平穩，沒有內傷。他在嘴裡嘗到血腥味，不過牙齒都在，應該是嘴裡撞破了。

接著他發現，他竟然是被吊著的。

他從手腕的地方被人高高吊起，兩隻腳都碰不到地，他全身的重量都撐在吊高的手腕上，導致他的肩關節腫脹，血脈不順。他瞇眼檢查，上半身光裸，全身只穿著一件長褲。

他運息靜聽。將他吵醒的叮叮聲似乎是某人在把玩金屬物品的聲音。四周有隱約的談話聲和火燃的嗶啵聲，無法判斷地點。

他聽到五個不同的呼吸聲，其中兩個在他右邊，高度跟他相當，應該是跟他一樣被吊起來的同伴。

其中一個的呼吸已經低到幾乎聽不見，另一個較粗重的是嘉斯。

另外兩個呼吸聲在他對面的屋角，離他大概五公尺，位置比較低，就是他們兩個在聊天和弄出金屬的叮叮聲。

狄玄武決定「醒來」。

他呻吟一聲，身體扭動一下，引起那兩個人的注意。

「喂，他醒了！」

一個人打開鐵門，迅速跑出去不知要通報誰，另一個腳步聲往他走過來。

他慢慢張開眼睛。他所在之處沒有自然光，只有一盞昏暗的燈吊在他們頭頂上搖晃著。他左邊是一個炭火燒旺的火爐，裡面插了幾柄燒紅的烙鐵鉗；在他正前方的牆旁擺了一張長桌，上面擺滿虎頭鉗、尖嘴鉗、骨鋸、長針、鐵錘等各種刑具。

留在室內的那個人走到他面前，對他露出一副鑲了兩顆金牙的笑容，然後狠狠給他一拳。

狄玄武整張臉被打偏，吊高的身體轉了好幾圈，那個人固定住他，再給他的小腹重重一拳。

「啊！」他吐出一口氣，眨掉將從眉毛流進眼裡的血絲。

這拳夠有感。

剛才轉的圈圈讓他看見身旁的人是誰。中間那個是嘉斯沒錯，看起來已經被修理過一輪，腦袋軟軟垂下來，不知還有沒有意識；另一個是城區派來支援的手下，也受過他的特訓，狄玄武已經聽不到他的呼吸聲了。

相較之下，除了一些車禍的傷痕，狄玄武看起來最乾淨，不過他不認為這是因為他們好心。

好幾道腳步聲走了過來，鐵門重新被推開，不多久，席奧陰暗的臉孔出現在他眼前。

「我知道我有一天會逮到你。我終於逮到你了。」席奧滿足地笑了起來，月牙型的傷疤讓他的左半邊臉更加扭曲。

「席奧，我以為你不會一直愚蠢下去，顯然我錯了。」吊在半空中的狄玄武嘆了口氣。

旁邊的爪牙再狠狠給他小腹一拳。

狄玄武一身罡氣護住全身，這些皮肉傷雖然會痛，對他沒有大礙。只是他身體每晃動一次，他的肩關節就熱辣辣地疼。

他在半空中又轉了幾圈，一名爪牙將他固定住，面對席奧。

「芙蘿莎在哪裡？」他吐了口氣，將瘀氣化去。

「放心，我派了八個大男人招呼她，她現在享受得很。」席奧露齒一笑。

「嗯。」還活著就好。連死兩個老闆太沒面子了。

「好吧，閒聊完畢。他們時間拿捏得不好，逮著你時我人正好在外地，我特地叫他們補一針鎮定劑讓你睡長一點，等我回來了再處理你，我可不想錯過你慘叫的樣子。」席奧愉快地退回角落他手下剛才坐的椅子上，舒舒服服蹺起腳，旁邊甚至有人幫他送上一杯咖啡。「好，我們可以開始了。」

他愉悅地喝一口咖啡，像是正在等著年度歌劇上演的貴賓。

那名金牙手下走到火爐旁，裝模作樣地挑了幾下，最後抽出最粗的那根烙鐵。

「先從細的來。」狄玄武依據自身的工作經驗予以指導。

「什麼？」金牙人一楞。

「粗的一燙下去，人就痛昏了，先從細一點的開始才有搞頭。」狄玄武好心地告訴他。

金牙人顯然對自己的專業受到質疑感到不滿，丟下烙鐵，回來給他肚子重重一拳。

「咳咳咳咳——」他咳完，突然搖頭笑了起來。

「你笑什麼？」席奧陰冷地瞪著他。

「我只是想到，我曾經殺掉一幫人。我告訴他們，他們是社會底層的垃圾，每個老大手下都會養一批像他們那樣的垃圾，專門做些上不了檯面的事。」他露出鯊魚般的笑容。「猜猜怎地？我現在又看到一幫垃圾。」

「哦？你是想幫我清理門戶嗎？」席奧怒極反笑。

他思索片刻。「我的想法是傾向於連你一起清掉。」

席奧臉色一變。金牙人又要揍他，席奧喝開金牙人，自己衝到狄玄武面前。

「你有沒有搞清楚情況？你以爲有拉貝諾撐腰，我不敢殺你們？你以爲我打過癮了就會放你和芙蘿莎走？你錯了！從你吊上這個鐵銬開始，你就只有死路一條。沒有人，可以一而再、再而三地羞辱我之後，還以爲自己能全身而退！」席奧的神色猙獰。「法必歐！」

「是，老闆！」金牙人抽出一支烙鐵走過來，直接刺向他的小腹。

每個人眼前一花，狄玄武的身體猛然往前晃開。

他的腹側擦過烙鐵，一陣深入骨髓的激痛刺進體內，他無情地將疼痛推到大腦的邊緣，完全忽視它的存在。他的腳往上勾住自己的手腕，整個人像一個掛在半空中的圓。

他的左肩突然往後一扭，再往前一挺，那個幅度大到根本不像人類關節可以扭轉的角度。如此前後晃動幾下，他的左肩關節就像與身體的其他部分脫離一樣。他的左腕用力往前一伸，整隻粗厚的前臂竟然有三分之一穿過那個銬環。

「喝——」席奧的人抽了口氣，簡直像在看變魔術一樣，一時間竟然沒有人動彈。

他再用力往回一抽，喀嗒！令人牙齦泛酸的關節爆響，他整隻結實的左手竟然從窄窄的鐵環抽了出來。

從頭到尾歷時不過幾秒鐘，每個人都被眼前的這一幕驚呆了。他們見到的事，徹底顛覆了他們對人體關節的認知。

那個銬環才多大，他的手掌怎麼可能穿得出來？一隻手重獲自由的狄玄武，戰場已經是他的天下。

他右手依然被銬住，整副強壯的身體往前盪開，兩腳夾住金牙人的脖子用力一轉，喀嗒！另一隻令人牙齦泛酸的爆響，金牙人脖子一歪，死了。

在他倒地之前，狄玄武接住他手中的烙鐵。

「快上！」

「你在看什麼？」

「動手啊！」所有人彷彿大夢初醒，一起動了。

席奧迅速被兩個手下壓在地上。

但，狄玄武修長勁瘦的身影在半空中晃盪，彷彿無所不在。原本是爲了困住他的鐵銬，沒想到變成了他的利器，藉由踢、彈、晃、盪，整間石室都籠罩在他的攻擊火力之下。

有人抽槍，可是在這小小斗室裡，他又滿場飛舞，他們怕打到自己人，一時之間沒有人敢貿然開槍。

其他幾個搶過刑桌上的道具，大喊一聲，朝他衝過來。狄玄武甚至不需要複雜的招式，他手中燒紅的烙鐵就是最厲害的神器，只要揮出，必傳來一聲慘叫和皮焦肉爛的氣味。

他盪向鐵門，烙鐵揮舞阻止更多人進來，然後反手勾住鐵門將它拉上。門內的七個人頓時跟他鎖在一起。

「轟掉他！」席奧只在地上尖叫。

一個手下不顧一切拔出腰間的槍，狄玄武手中的烙鐵射出，暗中施了回勁，擊中那個爪牙的頭，他的腦袋爆開，烙鐵繞了一圈飛回狄玄武手中。

他再射出兩次，又倒了兩個；第四次射出時，他不再施回勁，任烙鐵射進牆裡。

半空中的他左手拉住另一隻手的鐵鐶，右手肩關節跟剛才一樣用力拽動。

狄玄武完全能聽見骨骼間的縫隙在移動、收縮，關節組織錯開、拉緊，整副肩臂從肩膀到手腕到手掌的骨骼間隙，在他的縮骨功下不斷收縮收縮……直至他的右手用力往外一抽，右手也恢復自由。

被師父逼練縮骨功是他整個成長過程最痛苦的事，既不舒服又不好玩。這是少數他會跑去找瑤光抱怨的時候，希望瑤光幫他「關說」，教師父不要再逼他一定得把縮骨功練到七成以上。

他連「虐待青少年」、「影響身心發育」、「我將來要是長不高都是師父害的」的理由都用上了。

現在，他深深感激辛開陽把他揪回家，踢到他屁股發紅，命令他接下來三天都縮著骨頭出門。痛苦的修練，換來甘美的成果。

他輕輕巧巧落地，雙肩關節伸展復原，悠悠轉身——

一尊肩寬體闊、強壯高偉的修羅殺神立在眼前。

席奧駭然盯住眼前的男人。

他背著光，俊臉半陰半暗，然而，那雙在陰暗中放光的眼，充滿腥紅的殺氣。

「殺了他、殺了他……」席奧跌跌撞撞爬到角落，所有手下往那尊殺神撲去，一場人間地獄在他眼前展開。

那尊修羅殺神縱橫，他親眼看著他的手下被肢解，斷頸，開膛，剖腹。

濃厚的血腥氣盈滿這間小小的石室，暗色血澤混著屍首滿滿橫了一地。席奧呆呆坐著，當一室慘叫都沈寂下來，那尊修羅走到他身前，用那雙充滿腥紅殺氣的眼盯住他。

「我認爲也應該讓你稍微體會一下，被放進這間房間裡是什麼滋味。」

然後狄玄武將他痛揍了一頓。

他沒有殺席奧，他只是先將這殺了他一個手下的男人揍到面目全非，意識昏迷，嘴裡只剩下一半的牙齒。

終於舒坦了。

他深深呼吸，慢慢吐納，讓空氣中刺激的血意在他體內流轉，嘶吼抓撓的獸在他體內滿足地低鳴。

別急，戰役只完成一半。他對他體內忠實的朋友說。

「咳！咳咳……」嘉斯咳了幾聲，吐出一口都是血的唾液。

狄玄武慢慢走到他身前。

嘉斯咧開掉了一顆門牙的嘴，含含糊糊地開口：

「媽的，幸好我及時醒過來，沒有錯過這一幕……」

❦

狄玄武將嘉斯解下來，探一下另一個同伴的頸脈，他已經死了。

他將那手下的眼睛閉上，回身和嘉斯互望。

「他們都在外面。」嘉斯指了指鐵門，面目全非的臉非常精彩。

「你還好嗎?」狄玄武走過來,探一下他的脈息。嘉斯的脈象雖然急促,但暫時沒有生命的危險。

「還行,你看起來沒比我好多少。」嘉斯指了指他腹側的那處烙痕。

他低頭看了一眼,聳聳肩。現在他也不能對這處傷做什麼,於是他採用多年來在戰場中的做法——直接加以忽視。

後來他「友善地」弄醒了席奧,再「友善地」問了席奧一些問題後,讓席奧「友善地」昏過去,他和嘉斯對目前的情況開始有了一些瞭解。

總之就是席奧知道他們出城的事,這事並不算祕密,算祕密的是席奧為什麼知道他們回返的時間?這是他事後必須查清楚的。總之,席奧在他們最可能走的回程路線挖了一個大洞,又埋了伏兵。

他們的前導車摔進那個大洞裡,後面兩輛被躲在凹處的悍馬撞飛。

這裡已經是雅德市外圍,席奧的一處祕密據點,據說連警治署都不知道這處產業屬於席奧。他們現在在地下室,其他兄弟關在另外一間牢房,芙蘿莎被押到二樓。

整片產業只有二十幾個席奧的人,去掉六個剛剛被他幹掉的,還剩十幾個。

他從一具屍體的身上取下手錶,戴在自己的腕上。

傍晚七點二十六分。

「待會兒衝出去,你跟在我後面,先不用管其他人,我會負責救他們出來。我要你盡快脫身,然後打電話叫 A2 Team 過來。」

嘉斯遲疑了一下。要他放下兄弟自己跑的這件事讓他有點艱難，但狄說會救他們出來，就一定會救他們出來。

他必須搬救兵，不然所有人都會死在這裡。嘉斯終於點了點頭，明白自己的任務更重要。

狄玄武訓練了三支暗樁在不同的城區分部，A2 Team 是距離他們最近的一支，這些人比起尋常保鏢，一打三絕對不是問題。

他們把地上的武器收集一下，狄玄武要他站在門的另一邊，一手握住門把。

「預備？」

嘉斯點點頭。

鐵門拉開。

砰砰砰砰砰砰砰砰砰砰砰砰砰砰砰砰砰砰砰——

煙硝瀰漫，一陣激烈的槍火之後，門裡沒有人衝出來。

在外面的七個人面面相覷。

最後，其中一個大著膽子探頭一看。

咻。

所有人眼前一花，那個傢伙被揪進去，另一場地獄之戰開始——

❦

二樓的人很緊張。他們一直聽到地下室傳來槍聲和叫聲，卻不知道情況如何。

然後，突兀的，所有聲音都消失了。

他們拔槍在手，屏氣凝神。七個人互看一眼，兩個人守在一扇緊閉的門前，另外五個人互相一點頭，左二右三，貼著牆壁慢慢往樓梯口移動。

樓梯位於轉角，除了最上面那幾階，他們看不見樓下的動靜。一個人從樓梯口探頭看了一下，一樓沒有任何人影，整間屋子猶如死一般沈寂。

所有人都上哪裡去了？

五個人再互相一點頭，貼著牆壁慢慢走下樓梯。

留在樓上的兩個同伴繼續等待。整間屋子依然是死一般的沈寂。

不知等了多久，可能是五分鐘也可能是五小時，兩人都焦躁起來。

就算被人幹掉，也有動刀動槍的聲音吧？現在到底是什麼情況？

忽地，一陣腳步聲穩定地踩上樓梯，一步一踏。

咚。咚。咚。咚。每一步過去，就有一個奇特的「咚」一聲跟著響起。

樓上的兩人互望一眼，腦中不約而同都浮出一個畫面：一個男人走在樓梯上，背後拖著一具屍體；每往上走一步，屍體的腦袋敲在階梯上，就會「咚」的一聲。

兩人嚥了口口水，齊齊舉槍對準走廊底端的樓梯。

他媽的！待會兒不管是誰上來，先轟他到西天再說！

咚咚聲停了。

兩人耳間只聽見自己更響的心跳聲。

忽地，一個黑壓壓的物體從樓梯口拋了上來。

砰！其中一個人立刻開槍。

他身旁的同伴反應快速，飛快將他槍口揮開，子彈堪堪掠過地上那個癱軟的身影——席奧·貝南。

他們的老闆看起來毫無意識，不知是死是活。

開槍的人嚇出一聲冷汗，然後，兩人互望一眼，一齊舉槍對準接下來即將踏上來的人。

「嗨。」

一聲輕輕的招呼來自他們身後的窗戶。

兩個人火速轉身，銀光一閃！

兩把匕首一左一右刺進他們的右眼。

兩人直勾勾倒下，到死都不知道發生了什麼事。

窗外的男人跳了進來，滿身血污。

他先坐倒在牆邊休息了一下，然後吹聲口哨。

另一聲口哨從樓梯傳回來，腳步聲快速往樓下去。

狄玄武休息了一會兒，終於生出足夠的力氣靠著牆站了起來。哦，該死！他渾身都在痛，烙鐵的傷更痛，「忽略痛苦」這點想起來很容易，執行起來有難度。

他把疲累受傷的身體拖到那扇緊閉的門前。

叩叩。

「是我。」

裡頭靜了一會兒，然後傳來門鎖被打開的聲音。

老實說，狄玄武不曉得開門之後他會看到什麼。

席奧提過替她準備的八個大漢，七個在門外，一個在裡面。芙蘿莎已經被綁了四個小時，該發生的事應該都已經發生過了。

他不願意去想一個女人在這種情況下會受到多少傷害，即使那個女人是芙蘿莎，但他還是得進去。

他強迫自己打開門。

芙蘿莎蜷在一個牆角。

自他們相識以來，他第一次見到她如此狼狽。

她的半邊臉頰整個腫起來，髮絲凌亂，絲質襯衫的衣襟被扯破了，露出底下的蕾絲內衣，她的雙手正舉著一支槍對準他。

基本上就這樣了。

她活得好好的，沒有想像中的衣衫盡裂、嬌軀充滿被凌虐強暴的傷痕，巴啦巴啦。

她就是一個人好好端坐在那裡，還多了一支槍。

他探頭往旁邊看去，一個男人的屍體面朝下躺在那裡，鼠蹊部下的地板累積了一灘驚人的血量。

讓他比較震撼的是血澤中的一個條狀肉塊。

他看了那肉塊幾分鐘，從那形狀、顏色……呃啊！他忍下用手捂住自己下體的衝動。

這是所有男人都會有的直覺反應。

「……妳槍是怎麼來的？」

「他的。」她的槍慢慢放下來，終於露出鬆懈之色。「他和其他人堅持要把他的老二放進我嘴裡，我同意了。」芙蘿莎聳了聳肩。「我沒同意不把它咬掉。」

他又縮了一下，是男人絕對都能感同身受。

她趁機搶到一支槍，那些男人就被轟出去進不來了。

「眞不知道我爲什麼需要爲妳擔心。」他嘆了口氣，拖著比她更慘的破身體走進來，在她身旁幾乎用跌的坐下來。

「我喜歡你擔心我。」她嫣然而笑。

此時此刻應該是她最狼狽骯髒的時刻，但那個眞誠的笑容，是他少數覺得她美的時候。

他從口袋裡掏出一片半路撿到的巧克力豆餅乾，一半給自己，另一半給她。

不知道爲什麼，這種時候坐在一起吃餅乾的感覺很對，所以她接過來吃了。

「你看起來糟透了。」她評論道。

「妳看起來也沒好多少。」

「那是什麼？」她指著他腰側的烙痕。

「人類體表與燒紅的鐵接觸的成果。」

「他們對你用刑？」她眼神一寒。

「他們想。」

「噢。那一道是什麼？」她問另一道長長的傷口。

「有個拿刀的傢伙運氣不錯。」

「嗯。」她咬一口餅乾慢慢嚼了半刻。「所以，你也沒有我想像中那麼厲害嘛！」

我也是血肉之軀好嗎？

「妳厲害，下次妳自己試試看。」狄玄武瞪住她。

「何必？我花錢僱人幫我做這種事。」芙蘿莎聳了聳肩，把他手裡的餅乾拿過來。

媽的！她說得有道理。

他沒好氣地把餅乾搶回來，一口塞進去。

「我可以接受妳扣我二十萬的薪水。」

「我只接受肉償。」

「那就算了。」不要拉倒。

他們坐了一會兒，外面開始響起隆隆的引擎聲，大隊人馬迅速殺至；沒多久，鼻青臉腫的提亞哥探頭進來。

「老大，嘉斯帶人回來了，除了A2 Team，還有整個分部，另一個分部的人也在趕來之中。他們說席奧的人可能也接到消息趕過來了。」

他點了點頭，接住提亞哥拋來的一瓶水，打開喝了幾口。芙蘿莎頂頂他腰側，正好頂到他傷處，他疼得齜牙咧嘴，把水瓶丟給她，低頭檢查傷口。

檢查完，他粗魯地把芙蘿莎喝到一半的水瓶搶過來，通通喝光。

「打電話給拉貝諾，叫他帶著人十一點整在成衣廠跟我們碰面。然後打給署長，告訴他十一點我們有個三方會談，他可以選擇他的人要不要在場。」

14

拉貝諾抵達成衣廠時，心情非常不好。

這時間早就是老人家上床睡覺的時間，他們眞以爲他跟他們一樣閒著沒事幹，還在混夜店嗎？尤其選在這個時段，這種地點！

誰會在晚上十一點跑到烏漆抹黑、最近剛死過很多人、地下室據說還住了一堆流火螢、背後樹林不知有什麼變種怪的廢棄成衣廠？

如果不是他的人再三向狄玄武的人求證過，他都要以爲是敵人安排來取他人頭。

他一踏進成衣場，步伐一頓。

一樓正中央擺了一張四四方方的桌子，桌子正上方有一盞燈吊著，發電機的隆隆聲從某個角落傳來。

方桌的三邊已經坐了三個人：狄玄武，芙蘿莎，席奧。

畢氏和席奧兩方的手下滿滿圍在後面和挑高的二樓，對彼此的存在充滿戒心，每個人的手都按在自己的武器上。

警方的人也在，不過那兩個代表自己坐在燈光照不到的角落，擺明了只是來觀戰而已。

拉貝諾終於重拾步伐。

他在桌邊的第四張椅子坐下，他的人在他身後散開，佔據入口的這一側，形成三方人馬安靜對峙的局面。

「你們看起來像屎一樣。」拉貝諾看著面前三張鼻青眼腫、歪七扭八的臉孔。

「你也不是什麼絕世美男子。」狄玄武嘴巴裡有傷口，話聲有點模糊。

他面前的桌上擺了一支槍，槍口理所當然朝著對面的席奧。

自從認識他到現在，拉貝諾第一次看到這小子如此狼狽。

無論誰對誰做了什麼，結果一定是互相都沒討到好處。

「現在又怎麼了？」拉貝諾嘆息。

這幾個混蛋，他到底還要為他們操煩多久？

「你問他啊！這個會是他要開的。」席奧譏刺，語音比狄玄武更含糊。

在場三人裡他是被揍得最慘的一個，拉貝諾用腳趾就猜得到揍他的人是誰。

「妳呢？」他看向在場唯一的女人。

「我有一個非常稱職的安全首腦，我沒事。」芙蘿莎雖然半張臉腫起來，依然比其他兩個混蛋賞心悅目多了。

拉貝諾哼了一聲。

「現在四個人都到齊了，開始吧。」狄玄武不多廢話。「席奧和畢維帝兩派花了太多時間報復彼此，這種愚行必須停止。」

拉貝諾完全同意。芙蘿莎沒意見。席奧神色陰沈。

「有一句話你們每個人都掛在口中說，但沒有一個人眞正聽進去——你們用來對付彼此的時間，早就可以做更多正事。這種無意義的戰爭不只影響到你們自己，也影響到他們，」他往場邊的警方代表一指，警方代表忍不住點頭。「更影響到太多市井小民的生活。因此，我有一個提議：從現在開始，三方休戰。」

「所以，我們要變成一個快樂的大家庭了嗎？」席奧諷刺他。

「可以這麼說。」狄玄武銳利的鷹眼落在三個人身上。「過往的爭端和誤解都是因爲你們彼此沒有一條溝通管道。生意可以在談判桌上談成的，就不必到街頭廝殺。如果你們三方建立一條溝通管道，許多不必要的糾紛都可以坐下來解決，省了彼此很多子彈。」

「你有什麼想法？」拉貝諾沈聲問。

「我提議從現在開始，選一個固定的日子，每個月在中立地點召開三方會議，姑且稱它爲雅德市的『高峰會』吧！所有問題，我們像文明人一樣坐下來談，殺戮是最後一個選項。」

這像話多了！拉貝諾慢慢點頭。

席奧突然拍桌子暴怒。「放屁，你以爲你是什麼人？你說調停就調停？我爲什麼要聽你的？你們不敢殺我，因爲你們任何一個人殺了我都無法對署長交代！我不怕你們！你，妳，你，你們要合作儘管去！告訴你們，沒有人可以羞辱我而不必付出——」

砰！狄玄武拿起桌上的槍射穿席奧眉心。

席奧坐在他面前，張大嘴巴，然後，毫無生命力的身體慢慢往桌上一趴。

好響的一聲抽氣聲從四面八方傳來。每個人刷刷刷抽出手槍，畢氏和席奧的人互比成一團，拉貝諾的人看情況不對，也紛紛抽出手槍比著對面，一時間所有人比成一團。

「……」拉貝諾。

「……」芙蘿莎。

「……」警方。

狄玄武的目光和他們對上，防衛性地說：「我給過他機會了。」

「……」拉貝諾。

「……」芙蘿莎。

「……」警方。

每個人的目光讓他覺得有必要替自己辯護一下，「他想殺我的兩任老闆，我開始覺得他是衝著我來的，事關個人榮譽問題。」

席奧的得力助手死死瞪著他的屍體，不敢相信他就這樣死了。

拉貝諾用力揉了揉眉心，頭上彷彿浮起一個對話泡泡：為什麼是我？

「札克！」拉貝諾沈聲大喊。

席奧那夥人裡走出一個斯文白淨的男人，狄玄武注意到他就是上回在成衣廠，席奧稱之為會計師的傢伙，顯然這傢伙不全然是個會計師。

「是的，拉貝諾先生？」札克的視線終於從主子的屍身拔開，艱難地吞了口口水。

「你派人到渥太爾市跟圖剛說，他哥哥死了。這是整個雅德市幫派及警治署共同做出的決定，他哥哥製造太多問題，超過所有人能忍受的極限。他如果選擇報復，他將選擇和整個雅德市幫派為敵。」拉貝諾面無表情地道。「跟圖剛說，他可以自己過來接管席奧的勢力，也可以派一個代理人過來。基於同道中人的情誼，雅德市所有幫派六個月之內不會對席奧一派做出不利之舉，只要你們自己也不主動挑釁。」

他瞪了芙蘿莎一眼，芙蘿莎聳了聳肩。「我同意。」

「是……是。」札克吞了口口水，又退回去。

拉貝諾靠回椅背上，一臉不爽地瞪著狄玄武，他攤了攤手：我又怎麼了？

最後，拉貝諾終於搖搖頭，慢吞吞地站起身。

「我老了，沒精神跟你們搞這些有的沒的，事情就照狄的意思做吧！明天我們三方派代表推敲一個合適的時間，以後每個月碰面一次。狄，你不是老大，但既然是你起的頭，你最好每個月乖乖出現。」拉貝諾銳利地看向警方。「這是賊的聚會，我希望署長不會以爲你們也在受邀之列。」

「署長只叫我們來確定不會有三方火拚，其他的，你們要做什麼不關我們的事，只要說好的規費都照舊就好。」一個警察代表聳了聳肩。

拉貝諾點點頭，指了指狄玄武的鼻子警告：

「不要做會讓我殺你的事。」

「不要殺我，你會後悔的。」

拉貝諾咕噥兩聲，慢慢走出成衣廠大門。

一年後

「嘉斯。」

狄玄武走出主宅，喚住剛從道場出來的嘉斯。

嘉斯把擦汗的毛巾往門邊的桶子一丟，快步迎上去。

「什麼事，老大？」

狄玄武一路走到前門停住，然後站在門口，盯著自己的手錶。

嘉斯陪他等了一下，還是沒聽見他叫住自己的原因，忍不住開口：「老大……」

狄舉起一隻食指阻止他，眼睛依然盯著腕錶。

嘉斯只好繼續等下去。

「嘿，你們在幹嘛？」提亞哥好奇地走過來。

嘉斯聳聳肩，對旁邊的老大比了一眼。

狄玄武繼續盯著手錶。

五，四，三，二，一——時間到！

他抬起頭，對兩個人露出燦爛的笑。

「我的第二年合約在剛剛正式到期。」他愉快地拍拍嘉斯肩膀，把一串鑰匙丟出去。「我不再續約，從現在開始，你是他們的老大。」

「啊？」嘉斯傻眼。

「等一下，什麼？」提亞哥傻眼

「狄先生，你說什麼？」連前門警衛聽見了都傻眼。

「提亞哥，幫我一個忙。」他把自己的車鑰匙扔給提亞哥。「我的車子先放在你這裡，如果一年後我沒有回來，車子就是你的。在此之前，記得幫它保養換油。」

提亞哥楞楞地接過車鑰匙，甚至還沒反應過來。

狄玄武就當他同意了，愉快地踏出大門。

「慢著，你不能就這樣走掉！」終於反應過來的嘉斯驚慌失措地拉住他。

「我當然能，我已經幹了兩年，夠了。我還有其他事要做。」狄玄武看一眼被他拉住的手臂。

「你忘了嗎？上次你像這樣走開，畢維帝先生就死了……」一波驚慌沖刷過嘉斯。

身高一九〇的嘉斯塔渥，一拳足以打破磚塊，現在卻露出小男孩的慌張表情，狄玄武無法就這樣走開。

「嘉斯，你以前在軍中的軍階是什麼？」

「下士，但……」

狄玄武舉起一隻手。「下士表示你是帶過兵的。你能當一個領導者，你只是告訴自己你不能而已。我不懂那些心理分析的東西，我只知道，當你對軍隊和政府感到失望，你脫離了他們，某方面你把自己的一部分也割掉，說服自己你這輩子只適合一個人。但，這沒有眞正改變你的本質。」

狄玄武偏了偏頭，「如果這些話還不夠讓你恢復自信，請想一下這個事實：兩年前我離開畢維帝時，你只跟了我三個月，你是被趕鴨子上架的；但現在，你已經跟了我兩年，如果你還帶不動這群蠢蛋，」他提亞哥等人一比，「那問題不是出在你身上，而是出在我身上，而我認爲我一點問題都沒有——我教出了一個能在我離開之後接手的男人。」

嘉斯慢慢鬆開他的手。

前門的警衛亭已經把消息傳到後面去，後哨警衛聽說他要走了，幾乎通通跑過來。

「狄先生，你要離開我們了嗎？」羅伯難過地說。

「我不會一輩子跟你們在一起。」他一一注視圍攏過來的男人，「還有人在等我，我不能一直留在這裡。」

「你要去哪裡，狄先生？」

「你如果需要幫忙，我們可以請假跟你去。」

「對啊對啊。」

「你還會回來吧？」岡薩列茲問出每個人都想知道的問題。

「我的車在這傢伙手上。」他往提亞哥一指，「如果我回來之後，我的車多了一道傷痕，我會把你們每個人的屁股踢到別人以爲它是紅燒肉。」

一群大漢笑了，眞正有幾分「破涕爲笑」的意味。

狄玄武不讓人送，自己走出大門。

一切的事情都往芙蘿莎要的方向發展：畢維帝死了，席奧死了，拉貝諾成了她的生意夥伴。

她總是起頭撥亂一池春水，然後退到一旁，像個順從配合的女人，一切讓其他人作主就好，最後幫她搞定的總是男人。

這次也不例外。

他和拉貝諾其實都想過這點，然後懷疑了一下他們是不是也在不知不覺間著了道兒；不過因爲這個結果也是他們想要的，想想就覺得沒什麼抱怨的立場。

「我就跟你說這女人沒那麼簡單，叫你老二離她遠一點。」拉貝諾曾酸他。

「你到底爲什麼這麼關心我的老二到過哪裡？」他沒好氣。

菲利巴突然想到，在他背後喊：

「狄先生，你跟芙蘿莎小姐說了吧？」

「芙蘿莎知道我們合約到期，她說晚上會回來和我談新合約的事。」他沒有回頭，只是遙遙回喊。

「噢，好。」慢著，不對！「你不等芙蘿莎小姐回來嗎？」

「一句『不』需要多少時間？」

「啊？」眾人傻眼。

「放心，我留了紙條，她會看到的。」他愉快地對身後揮手，繼續往前走。

紙、紙、紙條？

你是說，你就這樣拍拍屁股走人，芙蘿莎小姐晚上約完會回來，只會看到一張紙條？

一群大漢頓時從破涕爲笑變成破口大罵：

「我呸！」

「太不負責任了！」

「我今晚請假！」

「給我回來啊混蛋！」

狄玄武在微風中露出微笑，漸漸走出他們的視線。

尾聲

怦咚、怦咚、怦咚、怦咚、怦咚——

震耳欲聾的鼓聲追著他不放。

呼——呼——呼——呼——

刺耳的風聲加入鼓聲，在他的耳中不斷震盪。

那陣鼓聲是他的心跳，而那陣風聲是他的喘息。穿越在林間的男人真氣流轉，突然踩在一塊巨岩上騰身而起！

直撲而下的三眼怪鳥吃了一驚，萬萬想不到人竟然能飛，待欲轉頭飛回天上，已是不及。一根樹幹直直插入牠正中央的那隻眼睛，怪鳥「嘎——」的尖叫一聲，翻身跌落死亡。

狄玄武在空中輕輕巧巧一個轉折，身形猶如一隻大雁，煞是好看。他落在巨岩上，盯著地上的鳥屍。

他全身污穢，體重在過去一個半月內急遽下降。他瘦削，飢餓，疲憊，但是他終於看見他想看見的地方——

史瓦哥。昔日叢林生存區的小鎮之一。

連續一個半月，在蠻荒、密林與變種怪物之間奮戰，許多時候他不免懷疑：或許這條路線並不是最好的，或許前方會有更多危險。

但，事實證明他是對的。

當他終於看見屬於人類的建築物那一刻，他全身的肌肉放鬆下來。

當初出去花了三個月，這次回來只花了一個半月，因爲這次不是在荒蕪大地漫無目的地摸索。

這一次，他有一個明確的方向。

他不是從上次出去的南邊回來的，而是繞行到北方，從北邊叢林進入。他找到一條往北的路徑，噬人獸與變種怪最少，且有易於躲藏的地形，雖然他必須繞一點遠路。

他的衣物濺滿不知名異獸的血漿，在烈陽下乾成一片片的硬甲，連他自己都能聞到他一個多月沒洗澡的味道。

他的身上有許許多多的傷口，幸好沒有任何一道會危害生命。第一次出去時被噬人獸咬到讓他學到教訓，而他從不犯同樣的錯誤。

但這些都不重要，他終於回來了。

他已經來到史瓦哥，一切都會沒事的。

他撐起疲憊的身體，跳下巨岩，將地上的鳥屍扛在肩上。

兩天來他幾乎沒吃多少東西，強烈的虛弱感讓他微微一晃，不過他凝聚起最後一絲力氣，慢慢走進史瓦哥。

他知道，今晚他會有一座新鮮的井水可用，乾淨的衣服可換，一間安全的屋子可躲，一張舒服的床可睡，還有他現在扛在肩上的鳥肉可以吃。

今晚，他可以肆無忌憚地生火烤掉這隻臭鳥，不必強迫自己以野果裹腹，擔心食物的香味會引來林間的噬人獸。

被害妄想症的艾拉斯莫的家，我來了。

❦

兩天後，狄玄武終於踩上那條通往醫療營的小徑。

這條小徑他曾經走了無數次，卻是第一次用這樣的心境踩上去。

他終於明白遊子歸鄉的心情，原來那真是一種又期待又怕受傷害的感覺。

勒芮絲會高興見到他嗎？她有新男朋友了嗎？她不會連小孩都有了吧？

醫生、柯塔、瑪塔那些人都安然無恙嗎？是否有人在他離開期間告別人世了呢？

艾拉那小丫頭還認得他吧？

重點是，他還認得出那小鬼吧？她今年八歲或九歲了？應該是九歲。他離開時她才剛滿六歲，聽說小孩子變化最快了。

不過，沒差，反正整個醫療營最小的那隻一定就是……

狄玄武的腳步猛然煞住。

他死死瞪著眼前的景象。

不！

不不不！

不可能！

「不可能……」他不知道自己喃喃出聲。

肩上的鳥屍滑落在地上，他的雙膝幾乎跟著一起軟倒。

不可能！

不可能不可能……

他被鳥屍絆了一步卻恍然無覺，只能夢遊般飄進他昔日的家。

在他眼前是一片荒煙蔓草掩蓋的營區，叢林毫不容情地吞噬了這曾經充滿生命力的地方。

叢林醫療營，已經變成一座廢墟。

〈第二部完．故事未完〉

國家圖書館出版品預行編目資料

遺落之子：〔輯二〕末世餘暉／凌淑芬 著；
--初版--台北市：春光出版：家庭傳媒城邦分公司發行；民106.06
ISBN 978-986-94595-4-9（平裝）

857.7 106008094

遺落之子：〔輯二〕末世餘暉

作　　者／凌淑芬
企劃選書人／楊秀真
責 任 編 輯／李曉芳

行 銷 企 劃／周丹蘋
業 務 主 任／范光杰
行銷業務經理／李振東
副 總 編 輯／王雪莉
發 行 人／何飛鵬
法 律 顧 問／台英國際商務法律事務所　羅明通律師
出　　版／春光出版
台北市104中山區民生東路二段 141 號 8 樓
電話：(02) 2500-7008　傳真：(02) 2502-7676
部落格：http://stareast.pixnet.net/blog　E-mail：stareast_service@cite.com.tw
發　　行／英屬蓋曼群島商家庭傳媒股份有限公司城邦分公司
台北市中山區民生東路二段 141 號11 樓
書虫客服服務專線：(02) 2500-7718 / (02) 2500-7719
24小時傳眞服務：(02) 2500-1990 / (02) 2500-1991
服務時間：週一至週五上午9:30～12:00，下午13:30～17:00
郵撥帳號：19863813　戶名：書虫股份有限公司
讀者服務信箱E-mail: service@readingclub.com.tw
歡迎光臨城邦讀書花園　網址：www.cite.com.tw
香港發行所／城邦（香港）出版集團有限公司
香港灣仔駱克道 193 號東超商業中心 1 樓
電話：(852) 2508-6231　傳眞：(852) 2578-9337
E-mail : hkcite@biznetvigator.com
馬新發行所／城邦（馬新）出版集團　Cite(M)Sdn. Bhd
41, Jalan Radin Anum, Bandar Baru Sri Petaling,
57000 Kuala Lumpur, Malaysia.
Tel: (603) 90578822　Fax:(603) 90576622　E-mail:cite@cite.com.my

封 面 設 計／黃聖文
內 頁 排 版／極翔企業有限公司
印　　刷／高典印刷有限公司

■ 2017 年（民 106）6 月 6 日初版
■ 2019 年（民 108）5 月 13 日初版3.8刷
Printed in Taiwan

售價／350元

城邦讀書花園
www.cite.com.tw

ISBN 978-986-94595-4-9

廣 告 回 函
北區郵政管理登記證
台北廣字第000791號
郵資已付，免貼郵票

104台北市民生東路二段141號11樓

英屬蓋曼群島商家庭傳媒股份有限公司

城邦分公司

請沿虛線對折，謝謝！

愛情 · 生活 · 心靈

閱讀春光，生命從此神采飛揚

春光出版

書號：OF0037	書名：遺落之子：〔輯二〕末世餘暉

請於此處用膠水黏貼

讀者回函卡

謝謝您購買我們出版的書籍！請費心填寫此回函卡，我們將不定期寄上城邦集團最新的出版訊息。

姓名：________________________

性別：□男　□女

生日：西元__________年__________月__________日

地址：________________________

聯絡電話：________________　傳真：________________

E-mail：________________________

職業：□1.學生 □2.軍公教 □3.服務 □4.金融 □5.製造 □6.資訊

□7.傳播 □8.自由業 □9.農漁牧 □10.家管 □11.退休

□12.其他 ________________________

您從何種方式得知本書消息？

□1.書店 □2.網路 □3.報紙 □4.雜誌 □5.廣播 □6.電視

□7.親友推薦 □8.其他 ________________

您通常以何種方式購書？

□1.書店 □2.網路 □3.傳真訂購 □4.郵局劃撥 □5.其他 ________

您喜歡閱讀哪些類別的書籍？

□1.財經商業 □2.自然科學 □3.歷史 □4.法律 □5.文學

□6.休閒旅遊 □7.小說 □8.人物傳記 □9.生活、勵志

□10.其他 ________________________

請於此處用膠水黏貼